(m)achtlos

von Nadine Teuber

W0215267

Deutsche Erstausgabe
März 2019
© 2019 Nadine Teuber, Berlin

© Cover- und Umschlaggestaltung:
Laura Newman – design.lauranewman.de

Herausgeber:
Nadine Teuber
Brinkmannstr. 7
12169 Berlin

ISBN Paperback: 978-1090192899
ISBN Hardcover: 978-3749-433599

Das Werk, einschließlich seiner Teile ist urheberrechtlich geschützt. Jede Verwertung ist ohne Zustimmung des Herausgebers unzulässig. Dies gilt insbesondere für die elektronische oder sonstige Vervielfältigung, Übersetzung, Verbreitung und öffentliche Zugänglichmachung.

Bibliografische Information der Deutschen Nationalbibliothek:
Die Deutsche Nationalbibliothek verzeichnet diese Publikation in der Deutschen Nationalbibliografie; detaillierte bibliografische Daten sind im Internet über http://dnb.d-nb.de abrufbar.

Von Nadine Teuber erschienen bisher:

Thriller:
Waldesstille
Lobotomie

Weiteres:
Wurzelflügel
Sag es (nicht)! – Grün Gelb Rot
Sag es (nicht)! – Mayday

Liebe Leserin, lieber Leser,

herzlichen Dank, dass Sie »(m)achtlos« gekauft haben! Bevor Sie sich jetzt in die Geschichte stürzen, möchte ich noch die Playlist mit Ihnen teilen, die ich für das Buch »(m)achtlos« erstellt habe.

Musik, die mir beim Schreiben durch den Kopf ging, Musik, die zu dem Buch passt. Sie finden die Playlist auf Spotify unter »Nadine Teuber – (m)achtlos« oder mithilfe des folgenden QR-Codes:

Scan me

Ich wünsche Ihnen spannende Unterhaltung!
Herzlichst
Ihre Nadine Teuber

Prolog

Genervt dreht Manuel die Schraube im Schein der Smartphonekamera fest. Ist er der Hampelmann, den man rufen kann, wenn irgendwelche Geräte nicht funktionieren? Hätte er nur zehn Minuten früher Feierabend gemacht. Stattdessen repariert er jetzt den Autoklav. Verächtlich schnaubend schüttelt er den Kopf.

Ist er der Techniker? Das werden sie büßen! Arzt ist er. Besser, als jeder andere in der Firma – angefangen von den kleinen Laboranten bis hin zu dem überheblichen Vorstand. Besser! Aber das kapieren sie noch. Schließlich lässt er keine Möglichkeit aus, es ihnen zu zeigen. Er lässt sie tanzen wie Marionetten. Weil er es kann!

Ein Zischen lässt ihn zusammenfahren. Warum ist es plötzlich so warm?

Er reißt den Kopf herum. Mit einem metallischen »Klonk« schließt sich der letzte Spalt der Öffnung. Das Smartphone fällt zu Boden.

»Hey!«, brüllt er und schlägt mit der flachen Hand gegen die Tür. Schweißperlen bilden sich auf seiner Stirn. »Was soll das? Öffne die Tür!« Wieder und wieder schlägt er dagegen. Das wird doch nicht …

Sein Smartphone vibriert leuchtend am Boden. Mit zitternden Fingern bückt er sich danach. Die eingegangene

Nachricht springt ihn regelrecht an. »Du bist ein Arsch! Und das ist die Wahrheit! Schmor in der Hölle!«

Zischend strömt kochend heißer Dampf in die Zelle.

Kapitel 1

Wimmernd sitzt die Laborangestellte in dem Pausenraum des Berliner Chemikalien- und Arzneimittelherstellers PetersPharma. Vor ihr ein Becher Kaffee. Unangerührt.

Kriminalkommissar Lohen bezweifelt, dass sie ihn überhaupt bemerkt. Wie alles andere um sie herum. Die nicht minder schockierten Kollegen führten die apathische Frau nach ihrem grausigen Fund aus dem Labortrakt. Noch in die plastikähnliche blau-weiße Reinraumkleidung gehüllt, starrt sie vor sich hin. Sogar die weiße Haube, durch die sie kränklich blass erscheint, sitzt akkurat über dem sorgfältig zusammengebundenen, blonden Haar.

Dabei versteht der fünfundvierzigjährige, leicht untersetzte Kommissar sie nur zu gut, wenn er an die besondere Grausamkeit denkt, die dem nun Toten widerfuhr.

Obwohl die Mitarbeiter unterschiedlich groß oder klein, dick oder dünn, männlich oder weiblich sind, rätselt Marcel Lohen, wie sie sich gegenseitig auseinanderhalten. Durch die einheitliche Laborkleidung, die alles außer dem Gesicht verdeckt, sehen sie aus wie eine ungleichmäßig geratene, geklonte Masse.

Er schielt auf seinen Block. Toter im Autoklav, vermutlich Doktor Manuel Quittek, gefunden durch Frau Salamon, Frühschicht. »Frau Salamon. Sie haben den Toten entdeckt. Können Sie mir den genauen Hergang berichten?«

Die wohlgenährte Angestellte mit der markanten Hornbrille starrt weiter Löcher in die Luft. Von ihr wird er kaum eine Antwort erhalten.

Seufzend gibt er es auf und wendet sich der Schichtleiterin zu, die mit hängenden Schultern neben der traumatisierten Frau sitzt und auf die Tischplatte starrt. Seinen Notizen zufolge gehört sie dem Unternehmen seit achtzehn Jahren an und wird ihm aller Voraussicht nach helfen können, den Täter zügig zu fassen – sofern sie nicht selbst in den Mord involviert ist. Doch selbst dann … Sie zieht auffällig oft die Bluse glatt, der Rücken ist rund, als mache sie sich absichtlich klein, um ihre Größe, die Lohen auf mindestens einen Meter und achtzig schätzt, zu vertuschen. Das Gesicht ist ungeschminkt, das Haar mit einer schlichten Spange zurückgehalten. Alles an ihr wirkt unsicher, als ob sie sich um Kopf und Kragen redet, wenn ihre gewohnte Alltagsroutine unterbrochen wird. Zum Beispiel durch die Befragung durch ihn und die junge Kollegin Nicole Falke, die zu seiner Linken sitzt.

»Frau Fläming, wenn ich richtig informiert bin, waren Sie dabei, als Frau Salamon den Toten fand?« Er schreibt ihren Namen ebenfalls auf und schaut sie erwartungsvoll an. Der Mensch konnte doch nicht unbemerkt in den schrankähnlichen Kasten geraten sein. Der nahezu vollumfängliche Rund-um-die-Uhr-Betrieb musste doch dazu geführt haben, dass irgendjemand irgendetwas gesehen hatte.

Doch die Schichtleiterin weicht ihm aus. Ihr Blick hetzt zwischen ihm und Nicole Falke hin und her, sie zuckt mit den Schultern und nestelt an den Ärmeln ihres Shirts, als könne sie die Antwort so umgehen. »Ja, aber ich … ich kann

Ihnen da gar nichts zu sagen. Ich war ja bloß im Raum und wir haben auch gar nichts mitbekommen …«

Mit einem Handzeichen stoppt der Kommissar das hektische Gestammel der Frau und wirft Nicole einen raschen Blick zu. Sie ist neu bei der Mordkommission, ihr erster Mordfall und er nimmt sie sichtlich mit. Deshalb verwundert es Lohen auch nicht, dass sie ihm das Reden überlässt. »Beschreiben Sie mir doch zunächst den üblichen Arbeitsalltag. Ich kenne mich in der Arzneimittelherstellung leider nicht aus.« Er lehnt sich auf dem Schwingstuhl zurück, wodurch dieser bedrohlich zu schwanken beginnt.

»Ich weiß gar nicht, wo ich anfangen soll.« Hilfesuchend blickt sie zu der Kollegin, die noch immer wie weggetreten neben ihr sitzt, doch aus dieser Richtung kommt keine Hilfe. Stattdessen klopft es leise an der Tür und eine weitere Angestellte der Firma tritt zaghaft ein.

»Der Notarzt ist da«, berichtet sie leise und nähert sich der apathischen Kollegin. »Ich würde Frau Salamon gerne zu ihm bringen, wenn Sie hier fertig sind?« Sie wartet keine Antwort ab und greift die Benannte bereits unter dem Arm, um ihr aufzuhelfen.

Kommissar Lohen nickt knapp, da er die Aussage ohnehin besser aufnimmt, wenn sie bereit ist, mit ihm zu reden, und wartet, bis sich die Tür des Pausenraums leise schließt. Dann wendet er sich erneut der Schichtleiterin zu, die in der zusätzlich gewonnenen Zeit noch nervöser wurde. Ihre Stirn glänzt unter den Schweißperlen.

»Unsere Schicht beginnt morgens um sechs«, berichtet sie schließlich. »Wir arbeiten in drei Schichten zu acht Stunden, die sich jeweils um eine halbe Stunde überlappen. Die einzige Zeit, in der das Labor also gar nicht besetzt ist, ist zwischen fünf und sechs.«

Kannte der Mörder diese Zeitspanne? Ist er womöglich in den eigenen Reihen der Firma zu finden? »Wer weiß alles von diesen Arbeitszeiten?«

»Nicht viele«, antwortet die Schichtleiterin zögerlich. »Die Produktion natürlich selbst, die Qualitätskontrolle und vermutlich die Sachkundige Person, aber die können Sie nun nicht mehr befragen.«

»Ich vermute, die Sachkundige Person war der Tote?«

Ein Nicken.

»Wie können Sie sich da so sicher sein? Der Tote ist bis zur Unkenntlichkeit verschmort.«

Überrascht hebt Clara Fläming den Kopf. »Wir haben nur einen Schwarzen …«, sie unterbricht sich hastig, »… Dunkelhäutigen in der Firma. Ich denke, dass er das ist.«

Als Anhaltspunkt lässt er die Vermutung gelten. Dennoch muss die Identität des Toten zweifelsfrei geklärt werden. Eine Identifizierung durch die Angehörigen möchte Lohen bei dessen Anblick vermeiden, wenn es nicht unbedingt notwendig oder erwünscht ist. Er nickt und wendet sich wieder der hochgewachsenen Frau mit den unscheinbaren, aschblonden Locken zu.

Nicole beugt sich freundlich lächelnd vor. Zu freundlich für Lohens Geschmack. »Wie beginnt Ihr Tag, wenn Sie in der Frühschicht arbeiten?«

Langsam taut die Frau auf, ohne dass Lohen sagen kann, dass sie an Selbstsicherheit gewinnt. »Zunächst überprüfe ich die Anwesenheit der Mitarbeiter. Ist jemand spontan erkrankt? Muss ich bereits zugeteilte Aufgaben neu vergeben?«

Nicole lächelt weiterhin freundlich. »War das heute der Fall?«

Kopfschütteln. »Nicht unerwartet. Frau Monika Lenz fehlt schon die ganze Woche, deshalb brauchte ich heute früh nichts umzuplanen.« Sie setzt das vor ihr stehende Wasserglas an die Lippen und trinkt es mit mehreren Schlucken leer, bevor sie weitererzählt. »Wenn alle Aufgaben verteilt sind, beginnt jeder mit seiner Arbeit und ich laufe der Reihe nach die Labore ab, um zu sehen, ob alle Aufgaben klar sind oder ob jemand Hilfe benötigt.«

»Für welche Aufgabe war Frau Salamon heute eingeteilt?«, fährt Lohen ungeduldig dazwischen. Nicoles Samthandschuhe sind schön und gut, doch sie helfen bestimmt nicht, einen Mörder zu fassen.

Clara Fläming zuckt bei den barschen Worten zusammen. »Frau Salamon war heute für den Autoklavdienst eingeteilt. Das heißt, zunächst den Autoklav leerräumen, nachdem die Nachtschicht ihn gestartet hat, das ist ähnlich wie bei einer Spülmaschine.«

Sie versteht anscheinend, dass die Kommissare wenig Erfahrung mit den Geräten des Labors haben und zählt die anfallenden Aufgaben an den Fingern ab. »Neu bestücken mit Müll, der entsorgt werden muss, oder Gebrauchsgegenständen, die durch Sterilisation gereinigt werden müssen. Die Müllsäcke aus den Laboren einsammeln, die Wasserbehälter auffüllen, wenn zu viel Wasser verdunstet ist. Regelmäßig überprüfen, dass der Autoklav ordnungsgemäß seine Arbeit verrichtet. Die Sterilisationsprotokolle ausfüllen, auf denen vermerkt ist, wann was mit welchem Programm autoklaviert wurde und wer den Autoklav bediente.«

»Dann ist dort also vermerkt, wer den Toten in den Autoklav gesteckt hat?«

Clara Fläming rutscht nervös auf dem Stuhl hin und her. »Ich … ich weiß nicht. Ich habe nicht daran gedacht, nach dem Protokoll zu schauen. Aber der wird sich ja nicht eingetragen haben.«

»Wo finden wir denn das Protokoll, wenn es eines gibt?« Der strafende Blick, den Nicole Lohen zuwirft, zeigt ihm, dass sie noch viel lernen muss. Er weiß, dass sie in dem Kriminaltechnischen Ermittlungsteam, dem sie vor ihrer Versetzung beiwohnte, hervorragende Arbeit leistete, sonst wäre sie nicht ihm zugeteilt worden. Doch Mörder fängt man nicht, indem man freundlich ist und sich von Verdächtigen weichkochen lässt.

Nervös zieht die Schichtleiterin die Ärmel ihrer Bluse über die Handgelenke und schlingt die Arme um sich. »In dem Labor. Aber wir können ja nicht mehr da 'rein. Ihre Kollegen haben …«

»Mit uns gemeinsam dürfen Sie den Tatort betreten, falls das Protokoll nicht ohnehin schon von den Kollegen der Spurensicherung gesichert wurde«, fällt Lohen ihr wieder ins Wort und notiert sich, die SpuSi danach zu befragen. »Wir werden uns gleich auf die Suche nach dem Protokoll machen, wenn wir mit der Befragung fertig sind.«

Unvermittelt blickt Lohen wieder auf. »Wenn Sie sagen, dass der Autoklav von der Nachtschicht gestartet wurde, dann heißt das, dass ein Kollege der Nachtschicht den Toten in den Autoklav gesteckt haben muss?«

Clara Fläming zuckt stumm mit den Schultern. Ihr Gesicht wirkt, als fange sie jeden Moment an zu weinen.

»Lässt sich der Autoklav mittendrin stoppen, öffnen und neu starten?«, fragt Nicole geduldig.

Ein kaum sichtbares Lächeln huscht über das Gesicht der unsicheren Frau, als wäre es ihr peinlich, was sie ihnen nun anvertraut. »Möglich ist es. Ich kenne allerdings nur die Funktionen ›Tür schließen‹, ›Starten‹, ›Tür öffnen‹ und bei allem anderen frage ich die Männer im Haus oder rufe den Techniker, falls niemand mehr weiterweiß.«

Kommissar Lohen ist sich sicher, dass Desinteresse eines Tages das größte Chaos anrichten wird, das die Menschheit seit je her gesehen hat. Weshalb interessiert es einen Mitarbeiter nicht, wie die Geräte funktionieren, die er täglich benutzt? Wurde der Tote vielleicht völlig offensichtlich an den Kollegen vorbeigeschleppt und in den Autoklav gesteckt? Herrschte da das gleiche Desinteresse? Möglich ist alles.

»Männer?« Nicole furcht die Stirn und Lohen verkneift sich ein Grinsen. Eine verkannte Feministin?

Clara Fläming rutscht unwohl auf ihrem Stuhl hin und her. »Naja, die wissen ja immer noch eher, was zu tun ist.«

Nicoles Stirn furcht sich noch tiefer, doch sie schweigt rücksichtsvoll. »Männer, so wie der Tote?«

Weit aufgerissene Augen starren sie an.

»Und was tun die ›Männer‹ dann?« Der abfällige Tonfall, mit dem sie das Wort ausspricht, ist unverkennbar.

»Das weiß ich doch auch nicht. Irgendwas am Drucksensor oder so oder am Wassertank.« Schneller, schriller klingt die Befragte. Weiß sie etwas? Vermutet sie etwas?

»Müssen die ›Männer‹ dazu in den Autoklav hineinklettern?«

»Manchmal.«

»Und könnte dann jemand die Tür schließen und den Autoklav starten?«

»Aber warum sollte denn jemand sowas tun?« Empört windet sich Clara Fläming und schlingt die Arme fester um sich.

Das Schweigen ist fast greifbar und Lohen wartet darauf, dass die Schichtleiterin jeden Moment aufspringt und aus dem Pausenraum flüchtet. Warum sollte jemand so etwas tun?

»Kann man übersehen, dass jemand in dem Autoklav zugange ist?« Kaum hat Nicole die Frage ausgesprochen, schüttelt Clara Fläming den Kopf.

»Wer könnte ein Interesse daran gehabt haben, Herrn Quittek umzubringen?«, kommt Lohen auf die Frage der Schichtleiterin zurück.

Kaum hat Kommissar Lohen diese Frage ausgesprochen, verschwindet die Schichtleiterin hinter ihrem gedanklichen Schutzschild. Sie zieht die vor der Brust verschränkten Arme noch weiter zusammen und fixiert den Blick auf der Tischkante. Was geht in ihrem Kopf vor?

»Das kann ich Ihnen gar nicht sagen. Ich kannte ihn ja kaum.« Sie lacht nervös, ohne den Blick zu heben.

»Wie war Ihr persönliches Verhältnis zu dem Toten?« Aus Nicoles Mund klingt die Frage viel freundlicher, als hätte Kommissar Lohen sie gestellt, doch es ändert nichts an der Abwehrhaltung der Mittvierzigerin. Sie greift nach der Mineralwasserflasche, die zwischen ihnen auf dem Tisch steht und gießt den verbliebenen Rest in ihr Glas. Dann trinkt sie das Glas hektisch bis zur Hälfte leer, stellt es möglichst leise vor sich auf den Tisch und tupft die Oberlippe gedankenlos mit dem Ärmelsaum ihrer Bluse trocken.

»Wir hatten beruflich wenig miteinander zu tun. Und privat gar nichts.« Sie zuckt kaum merklich mit den Schultern und verschränkt die Arme so eng vor der Brust, als fröstele sie, obwohl die Küche in Anbetracht des stürmischen Herbstwetters gut geheizt ist.

»Was waren denn die Aufgaben von Herrn Doktor Quittek?« Lohen blättert die gut gefüllte Seite um und schreibt seine neugewonnenen Erkenntnisse auf dem weißen Blatt weiter. Er kann sich unter dem Begriff »Sachkundige Person« nichts vorstellen. Sollten nicht alle Personen, die mit der Herstellung von Chemikalien und Arzneimitteln betraut sind, sachkundig sein?

»Er gab die Ausgangsstoffe und die Produkte frei und sperrte gegebenenfalls Produkte oder Produktlinien. Die Sachkundige Person ist so etwas wie der oberste Laborleiter.« Die Antwort der Schichtleiterin war genauso nichtssagend wie die Vorstellung, die er zuvor von dem Begriff »Sachkundige Person« hatte.

Nicoles Verständnis für die Abläufe in dem Pharma-Unternehmen scheint tiefer zu gehen, denn sie legt den Kopf in den Nacken, zieht die Unterlippe durch die Zähne und nickt schließlich mit einer kleinen Denkfalte auf der Stirn, die sie niedlich und interessiert wirken lässt. »Das heißt, er war dafür zuständig, dass die fertigen Produkte das Haus verlassen durften?«

Obwohl Nicole die Worte der Schichtleiterin lediglich anders formulierte, nickt die Schichtleiterin offensichtlich erleichtert, dass sie verstanden wird. »Genau, kein einziges Produkt wird … wurde ohne seinen Segen verschickt.«

»Also könnte der Mörder einfach darauf aus sein, der Firma zu schaden. Keine Sachkundige Person – keine Produkte!«

Hilflos zuckt die Angestellte mit den Schultern. »Möglich ist alles. Aber da fragen Sie lieber unseren Chef, der ist für die erfolgreiche Außenwerbung zuständig und kennt sich auch mit weiteren Firmen und deren Politik aus. Vielleicht sind wir einem der anderen Unternehmen auf den Schlips getreten. Manchmal können sie richtig heftig reagieren, aber das puffern unsere Vorgesetzen meist ab, sodass wir damit gar nicht erst konfrontiert werden.«

Nicole zieht einen dicken Strich mit dem Kugelschreiber unter ihre Notizen und hebt dann freundlich lächelnd den Kopf.

»Vielen Dank, Frau Fläming! Bitte machen Sie sich keine Sorgen. Wir werden denjenigen finden, der Ihrem Kollegen das angetan hat«, sagt sie zuversichtlich, während sie den Schwingstuhl von dem Tisch abrückt und sich erhebt.

Sie schütteln der Befragten zum Abschied die Hand und machen sich dann gemeinsam auf den Weg zum Tatort. Existiert ein Protokoll des tödlichen Autoklaviervorgangs? Außerdem möchten sie sich selbst ein Bild von dem Fundort machen, statt lediglich hinterher den Bericht darüber zu lesen.

Sie klingeln an der Gegensprechanlage rechts neben der Tür, die zu den Laboren führt, und begutachten, während sie warten, den Eingang. Drei Schlösser verriegeln die massive Metalltür, eines auf Kopfhöhe, eines direkt unter dem unbeweglichen Türknauf und eines in Höhe der Fußknöchel. Die einzigen Unterschiede zu einer gewöhnlichen Haussprechanlage bestehen in dem kugelförmigen Okular der Kamera, einem elektronischen Chip-Lesefeld und vor allem darin, dass sie innerhalb des Gebäudes angebracht ist. Zwar werden sie all diese Details auch in dem Bericht wiederfinden, doch für die Ermittlungen ist es hilfreicher, sich vor Ort selbst ein Bild zu machen.

Nicole beugt sich zu dem mittleren Schloss hinab und begutachtet es akribisch. »Unwahrscheinlich, dass jemand eingebrochen ist«, spricht sie aus, was Lohen bislang nur denkt, als er die an einen Hochsicherheitstrakt erinnernde Zutrittskontrolle sieht. »Klar, Pharmaunternehmen sind ziemlich stark behördlich überwacht. Arzneimittelskandale sorgen immer wieder für rollende Köpfe.«

»Aha. Musstest du schon einmal in einem Pharmaunternehmen ermitteln?« Mehr aus Höflichkeit, denn aus Interesse fragt er. Wozu benötigt er Erfahrung im Umgang mit Pharmaunternehmen? Der Kreis der Verdächtigen ist so stark eingegrenzt, dass er damit rechnet, den Täter nach einer Woche ausfindig gemacht zu haben. Spätestens.

Nicole schüttelt den Kopf. »Nein, aber im vergangenen Jahr gab es einen großen Skandal mit einer griechischen Apotheke und der brandenburgischen Behörde. Die Nachrichten waren wochenlang damit gefüllt. Arzneimittelfälschung, Wirkungslosigkeit ...«

Das Summen der Tür unterbricht Nicoles Ausführungen und Lohen zieht an dem Türknauf. Entgegen seiner Erwartungen befinden sie sich nicht in dem Labor, sondern in einem Vorraum, der alles andere als peinlich sauber und aufgeräumt ist.

Der graue Vinylboden ist zwar scheinbar gepflegt, doch von etlichen schwarzen und weißen Strichen untersetzt, als werden regelmäßig schwere Gegenstände darüber gezogen. Wie zum Beweis stehen mehrere Paletten mit weißen und grauen Verpackungen neben einem mannshohen Abfallbehälter. An der Wand aufgereihte Lastenregale beherbergen Faltkartons, Reinigungsmittel und sonstige Verbrauchsmaterialien. Wie ein Labor wirkt es bei weitem nicht, doch es gehen mehrere Türen – teilweise verglast, teilweise blickdicht – von dem Raum ab.

Zwei Polizisten treten durch eine Tür hinaus und achten peinlichst genau darauf, sie wieder in das Schloss zu ziehen.

Der etwa fünfzigjährige Polizist, der den Raum als erstes betritt, hebt die Hand zu einem Gruß an die Polizeimütze. »Die SpuSi ist schon am Werkeln. Wir verabschieden uns für heute.« Er gehört dem diensthabenden Streifenteam an, das nach Absetzen des Notrufs als erstes zu dem Tatort geschickt wurde. Er und sein Kollege befragten den Techniker und stellten schnell fest, dass der Tote sich nicht allein gekocht haben konnte. Daraufhin forderten sie die Mordermittler an.

»Da müsst ihr lang.« Der zweite Kollege deutet auf die Tür, die Lohen schon als Eingang zu dem Labor vermutete, und grinst anzüglich in Nicoles Richtung. Ein Umkleideraum? Dann wird er sich des Ernsts der Lage wieder bewusst und setzt ein neutrales Gesicht auf. »Ihr müsst euch allerdings von dem Personal einweisen lassen. Sonst schmeißen sie euch hochkant wieder hinaus.«

Die Polizisten tippen sich an die Mütze und schieben sich an den Paletten, Lohen und Nicole vorbei dem Ausgang zu.

Ratlos blicken sich die beiden Ermittler an, als auch schon eine stämmige Frau in den Fünfzigern die vorher so sorgfältig geschlossene Tür von innen aufreißt. Sie trägt ebenfalls die hellblau-weiße Kleidung der Laborarbeiter und dunkle Haare schimmern durch die weiße Kopfhaube.

»Guten Tag!«, begrüßt sie die Ermittler mit stark osteuropäischem Akzent. »Kommen Sie! Ich schleuse Sie ein.« Ungeduldig mit dem Fuß tippend steht sie in der Tür, die sie aufhält, bis die Ermittler sie erreicht haben und Lohen sie ihr aus der Hand nimmt.

»Eigentlich, Sie müssen sich ausziehen, aber für Besucher haben wir spezielle Kleidung, die Sie über Ihre ziehen können. Schuhe stellen Sie da hin«, rattert ihre Begleiterin los, kaum, dass die Tür geschlossen ist, drückt ihnen zwei in Folie eingepackte weiße Anzüge in die Hand und zeigt auf den Platz unter einer niedrigen, grauen Plastikbank. Ein Raumteiler? Auf der anderen Seite der Bank spiegelt sich der Raum mit einer identischen Anzahl an Spinden und einer weiteren Tür. Nicole und Lohen stellen sich namentlich vor.

Mit unergründlicher Miene hält die Frau inne. »Paulina Nowak«, schiebt sie unwirsch dazwischen und blickt von einem zum anderen. »Sie dürfen nicht essen, trinken, rauchen, sich nicht schnell bewegen und müssen zu jedem Zeitpunkt den Anweisungen des Personals folgen«, fährt sie fort, während Nicole und Lohen die Folie entfernen und die Einweg-Overalls auspacken. Sie ähneln denen der SpuSi.

Paulina Nowak öffnet einen Aktenordner, trägt etwas auf dem zuoberst liegenden Blatt ein und blickt sie streng an. »Nie laufen Sie allein herum. Haben Sie das verstanden?«

Nicole und Lohen nicken ergeben.

»Unterschreiben Sie!« Sie drückt Nicole einen Stift in die Hand und hält ihr den zuvor ausgefüllten Zettel unter die Nase. Dabei tippt sie ungeduldig auf die zu unterschreibende Stelle und reicht den Ordner anschließend an Lohen weiter.

»Kommen Sie! Ich bringe Sie zu dem Autoklav!« Sie entzieht Lohen den Ordner und verstaut ihn zwischen den Spinden. Dann steigt sie über die graue Bank, öffnet die zweite Tür und wirft einen genervten Blick zurück, obwohl Lohen und Nicole es ihr schnellstmöglich gleichtun.

Sie führt die beiden Ermittler zügig durch zwei weitere schmale und schwach beleuchtete Räume, bis sie schließlich auf einen langen, in gleißendes Licht getauchten Flur treten. Auf der linken Seite des Flures gehen durch Glaswände und -türen abgetrennte Räume ab, die Lohens Vorstellung von modernen Laboren ziemlich genau entsprechen, auch wenn er keine Ahnung hat, wofür die einzelnen Geräte gut sein sollen. Alles blitzt stählern.

»Wir befinden uns jetzt in dem Reinraum.« Nowak, die weiterhin zügig den Flur hinabgeht, hebt die Stimme, da das unterschwellige Brummen der Lüftungsanlage den Geräuschpegel hebt.

Nicole begutachtet ebenso neugierig wie Lohen die einzelnen Labore. Trotz des grausigen Funds werden die Arbeiten bestmöglich fortgeführt, sodass ihnen immer wieder weiß-blau verhüllte Personen entgegenkommen. Hastig wenden sie ihre Blicke ab. Obwohl Nicole und Lohen ebenfalls in entpersonalisierende Uniformen gekleidet sind, schwebt das Wort »Mordermittler« drohend über ihnen.

Am Ende des Flures sticht Lohen das rot-weiß gestreifte Absperrband in die Augen. Je näher sie dem Band kommen, umso mehr steigt ihm der Geruch in die Nase, der ihn an eine Metzgerei erinnert. Er vermutet dort den Raum, in dem der Tote gefunden wurde, und tatsächlich steuert die robuste Angestellte genau darauf zu, wobei der Geruch immer stärker in die Nase sticht.

Mehrere Gestalten in weißen Overalls bewegen sich vorsichtig durch den Raum. Wüsste Lohen nicht, dass es das typische Vorgehen bei einer Spurensicherung ist, dächte er, sie hätten sich die Einweisung der geschäftigen Osteuropäerin zu Herzen genommen.

Lohen bedankt sich und hebt das Absperrband an, damit Nicole darunter hindurchschlüpfen kann, und steigt ihr nach. Der Geruch verursacht ihm Übelkeit. Es stinkt nicht einfach nach Tod. Der Geruch dessen, was ansonsten in dem Autoklav gekocht wird, tut sein Übriges.

»Wo ist diese Sonja?«, tönt die lautstarke Stimme der Angestellten, die sich längst abwandte, durch den Laborkomplex, sodass Lohen die Ohren klingeln. »Der Müll muss in die Forschung gebracht werden. Wir werden unseren Autoklav heute nicht nutzen können.«

Lohen blickt sich in dem schmalen Raum um und tatsächlich erkennt er in einem der uniformen Anzüge Salim Rahman, einen Kollegen der Spurensicherung, mit dem er schon mehrere Male zusammenarbeitete.

»Tach, Lohen«, berlinert der Deutsche arabischer Abstammung. »Is dit deen Fall?«

Lohen nickt. »Und, was kannst du mir bislang erzählen?«

Die Kapuze des uniformen Overalls bedeckt nur dürftig die Sorgenfalte auf der Stirn des Kollegen.

»Nichts bis wenig.« Er zuckt mit den Schultern.

»Wir sind in ‘nem Reinraum, dat heißt, dass den Mitarbeitern sogar anjeordnet wird, dass se keene Spuren hinterlassen dürfen. Arbeeten bloß mit spezieller Kleidung, Handschuhen und Kopfhaube.«

»Das heißt, dass wir keine Spuren des Mörders finden können?« Lohen zieht die Augenbrauen nachdenklich zusammen.

»In allererster Linie heißt dit, datt dit nich uffällt, wenn jemand vasucht, keene Spuren zu hintalass‘n«, klärt Salim ihn auf und nickt rasch. »Aber ja, haste recht, wir ham zumindest keenerlei Fingerabdrücke oda ähnliches.«

»Gibt es ein Protokoll über den letzten Lauf des Autoklavs?«, schaltet sich Nicole in das Gespräch ein.

Salim schüttelt den Kopf. »Theoretisch schon, aba laut diesem hier befand‘n sich während des Vorgangs Mehrwegprodukte wie Skalpelle, Pinzetten, Bechergläser zur Aufbereitung in dem Autoklav.«

»Wer hat das Gerät gestartet?«

»Irene Schultes, ‘ne Kollejin der Nachtschicht«, antwortet Salim knapp. »Soweit ick weeß, wurde sie von den Kollejen schon befragt.«

Lohen und Nicole notieren sich den Namen, nicken und wenden sich dem monströsen Kasten zu, dessen Tür wie ein klaffendes, stählernes Maul offensteht und den Blick auf einen bis zur Unkenntlichkeit verbrühten Leichnam freigibt.

»Wir sollten in den nächsten zehn Minuten mit den Beweismitteln fertig sein, dann wer'n wa den Toten herausheben und jenauer untasuchen.« Lohen hatte nicht bemerkt, dass Salim sich zu ihm stellte. Zu sehr war er damit beschäftigt, den Gestank zu ignorieren, der den gesamten Raum füllte. »Wir ham vorsichtshalber das Büro des Laborleiters sperr'n lass'n, da die Vermutung naheliegt, dat es sich um ebenjenen bei dem Toten handelt.«

Kommissar Lohen nickt abwesend und begutachtet den Autoklav genauer. Der Kasten, der sich von dem Boden bis zu der Decke erstreckt, ist komplett stählern und auf Bauchnabelhöhe mit einer LCD-Anzeige ausgestattet, die mit leuchtend-roten Buchstaben »OPEN« anzeigt. Oberhalb der Anzeige erstreckt sich die rechteckige Öffnung bis wenige Zentimeter unterhalb der Decke. Ein nicht allzu großer Erwachsener sollte stehend gut darin Platz finden.

Schienen für Einlegeböden führen tief in den Kasten hinein, die dazu passenden Böden lehnen jedoch an der Wand. Auf dem eingelegten, untersten Boden liegt das, was von dem früheren Menschen noch übrig ist.

»Wir sind soweit«, vermeldet einer der Männer in den weißen Overalls an Salim. Alle anderen nicken zustimmend und warten auf weitere Anweisungen.

»Jut, dann heben wa jetze vorsichtig den Boden heraus.« Er positioniert sich gemeinsam mit den Männern vor dem Autoklav.

Langsam ziehen sie den schubladenartigen Boden heraus. Der Tote nutzt den neu gewonnenen Platz. Sein Arm fällt über den Rand und ein Stück Haut klatscht auf den Boden.

Erschrocken zuckt Nicole zusammen und wendet den Blick ab.

Vorsichtig senken die Kollegen die Platte und achten beim Ablegen darauf, keine Gliedmaßen des Toten einzuklemmen.

»Die Verbrühungen wer‘n uns die Arbeet nich jerade vereinfach‘n«, stellt Salim mit Grabesstimme fest und bezieht sich dabei auf die Vorschrift, noch am Tatort die Leiche zu entkleiden und auf versteckte Hinweise zur Todesursache zu untersuchen.

Offensichtlich wurde der Tote gekocht. Doch vielleicht nur, um über den tatsächlichen Todesumstand hinwegzutäuschen?

Lohen muss sich zwingen, den Kopf nicht wegzudrehen, als die hellblau-weiße Reinraumkleidung vorsichtig aufgeschnitten und entfernt wird. Der Körper ist aufgedunsen. Das Fleisch löst sich bei der kleinsten falschen Berührung von den Knochen. Doch so genau die Kollegen den Toten auch untersuchen, finden sie nichts, das sie stutzig werden lässt. Auch nicht, als sie den Toten auf den Bauch drehen. Bei dem Zustand der Leiche hätte Lohen jedoch alles andere verwundert.

»Wir packen zusammen«, ordnet Salim schließlich an und deutet auf die Trage, die unbeachtet an der Arbeitstheke lehnt, während er sich aus der knienden Position erhebt.

Mit größtmöglicher Sorgfalt wird der Tote auf der Trage positioniert und ein weißes Tuch über ihn gebreitet. Zwei Kollegen der Spurensicherung ergreifen die Trage, während die Übrigen die Kisten mit den erhobenen Beweismitteln aus dem Reinraum tragen.

Kapitel 2

Als Kommissar Lohen nachmittags in dem Konferenzraum über den Berichten der Kollegen brütet, kräuselt sich seine Stirn erheblich. Niemand berichtet etwas Schlechtes über den Verstorbenen. Gutes leider auch sehr wenig. Es scheint, als habe er trotz vieler beruflicher Verknüpfungspunkte kaum Anschluss unter den Kollegen gefunden.

Im Allgemeinen sei er eine Respektsperson gewesen, die von allen angesehen wurde und der niemand zu widersprechen wagte. Wenn alle Befragten die Wahrheit sagen, ist der Mörder nicht in den eigenen Reihen zu suchen. Dem gegenüber steht jedoch die präzise Kenntnis des Arbeitsablaufes der Abteilung und die Versicherung der Firmenleitung, dass für firmenfremde und somit auch ehemalige Mitarbeiter kein Zugang zu den Räumlichkeiten bestünde. Die Zutrittskontrolle ist eine behördliche Auflage, die von jeder regulierten Firma zu erbringen ist, sei es ein Transportunternehmen, ein Lebensmittelhersteller oder eben ein Pharmakonzern.

PetersPharma erfüllt diese Auflage mittels programmierbarer Chips, die von jedem Mitarbeiter bei dessen Ausscheiden aus der Firma umgehend abzugeben sind. Für den Fall, dass einer der Chips verloren gehe oder ein in Ungnade gefallener Mitarbeiter den Chip nicht abgeben möchte, programmiert der IT-Spezialist der Firma die Türsensoren sowie jeden einzelnen Chip um. Der letzte, dem

Computerfachmann bekannte Fall der Umprogrammierung liegt bereits zwei Jahre zurück und wurde notwendig, als einer Kollegin die Handtasche aus dem Auto gestohlen wurde. Als sich die Tasche wenige Tage später auf wundersame Weise wieder einfand, waren längst alle Sensoren und Chips umprogrammiert.

Also bleibt als möglicher Täter doch nur einer, der in der Firma nach Belieben ein und aus geht.

… wenn nicht der Chip des Toten dem Täter die Tür öffnete.

Dessen Schlüsselbund inklusive des Chips fanden die Kollegen der SpuSi jedoch unter einem Stapel Fachzeitschriften und sonstigen Papieren begraben auf dem überfüllten Schreibtisch. Niemand wusste, an welchen Aufgaben Quittek vor seinem Tod arbeitete – weder die Firmenleitung noch die Kollegen. Sein Schreibtisch sähe immer so aus und es stünde in den Sternen, ob etwas entwendet wurde.

Frustriert kippt der Kommissar den mittlerweile kalt gewordenen Kaffee hinunter und macht sich daran, die bisher erhaltenen Informationen in einer übersichtlichen Form an der Wandtafel unterzubringen.

Kaum eine Stunde verbleibt bis zu der ersten Dienstbesprechung.

Und doch gelingt es ihm, die wichtigsten Punkte zusammenzufassen, bis sich das Mordermittlungsteam, das für die Aufklärung dieses Falles gebildet wurde, in dem Konferenzraum einfindet. Auch die von der SpuSi angefertigten Fotos hängen bereits an dem Board.

Er blickt in die Runde, die deutlich größer ist, als es in den fiktiven Kriminalgeschichten üblicherweise der Fall ist.

Drei bis vier Ermittler – welcher Mordfall soll mit einer so geringen Besatzung bearbeitet werden? Insgesamt zählt Marcel Lohen zwölf Personen, davon elf Beamte der diversen Abteilungen und den Pressesprecher Max Stein, der ebenfalls bei jeder Besprechung anwesend ist. Und über all dem steht Lohen als Leiter der Ermittlung.

»Wir haben einen Toten afrikanischer Abstammung in einem Chemie-Labor«, beginnt Lohen, nach der Begrüßung der Anwesenden. Nicole Falke, die ihn bereits vormittags mit der Befragung der Labormitarbeiter unterstützte, nickt zustimmend und heftet den Blick auf die eigenen Aufzeichnungen.

»Es handelt sich vermutlich um Doktor Manuel Quittek, die Sachkundige Person oder auch den obersten Laborleiter von PetersPharma. Der endgültige Nachweis steht allerdings noch aus. Der Tote wurde heute Morgen von der Frühschicht der Arzneimittelherstellung, genauer von Frau Sonja Salamon, in einem Dampfsterilisator gefunden. Die anwesenden Mitarbeiter der Abteilung wurden bereits befragt, allerdings hat niemand etwas gesehen und es kann sich auch keiner vorstellen, weshalb der Tote ermordet wurde.«

Eine Kommissarin, die Lohen als Kathrin Leipzig erkennt, streckt den Rücken durch und die Hand nach oben. Mit einem Nicken erteilt er ihr das Wort.

»Wir gehen aber definitiv davon aus, dass der Tote ermordet wurde und nicht versehentlich in dem Sterilisator gelandet ist?«

Lohen nickt ernst. »Anhand des Schraubendrehers, der bei ihm gefunden wurde, gehen wir davon aus, dass er absichtlich in den Autoklav stieg. Versehentlich die Tür zu schließen und das Sterilisationsprogramm zu starten, ist laut Aussage des Technikers nicht möglich. Ein Unfall ist also ausgeschlossen. Ein Suizid ebenso.«

Kathrin Leipzig nickt und lehnt sich wieder auf ihrem Stuhl zurück.

»Wir wissen bisher, dass der vermeintliche Tote keine in Deutschland lebende Familie hat. Weder ist er verheiratet, noch hat er Kinder. Private Kontakte pflegte er nicht zu den Kollegen und seine Rente stand in dem nächsten halben Jahr bevor. Gravierende Probleme zwischen ihm und anderen Mitarbeitern sind nicht bekannt.«

Er deutet auf die Fotos der Spurensicherung. Sie zeigen den Leichnam aus verschiedenen Perspektiven, aus jeder einzelnen ist klar erkenntlich, dass der Körper aufgedunsen und über der dunklen Haut stark gerötet und vernarbt ist.

»Derzeit warten wir auf den Obduktionsbericht aus der Rechtsmedizin. In der Zwischenzeit werden die Mitarbeiter der Nachtschicht befragt, da der Tote vermutlich kurz nach dem Ende der Schicht in den Autoklav gelangt ist. Vielleicht hat einer der Mitarbeiter etwas Auffälliges gesehen oder war selbst daran beteiligt. Weiterhin müssen sämtliche Mitarbeiter der Firma befragt werden, was bei einer Mitarbeiterzahl von sechsundvierzig«, er korrigiert sich, «fünfundvierzig, nicht allzu schwer sein sollte.«

Thomas Scheepers, ein junger Polizist, der erst seit kurzem für das LKA tätig ist und sich seither für seine hohe Motivation einen Namen macht, meldet sich zu Wort. »Wir gehen also davon aus, dass der Mörder in dem beruflichen Umfeld zu finden ist?« Er fährt sich mit der Hand über den Drei-Millimeter-Militär-Haarschnitt und lässt sie danach unter dem dichten, rötlich-blonden Vollbart ruhen. Marcel Lohen ist froh, ihn in seinem Team zu haben, da er als neuer Geheimtipp unter den Kommissaren gilt und Lohen sich durch seine Mitarbeit eine schnelle Auflösung des Falles erhofft.

»Wir haben leider keinen anderen Anhaltspunkt. Wir wissen nichts, was der Tote in seiner Freizeit gemacht hat, ob und wo er Familie hat. Da wir ihn in dem Labor gefunden haben, gehen wir davon aus, dass er seinem Mörder dort über den Weg lief.«

»Wie wahrscheinlich ist es, dass er nur zufällig zur falschen Zeit am falschen Ort war?«, fragt Thomas weiter nach. »Vielleicht war der Mörder gar nicht auf ihn fixiert und er stand ihm bloß im Weg?«

Lohen überlegt kurz, während Thomas sich bereits kopfschüttelnd selbst widerspricht. »Der Mörder muss sich zumindest ausreichend gut in dem Labor ausgekannt haben, dass er wusste, wie ein Autoklav zu starten ist.« Durch allgemeines Nicken bekundeten die Kollegen ihre Zustimmung. »Wurde denn etwas aus dem Labor entwendet?«

Lohen verneint. »Nichts in dem Labor deutete auf etwas Ungewöhnliches hin, bis der Autoklav automatisch nach dem Beenden des Sterilisationsprogramms die Tür öffnete. Keine Kampfspuren, kein Hinweis auf einen Einbruch, keine Verwüstungen. Die penible Ordnung, die in einem Reinraum vorgeschrieben ist, herrschte wie an jedem anderen Tag.«

Er blickt im Raum umher, um auf weitere Fragen einzugehen. Lediglich der Pressesprecher möchte wissen, welche Dinge an die Öffentlichkeit gegeben werden dürfen – eine

Frage, die Lohen sofort beantwortet: »Kurz und knapp, keine Angaben zu dem Toten, solange seine Identität nicht zweifelsfrei geklärt ist. Ein Hinweis, dass in dem Fall ermittelt wird.«

Max Stein nickt und Lohen verteilt die anfallenden Aufgaben auf die Ermittler. Zum Großteil werden sie bei PetersPharma vorbeifahren und die Mitarbeiter der Nachtschicht befragen. Thomas und Kathrin teilt er dazu ein, den Hintergrund des Toten zu beleuchten.

Kapitel 3

Mit geröteten Augen sitzen die Mitarbeiter der Frühschicht in dem Büro der stellvertretenden Laborleiterin, der polnischen Paulina Nowak, beisammen. Wie kann einer ihrer Kollegen so brutal aus dem Leben gerissen werden und sich die Welt hinterher normal weiterdrehen? Wie können sie auch nur den Anschein von Normalität erwecken und arbeiten?

Auch wenn Paulina Nowak darauf bestand, den Betrieb aufrecht zu erhalten, dachte keiner an einen geregelten Arbeitsablauf, während die Spurensicherung den Reinraum untersuchte. Sämtliche verwendete Einmalhandschuhe bargen sie aus den Mülleimern, fotografierten den Toten aus allen Richtungen. Die in Zweierteams tätigen Kommissare befragten alle anwesenden Mitarbeiter, bis der Reinraum einem Schlachtfeld glich und die Polizisten dem Mörder kein bisschen nähergekommen waren.

Hatte niemand etwas gesehen?

»Es kann nur einer von uns gewesen sein!« Zum wiederholten Mal äußert Clara Fläming diese Vermutung und schnäuzt sich geräuschvoll in das Taschentuch, das kaum noch aus mehr als Fetzen besteht. »Niemand sonst kommt in den Reinraum.«

»Jetzt ist aber Schluss!« Paulina Nowak donnert mit der flachen Hand auf den Tisch und verzieht gleich darauf schmerzerfüllt das Gesicht. »Euer Getuschel macht ihn auch nicht wieder lebendig. Die Polizei wird schon herausfinden, wer das war. Ende Gelände.« Der Schmerz in ihrem Blick straft die harten Worte Lügen. In ihr selbst brodelt es, wie in jedem anderen der Mitarbeiter. Ihre Gedanken überschlagen sich. Wer wäre zu einer solchen Tat in der Lage? Sie weiß nicht, ob sie lachen oder weinen soll. Niemandem der Anwesenden traut sie einen Mord zu. Mit vielen arbeitet sie seit zehn Jahren oder länger zusammen und für jeden einzelnen legte sie, ohne zu zögern, die Hand in das Feuer. Doch einer muss es gewesen sein.

Kapitel 4

»Seit wie vielen Jahren arbeiten Sie für PetersPharma?« Die beiden Kommissare starren Oliver Pfaff an, als liefere allein die Beantwortung dieser Frage einen Hinweis auf den Täter.

Die Nachricht des Toten verbreitete sich bereits wie ein Lauffeuer in der WhatsApp-Gruppe der Abteilung. Dreihundertsechsundachtzig neue Nachrichten vermeldete Olivers Smartphone, als in den frühen Nachmittagsstunden der Wecker klingelte. Die gewohnte Zeit zwischen den Nachtschichten.

Die Kollegen berichten, dass jede Schicht gleich zu Arbeitsbeginn von den Kriminalkommissaren befragt wird, und spekulieren darüber, wem der oberste Laborleiter zum Opfer fiel. Die wildesten Vermutungen stellen sie auf. Ein von der Konkurrenz engagierter Auftragskiller über einen Kollegen, der auf seine Stelle spekuliert, bis hin zu einem Suizid – ihre Fantasie kennt keine Grenzen. Einig sind sich jedoch alle darin, weshalb Doktor Quittek sterben musste.

Oliver selbst hält sich aus der Diskussion um den Toten vollständig heraus. Nicht, dass den Ermittlern der Nachrichtenverlauf in die Hände fällt und sie unangenehme Fragen stellen.

Ein Auftragskiller, im Ernst? Ein Mord aus persönlichen Gründen ist – im Allgemeinen, aber besonders, wenn man das Opfer betrachtet – wahrscheinlicher als eine Verschwörung.

Und Suizid? Obwohl sich der Autoklav nur von außen mit geschlossener Tür starten lässt? Er nimmt beim Schließen zwar keine Rücksicht auf dazwischen geratene Gliedmaßen, aber spätestens, wenn Doktor Quittek einmal eingesperrt war, benötigte er eine zweite Person.

Ein Unfall wäre denkbar, wenn die Tür sich versehentlich schloss und ein übereifriger Kollege das Sterilisationsprogramm startete.

Doch er hält sich aus den Spekulationen des Fußvolks heraus. Sollen sie sich doch um Kopf und Kragen reden. Er ist vorbereitet.

»Seit mittlerweile sieben Jahren.« Oliver senkt betrübt den Kopf und knetet die Finger durch. Kauft man ihm die Unschuld vom Lande ab? Als Leiter der Nachtschicht schloss er das Labor ab. Natürlich müssen die Kommissare ihn genauer unter die Lupe nehmen. Nicht zu aufrecht sitzen, nicht mit dem Stuhl wippen, nicht die Finger kneten.

Zerknirscht legt er die Hände auf die Knie und hofft, dass man ihm die Trauer abnimmt.

»Haben Sie eng mit dem Toten zusammengearbeitet?« Der Mann, der sich als Kriminalkommissar Marcel Lohen vorstellte, blickt von dem Notizblock auf und beäugt ihn kritisch.

Oliver wird nur zu gut bewusst, dass sein weißes T-Shirt über der ausgebeulten Jeans am Bauch spannt, und er fragt sich, welches Bild der Kommissar sich von ihm macht. Natürlich achtet er auf ein gepflegtes Äußeres, das beweisen die sorgfältig rasierten Wangen und die letzten verbliebenen

Haare, die er jeden Morgen über der klaffenden Glatze verteilt. Und die feinen Lederschuhe, für die der Kommissar bestimmt mehrere Monatsgehälter hinblättern müsste …

Sieht so ein Verdächtiger aus?

»Im letzten Dreivierteljahr vermehrt«, antwortet Oliver zügig. »Unsere Produkte werden in die Bereiche Herstellung und Qualitätskontrolle unterteilt. Nach der Fertigstellung bestätige ich, dass es in der Produktion keine kritische Abweichung gab, der Qualitätsleiter bestätigt das Gleiche für die Qualität der Produkte und der oberste Laborleiter gibt die gesamte Produktcharge frei. Bei Abweichungen saßen wir zu dritt oft zusammen und diskutierten, inwieweit ein Produkt qualitativ beeinträchtigt war, legten zusätzliche Prüfungen fest und Herr Quittek … war derjenige, der dabei immer das letzte Wort hatte.«

»Also sind Sie durchaus aneinandergeraten, wenn Sie mit seiner Entscheidung nicht zufrieden waren?«

»Nein!« Schnell, beinahe panisch rudert Oliver zurück. »Es steht mir nicht zu, seine Entscheidungen zu hinterfragen und zu kritisieren.«

»Aber das heißt ja nicht, dass Sie damit zufrieden waren.« Die blonde Kommissarin – Nicole Falke, wenn er sich richtig erinnert – nickt beipflichtend zu den Worten ihres Kollegen.

»Das wäre ja wohl kaum ein Grund, ihn zu töten. Ist es das, was Sie mir unterstellen wollen?« Oliver bemüht sich, die Stimme ruhig und beherrscht klingen zu lassen. Reagiert so ein Unschuldiger?

Der Kommissar vermerkt etwas auf seinem Notizblock und übergeht seine Anschuldigung. »Wer wird denn die

Aufgaben des Toten übernehmen? Mir ist zu Ohren gekommen, dass Sie keine Produkte verkaufen dürfen, die nicht von dem obersten Laborleiter im Vorfeld freigegeben wurden.«

»Wir haben natürlich einen stellvertretenden Laborleiter. Herr Doktor Quittek befand sich gelegentlich auch im Urlaub oder auf Tagungen. Frau Petra Stengel wird seine Aufgaben übernehmen, bis wir einen Nachfolger gefunden haben. Da er in einem halben Jahr in Rente gehen sollte, ist die Stelle bereits ausgeschrieben. Deshalb wird das hoffentlich nicht allzu lange dauern.« Unbemerkt hatte er sich in Rage geredet und dabei gerade auf seinem Stuhl aufgerichtet. Er fühlt sich wie nach einem Dauerlauf und sinkt erschöpft in seine ursprüngliche Position zusammen.

»Wie kommen Sie mit der Stellvertreterin – Petra Stengel, sagten Sie? – klar?«

Oliver nickt und fixiert die Ecke der Tischplatte, als stehe dort die richtige Antwort. »Es ist schwierig mit ihr.«

»Können Sie das genauer ausführen?«, schaltet sich die Kommissarin ein, nachdem sie dem bisherigen Gespräch stillschweigend folgte.

Unglücklich blickt Oliver sie an. »Sie ist sehr unsicher, hat noch nicht so viel Erfahrung. Wir mussten einige produzierte Chargen in der Vergangenheit vernichten, weil sie Probleme sah, die keine waren.«

»Aber sagten Sie nicht, es stünde Ihnen nicht zu, die Entscheidungen der Sachkundigen Person anzuzweifeln?« Die Kommissarin blättert in den Notizen und tippt auf den entsprechenden Vermerk – oder dorthin, wo er ihn vermuten soll.

Wie kommt er aus dieser misslichen Lage wieder hinaus? Der Kommissar erweckt in ihm den Eindruck, als wisse er ganz genau, dass Oliver an jedem anderen Ort der Welt lieber wäre, als mit den beiden Kommissaren in diesem Pausenraum.

Kommissar Lohen winkt ab. »Könnte es sein, dass Frau Stengel diese Position für sich wollte und deshalb Herrn Quittek ermordet hat?«

Oliver reißt die Augen auf. Ist das sein Rettungsring? Annehmen? Ablehnen? Was würde ein Unschuldiger tun? Den Verdacht auf eine andere Person lenken? »Dazu kann ich leider keine Aussage treffen.«

»Trauen Sie ihr das zu?«

Schweigen. Kopfschütteln.

»Haben Sie Frau Stengel in der vergangenen Nacht in der Firma angetroffen?«

Ja? Nein? Ja? Nein? Noch immer antwortet die Tischkante nicht für ihn, so sehr er sie auch anfleht. Er spürt die Schweißperlen auf seiner Stirn überdeutlich, als er den Kopf hebt. Dann schüttelt er den Kopf.

Der Kommissar hebt die Augenbrauen, als glaube er ihm kein Wort, während seine Kollegin hektisch etwas notiert, das er von seiner Position aus nicht lesen kann. Schuldig?

Kapitel 5

Die Rechtsmedizinerin Melanie Bender untersucht geduldig Millimeter um Millimeter der verbliebenen Oberfläche des Toten. Zwei Kollegen, die sich ebenso konzentriert über den Leichnam beugen, unterstützen sie dabei. Mit einem zurückhaltenden Lächeln blickt sie auf, sodass die Spitzen der zu einem Pferdeschwanz zusammengebundenen, dunklen Haare ihr dabei in das schmale Gesicht fallen und spricht ihre Erkenntnisse leise in ein Diktiergerät.

»Einen solchen Fall hatte ich schon lange nicht mehr auf dem Tisch.« Ihre Stimme hallt laut durch den spärlich eingerichteten Raum, als sie sich an Lohen und Nicole wendet. Sie begleiten die Autopsie, da Lohen es sich nie nehmen lässt, bei den Autopsien »seiner« Opfer anwesend zu sein.

Außerdem muss er sich eingestehen, dass die junge Rechtsmedizinerin ein ästhetisch sehr ansprechendes Bild abgibt, wenn sie sich den Toten widmet. So viel lieber verbringt er seine Zeit mit ihr als in der lieblos eingerichteten Zweizimmerwohnung, in der ihn alles daran erinnert, dass sein Job ihm nie die Zeit ließ, eine Familie zu gründen.

Außer ihnen ist der Polizeifotograf anwesend, der auf Melanies Zeichen hin von vermeintlich wichtigen Funden Fotos schießt, sowie ein Kollege der Kriminaltechnik. Entgegen langläufiger Vorstellungen ist der Sezierraum keine dunkle, unheimliche Kammer. Grell strahlen die

Neonröhren von der Decke hinab, sodass nicht die kleinste Unstimmigkeit übersehen wird.

»Inwiefern?«, fragte Lohen interessiert nach. »Soweit ich weiß, hatten wir noch nie einen dampfsterilisierten Toten.«

Er ist stolz darauf, dass er sich dieses Wort merkte und nun damit vor ihr punkten kann. Melanie bemerkt sein Beifall heischendes Grinsen nicht, doch als sein Blick auf Nicole fällt, sprechen deren hochgezogene Augenbrauen Bände. Er bereut es beinahe, sie mit zu der Obduktion genommen zu haben, denn üblicherweise ist nur einer der Ermittler dabei zugegen. Da sie jedoch nie zuvor einer Obduktion beiwohnte, sieht er es als seine Pflicht, sie an die Gepflogenheiten der Mordermittlung heranzuführen.

»Nein, das nicht.« Lächelnd richtet sie sich vollends auf, wobei der weiße Kittel trotz des schmalen Schnitts um ihren mageren Körper schlottert. Sie gibt dem Kollegen zu ihrer Linken ein Zeichen, dass er den Brustkorb öffnen soll, während der andere bereits den Kopf öffnet, und schaut dann mit großen, unschuldigen Augen die Ermittler an.

»Jetzt sag schon: Woran erinnert dich der Tote?«, fragt Lohen ungeduldig. Ihr Blick bringt das Blut in seinen Lenden zum Kochen. Er muss sich zwingen, die Gedanken in berufliche Bahnen zu lenken. Sie gehört verdammt noch mal nicht an den Seziertisch, sondern … er unterbricht sich. Beruflich!

»Während meiner Ausbildung habe ich einen ähnlichen Fall auf dem Tisch gehabt. Ein Mann, der in einer Sauna verbrannt ist. Die Ähnlichkeit mit dem Toten von heute ist erstaunlich.« Sie deutet auf das stark vernarbte Gewebe, die Haut, die sich großflächig von den Knochen löste.

»Handelte es sich um einen Mord?« Lohen schaudert. Obwohl er bereits seit über einer Stunde die Autopsie begleitet, erträgt er den Anblick des Toten noch immer nicht. Das einzig Gute ist, dass sich das Ende der Obduktion langsam nähert.

»Nein. Der Mann erlitt ein Herzversagen in der privaten Sauna. Als er nach drei Tagen gefunden wurde, war er gut durchgeschmort. Der Raum hatte sich im Laufe der Zeit immer weiter aufgeheizt, sodass zum Schluss hundertfünfzehn Grad herrschten. Glücklicherweise war er jedoch tot, bevor er verkochte, was man von unserem Toten nicht sagen kann.«

Wie kann sie so freundlich lächeln, während sie gleichzeitig diese schrecklichen Bilder in seinem Kopf hervorruft?

Er erinnert sich, dass sie niemals anders reagierte, egal, welch grausamen Umstände zu dem Tod eines Menschen führten. Sie scheint völlig abgestumpft zu sein, was für ihren Beruf vielleicht eine gute Voraussetzung ist. Lohen wendet sich ab und schluckt heftig. Was muss das für ein Mensch gewesen sein, der einen anderen auf eine solche Art quält? Als ob es nicht genug wäre, ihm das Leben zu nehmen.

Melanie wendet sich erneut dem Leichnam zu, als hätte sie lediglich den Wetterbericht vorgetragen. Sie greift in den bis zu dem Bauchnabel geöffneten Brustkorb und hebt nacheinander diverse Organe heraus, betrachtet sie intensiv und legt sie in die bereitliegende Schale. »Können wir weitermachen?«, fragt sie gelangweilt, nicht ernsthaft an seiner Meinung interessiert.

Lohen glaubt nicht an fehlende Empathie der Rechtsmedizinerin. Es scheint sie zu amüsieren, wie andere Menschen mit dem Thema Tod umgehen, als ziehe sie einen besonderen Kick daraus. So freundlich lächelnd, wie sie üblicherweise von Innereien und Lebertemperaturen spricht, kann er ihr das jedoch nicht übelnehmen. Sie hat halt eine sehr makabre Vorstellung von Humor.

Er nickt und beobachtet sie bei der weiteren Untersuchung. Es ist nicht die erste Obduktion, bei der er dabei ist, und er kennt mittlerweile die Abläufe, doch ist er weit davon entfernt, eigenständige Diagnosen zu stellen.

»Er muss freiwillig in den Autoklav geklettert sein, soweit ich das beurteilen kann. Wir haben keine Kampfspuren, obwohl das nach dem Verdampfen wirklich schwer zu sagen ist. Keine abgebrochenen Fingernägel, keine sichtbaren Schrammen, keine Hautfetzen anderer unter den Fingernägeln. Keine Anzeichen von Fesselung oder einem Schlag auf den Kopf. Bloß jede Menge abgelöste, vernarbte, verbrannte Haut. Der ganze Körper ist überzogen mit schwarz-roten Nekrosen.« Sie deutet auf das vernarbte Gewebe, das den Körper des Toten übersät.

Ihr Bericht stimmt mit seinen Schlüssen überein. Der gefundene Schraubendreher spricht mit großer Wahrscheinlichkeit ebenfalls dafür.

»Was ist die Todesursache deiner Meinung nach?«

Melanie hebt den Kopf und sieht Lohen mit spöttisch erhobenen Augenbrauen direkt in die Augen. Ihr Blick ist unergründlich, die Stimme kaum merklich tiefer als zuvor. »Kreislaufversagen. Allerdings erst, als seine Umgebung bereits kochte. Der Rachen, die Bronchien, die oberen Lungenflügel sind ebenfalls mit starken Nekrosen übersät, also den Narben, die eine Verbrennung hinterlässt. Wäre er zu dem Zeitpunkt bereits tot gewesen, wäre der heiße Dampf nicht durch seine gesamten oberen Atemwege gekrochen und hätte sie verbrüht.«

Sprachlos versucht Lohen sich vorzustellen, welche Qualen ein Mensch erleidet, dessen Lunge gekocht wird. Unsagbare, nicht vorstellbare Schmerzen, die sich durch den Brustkorb ziehen. Wartete sein Mörder derweil vor dem Folterinstrument und erfreute sich an den Todesschreien? Drangen die Schreie aus dem Monstrum überhaupt hinaus?

Das Klicken des Fotoapparats zerreißt die bedrückte Stille.

»Dass er gelebt hat, heißt nicht, dass er bei Bewusstsein war«, lenkt Melanie schnell mit einem Blick auf Nicole ein.

Die junge Kommissarin sieht mit der gräulichen Gesichtsfarbe und den vor Entsetzen geweiteten Augen so aus, wie Lohen sich fühlt. »Er war vermutlich schon früh ohnmächtig vor Schmerz. Dann hat er sich übergeben und schließlich ist der Kreislauf zusammengebrochen.«

»Was meinst du, wie lange er sich gequält hat?« Fragen, die er nicht stellen möchte, denen er sich jedoch nicht erwehren kann.

Melanie setzt die weißen Turnschuhe in zierlicher Linie um den Seziertisch herum, als balanciere sie auf einem Seil. Dabei lässt sie den Toten nicht aus den Augen, als befürchte sie, er könne es sich anders überlegen und den Raum verlassen, wenn sie nicht aufpasse. »Das ist schwer zu sagen. Vielleicht war er von Anfang an bewusstlos. Die toxikologischen Untersuchungen deuten bislang nicht darauf hin, dass er ein Betäubungsmittel bekommen hat, aber wir haben auch nur die gängigsten Substanzen überprüfen können bisher.

Verschiedene Tests laufen noch und es gibt einfach zu viele Substanzen, die wir nicht standardgemäß überprüfen. Wenn der Mörder unter den Laboranten oder Wissenschaftlern zu finden ist, kann es gut sein, dass irgendein nicht übliches Mittel benutzt wurde, um ihn zu betäuben.« Sie zieht die Schultern hoch.

»Und wenn er nicht ohnmächtig war?« Lohen ist sich nicht sicher, ob er die Antwort hören möchte. Er wünscht sich, dass die Autopsie möglichst schnell vorbei gehe, damit er endlich aus dem bedrückenden Raum verschwinden kann. Auch Nicole ist anzusehen, dass sie nichts lieber täte, als aus dem rechtsmedizinischen Institut zu verschwinden. Verständlich. Es ist ihre erste Obduktion.

Die sanfte Stimme der Rechtsmedizinerin könnte genauso gut von einem schönen Nachmittag mit Freunden berichten, von Zukunftsplänen oder dem Mittagessen. Doch stattdessen spricht sie von den letzten Minuten eines Mannes, der den Tod, den er erlitt, nicht verdiente. Oder doch?

Sie holt tief Luft und fährt zögerlich fort. »Der Autoklav benötigt eine Stunde, bis er die Sterilisationstemperatur erreicht. Es ist dunkel, er ist auf engstem Raum darin eingesperrt und es wird immer heißer. Die hunderteinundzwanzig Grad wurden zum Schluss noch einmal zwanzig Minuten gehalten, aber das wird er nicht mehr mitbekommen haben.«

Betroffen schweigt Lohen und so fährt Melanie mit ihren Ausführungen fort. »Du kannst das nicht mit einem normalen Saunagang vergleichen. Dort ist die Luft relativ trocken, dein Körper schwitzt, also hat die Flüssigkeit auf deiner Haut maximal Körpertemperatur. Beim Verdunsten kühlt sie weiter ab und somit die Haut. Doch selbst in der Sauna überlebst du keine zwanzig Minuten bei hunderteinundzwanzig Grad. Vielleicht hältst du zwei Minuten durch, wenn du ein geübter Saunagänger bist. Aber in dem Autoklav ist die Luft mit dem Wasserdampf gesättigt, selbst wenn du schwitzt, verdunstet die Feuchtigkeit nicht. Sie nimmt die Temperatur der Umgebung an. Der Überdruck in dem Autoklav sorgt dafür, dass das Wasser nicht gasförmig, sondern als Dampf, also winzig kleine Feuchtigkeitstropfen in dem gasförmigen Wasser, vorliegt.«

Alles, was dem Toten zuvor entnommen wurde, findet seinen Weg zurück in den Körper, wobei die Rechtsmediziner nicht allzu viel Wert auf den tatsächlichen Ursprungsplatz legen. Melanie weist die beiden Kollegen an, Kopf, Brust und Bauch zu verschließen, dann geht sie festen Schrittes zu den Ermittlern hinüber, wobei sie sich bereits die fleckigen Einmalhandschuhe von den Händen zieht und sie achtlos in den Mülleimer fallen lässt.

»Das heißt, er wurde wie ein Hummer lebendig gekocht?« Lohen schüttelt sich bei der Vorstellung des Toten in einem großen Kochtopf, auch wenn der Vergleich passend scheint.

Melanie lacht kurz auf, erkennt aber scheinbar selbst, dass es unpassend ist und wird gleich wieder ernst. »Nein, es ist mittlerweile verboten ist, lebendige Hummer zu kochen. Man hat nachgewiesen, dass sie dabei sehr wohl Schmerz empfinden.«

»Wie lange wird er bei Bewusstsein gewesen sein?« Nicoles Stimme klingt dünn und verliert sich zwischen den kahlen Wänden.

»So ziemlich genau eine halbe Stunde, nachdem das Sterilisationsprogramm gestartet wurde. Der Autoklav dürfte eine Innentemperatur von sechzig Grad gehabt haben. Bei der Temperatur beginnen die Proteine im Körper zu denaturieren und der Schmerz unerträglich zu werden. Schau her!« Sie deutet auf die Handflächen. »Die Haut an den Handkanten und den Handinnenflächen ist leicht abgelöst. Er wird von innen gegen die Tür geschlagen haben, als die Temperatur schon unerträglich aber noch nicht tödlich war. Er wusste, dass die Tür sich nicht öffnen würde. Selbst wenn ihn jemand gehört und das Programm beendet hätte, wäre er unweigerlich verkocht, bis der Autoklav abgekühlt wäre und die Tür wieder freigegeben hätte.«

Lohen verzieht schmerzerfüllt das Gesicht. Er kann den Schmerz beinahe fühlen, die Angst, die der Tote in den letzten Minuten seines Lebens verspürt haben muss, als ihm klar wurde, dass er unweigerlich verloren war. Die halbe Stunde muss ihm wie eine Ewigkeit vorgekommen sein, doch es ist nicht gesagt, dass mit dem Schließen der Tür alles begonnen hatte. War er in seinem Büro überrascht worden? Hatte sein Mörder ihn zu Hause aufgesucht und überredet, wieder zu der Firma zu fahren? Hatte er gewusst, seinem späteren Mörder gegenüber zu stehen?

Niemals wäre er freiwillig in den Autoklav geklettert, wenn er gewusst hätte, was ihn erwartet.

»Dass er nicht deutlich später in Ohnmacht gefallen ist, sehe ich daran, dass es kaum weitere Ablösungen der Haut gab«, fährt Melanie unbeirrt fort, während in Lohens Kopf die Gedanken rasen. »Wäre er noch länger bei Bewusstsein gewesen und hätte sich in dem Autoklav mehr bewegt, wäre deutlich mehr von seiner Haut abgelöst gewesen. Du findest es auch alles noch einmal ausführlich in dem

Autopsiebericht, wenn er fertig ist.« Sie schwenkt das Diktiergerät und Lohen weiß, dass ihre Sekretärin das Gesprochene in mühevoller Kleinstarbeit abtippen wird.

Lohen hat das dringende Bedürfnis, sich zu verabschieden, um sich erfreulicheren Gedanken zuzuwenden. So gern er auch seine Zeit mit der Rechtsmedizinerin verbringt, erinnert sie ihn doch jedes Mal an gewaltsame Tode, da darin ihre Hauptgesprächsthemen bestehen. Er möchte sie fragen, welche Dinge sie in ihrer Freizeit unternimmt – er bezweifelt, dass man der anorektisch anmutenden Frau mit einer Einladung zum Abendessen eine Freude macht – oder ob ein Partner oder Kinder darauf warten, dass sie nach Hause kommt. Doch obwohl sie sich seit zwei Jahren regelmäßig über den Weg laufen, weiß er nichts Privates von ihr. Manchmal denkt er, dass es vielleicht auch besser so ist. Zu viele Geschichten, die er über Paare oder welche, die es einst waren, gehört hatte, die beruflich miteinander zu tun hatten. Meist funktioniert es nur so lange gut, bis es dem einen davon zu viel wird.

Erschwerend kommt die Begleitung Nicoles hinzu, die mit säuerlicher Miene und auffällig schweigsam der Autopsie folgt. Lohen bezweifelt, dass sich ihre schlechte Laune auf sein Interesse an Melanie bezieht. Woher sollte sie davon wissen? Es ist halt ihre erste Autopsie.

»Vielen Dank!«, bringt Nicole an Melanie gerichtet hervor und wendet sich zum Gehen, ohne sich noch einmal umzuschauen, ob Lohen ihr folgt.

Das Lächeln, das Melanie ihnen zum Abschied schenkt, ist hinreißend. Ihre Augen strahlen und, wenn er nicht wüsste, dass jeder dieses Lächeln von ihr bekäme, hielte er sich nun für etwas Besonderes. Entweder ist sie eine herzliche junge Frau, deren Herz vor Liebe überzuquellen droht, oder aber sie wurde in ihrem Leben zu oft enttäuscht, sodass sie niemandem gegenüber mehr ihr wahres Empfinden offenbart.

Sie nickt ihm knapp zu, dann schreitet sie mit wiegenden Schritten in den Nebenraum des Autopsiesaales.

Kapitel 6

Zurück in seinem Büro befragt Lohen zunächst den Computer, ob mittlerweile ein konkreter Hinweis auf den Täter vorliegt. Die Rechner der Ermittler sind miteinander vernetzt und jedes Mitglied des Ermittlungsteams hat die Aufgabe, sich stets auf dem Laufenden zu halten und neue Erkenntnisse unvermittelt einzutragen.

Die Mitarbeiterliste, die Lohen von der Vorstandsassistentin der Firma erhalten hatte, ist zu zwei Dritteln abgehakt. Alle aufgelisteten Personen, die noch nicht befragt wurden, haben hinter ihrem Namen den Vermerk »Urlaub«, »krank« oder »ausgeschieden« in Kombination mit einem Datum.

Diejenigen, die nicht mehr für die Firma tätig sind, streicht Lohen ohne Bedenken weg. Zumindest diejenigen, deren Austrittsdatum deutlich in der Vergangenheit liegt – ein Jahr oder mehr. Die drei, die innerhalb des letzten Jahres die Firma verließen, belässt er zur Sicherheit in der Liste und notiert, dass er sie aufsuchen wird, wenn die bisher erhaltenen Hinweise sie nicht zu dem Täter führen.

Der Mauszeiger schwebt schon über dem Ausschaltknopf, als eine Aktualisierung der Ermittlungsdatei angezeigt wird. Gespannt bestätigt er, dass er sich die Aktualisierung anzeigen lassen möchte und entdeckt den vollständigen Bericht der Spurensicherung inklusive der vollständigen

Fotos des Tatorts. Er überfliegt den Bericht und flucht leise vor sich hin.

Was hatte er erwartet?

Jegliche menschliche Spur, die das LKA zu dem Mörder führen konnte, wurde durch die Schutzkleidung erfolgreich verhindert. Der Mörder muss gemäß der Vorschrift in Reinraumkleidung mit Handschuhen und Häubchen agiert haben, auch wenn Lohen sich nicht vorstellen kann, dass der Mörder sein Opfer in dem Büro aufsuchte, sich mit ihm zu dem Labor begab und in aller Seelenruhe die Reinraumkleidung überzog. Oder ging der jetzt Tote freudig, weil nichtsahnend mit?

Es bleibt nur zu hoffen, dass der Mörder sich bei der weiteren Befragung selbst in Widersprüche verwickelt und ihnen dadurch einen Anhaltspunkt liefert.

Kapitel 7

»Kannst du noch einmal einen Blick auf meine Bewerbung werfen?« Frustriert sendet Julia die Textnachricht ab. Seit etwas mehr als einem Jahr sucht sie verzweifelt nach einer Anstellung, für die es sich lohnt, BWL studiert zu haben. Mit Betriebswirtschaftslehre könne man alles machen, versicherte man ihr vor dem Studium von allen Seiten. Wenn sie nicht wisse, was sie machen soll, läge sie damit auf jeden Fall richtig.

Also quälte sie sich durch das beschissene, langweilige Studium und wusste noch immer nicht, was sie später damit anfangen wolle. Natürlich brauchte sie länger als die vorgeschriebenen vier Jahre, um das Studium abzuschließen, so wie alle anderen auch. Zusätzlich zeugten die Noten auf ihrem Abschlusszeugnis von der unglaublich unterirdischen Motivation, die sie von Anfang an begleitete.

Und jetzt steht sie da, bewirbt sich auf jede verdammte Stellenanzeige, die »Voraussetzung: Erfolgreich abgeschlossenes Studium der Betriebswirtschaftslehre« enthält und ärgert sich über die zahlreichen Absagen, falls überhaupt eine Reaktion auf ihre Bewerbung erfolgt.

Nach den ersten Absagen fragte sie ihre Eltern um Rat, mit deren Hilfe sie die Bewerbung optimierte, dann ihren Bruder und schließlich eine Freundin, die als Abteilungsleiterin regelmäßig mit Bewerbungen konfrontiert wird.

Mittlerweile ist ihre Bewerbung so bombastisch, dass sie sich selbst mit Kusshand einstellte.

Leider sehen die Personaler der angeschriebenen Firmen das anders, so dass sie wieder einmal an der nächsten Überarbeitungsrunde sitzt. »Initiativbewerbung« lautet das Zauberwort ihrer Freundin. Viele Firmen realisieren erst, dass sie tatsächlich Mitarbeiter benötigen, wenn sich diese vor ihnen präsentieren, und man bewirbt sich immer konkurrenzlos.

Also sitzt sie jetzt vor der erneut umgeschriebenen Bewerbung und hofft, dass ihre Freundin noch einmal Zeit findet, darüber zu schauen.

Sie hat keine Lust mehr, nachts in einem Discounter Waren zu verräumen, an den Wochenenden Zeitungen auszutragen und bei Leuten, die ebenfalls BWL studierten, zu putzen oder die Kinder zu hüten. Sie möchte endlich einen vernünftigen Job und – noch viel wichtiger – ein vernünftiges Gehalt. In den Urlaub fahren können und nicht monatlich darum bangen müssen, ob das Geld für die Miete hereinkommt.

Die Vibration ihres Smartphones kündigt eine einkommende Nachricht an: »Klar, schick rüber!«

Kapitel 8

Eine Woche ist seit dem grausamen Mord in dem Chemie-Labor vergangen und die Ermittler haben nicht den geringsten Hinweis, wer der Mörder der Sachkundigen Person sein könnte. Die Durchleuchtung des kompletten Berliner Umfelds des vermuteten Toten ergab dessen Haus- und Zahnarzt, mit deren Patientenakten sich die Identität eindeutig bestätigte.

Auch wenn die Vermutung über seine Identität bereits vorher bestand, zeigten sich die übrigen Mitarbeiter der Firma stark betroffen, als Lohen die Bestätigung dem Vorstand übermittelte.

Sie fanden zwischenzeitlich heraus, dass der Tote eine Schwester hat, die mit ihrem einjährigen Sohn in Ghana lebt. Mehrmals rief Lohen sie an, doch bislang bekam er sie nicht an das Telefon.

Die Einzelverbindungsnachweise von Quitteks Telefonanbieter ergaben, dass die regelmäßigen Telefonate der Geschwister eine Woche vor dem Mord abrupt endeten.

Mit der Bestätigung der Identität wurde die Durchsuchung der Wohnung genehmigt und gleichzeitig erhärtete sich der Verdacht, dass der Mord durch einen Arbeitskollegen des Toten erfolgte. Auch das Büro des Toten wurde noch einmal, noch genauer durchsucht. Da bei Eintreffen der Frühschicht alle Türen ordnungsgemäß verschlossen waren, liegt es auf der Hand, dass der Mörder einen eigenen Schlüssel besitzen muss. Auch eine Woche nach dem Auffinden des Toten gilt kein Schlüssel der Angestellten als vermisst.

Zwei Personen vermitteln Marcel Lohen das Gefühl, dass sie in den Mord verwickelt sind, entweder als Täter – einzeln oder gemeinsam – oder als Mitwisser. Vielleicht haben sie in der betreffenden Nacht etwas beobachtet und werden von dem Mörder unter Druck gesetzt, falls sie gegenüber der Polizei den Mund öffnen.

Was kann so schlimm sein, dass sie einen Mord dafür verschweigen? Sobald der Mörder gefasst ist, kann er ihnen selbst nichts anhaben. Oliver Pfaff und Petra Stengel. Er muss den Herstellungsleiter und die stellvertretende Sachkundige Person im Auge behalten.

Zwei der als zum Tatzeitpunkt krank gemeldeten Angestellten muss Lohen noch befragen. Er verspricht sich nicht viel davon, aber manchmal sind es gerade die Aussagen, von denen man sich nichts verspricht, die zur Lösung des Falles führen. Sollten auch deren Befragungen im Sande verlaufen, verbleiben nur noch diejenigen Mitarbeiter, die bereits aus der Firma ausgetreten sind.

Ein Klopfen an der Tür unterbricht Lohens Gedanken.

Nicole Falke klimpert mit dem Schlüssel des Dienstfahrzeugs. »Marcel, wir haben in einer halben Stunde den Termin mit den letzten zwei Mitarbeitern von PetersPharma. Kommst du?«

Schwerfällig erhebt sich Lohen mit einem Blick auf die Armbanduhr aus dem Schreibtischsessel. Es ist mehr als genug Zeit. Doch er weiß, dass es eine der ersten

Mordermittlungen ist, denen die junge Kollegin beiwohnt, und es ist gut, dass sie trotz fehlender Ergebnisse die Motivation beibehält.

Kapitel 9

»Monika Lenz«, stellt sie sich vor und streckt den Kommissaren nacheinander die Hand entgegen. Der Stuhl knarrt unter ihrem Gewicht. Doch heute ignoriert sie es. Sie brennt darauf, loszuwerden, was sie sagen muss.

»Frau Lenz, wie Sie bestimmt schon gehört haben, wurde Herr Doktor Manuel Quittek in der vergangenen Woche tot aufgefunden.« Sie nickt zu Lohens Worten.

Wer hat es nicht gehört? Und kein einziger besaß den Mumm, mit den Kommissaren zu reden … Was für eine verlogene, illoyale …

»Wir wissen, dass Sie zu dem fraglichen Zeitpunkt krankgeschrieben waren, dennoch müssen wir routinemäßig alle Angestellten der Firma befragen«, unterbricht der Kommissar ihre Gedanken. »Kannten Sie den Toten?«

Was für eine Frage …

»Ja, natürlich kannte ich ihn. Bei uns kennt jeder jeden, so klein, wie die Firma ist.«

Manchmal mehr, als einem lieb ist …

»Was können Sie uns denn über den Toten sagen? Haben Sie eng mit ihm zusammengearbeitet? Ist Ihnen in der letzten Zeit etwas an ihm aufgefallen? War er besorgt?«

»Ich denke, seine Funktion kennen Sie. Oberster Leiter und ständig hatte er etwas auszusetzen. An allem und jedem.« Sie hält kurz inne und blickt in die entgeisterten Gesichter der Kommissare.

»Das heißt, Sie kamen nicht gut mit ihm aus?«, fragt Kommissar Lohen nach.

Monika lacht freudlos auf. »Ich hatte beruflich wenig mit ihm zu tun. Beim Plausch auf dem Gang hatte man mit ihm viel zu lachen. Aber mit ihm zusammenarbeiten … Niemals!«

»Was war so schlimm an der Zusammenarbeit?«

»Neunzig Prozent aller E-Mails ignorierte er, verlangte aber Antworten auf seine E-Mails innerhalb von fünf Minuten. Termine ignorierte er oder sagte sie ab und, wenn man ganz großes Glück hatte, erschien er zu den Meetings, wenn man ihn persönlich aus seinem Büro abholte. Aufgaben, die er bearbeiten sollte, ließ er liegen, sodass andere sich darum kümmern mussten. Ob er eine Produktcharge freigab oder nicht, hing von seiner jeweiligen Laune ab. Es gab keine einheitlichen Entscheidungen. Trat eine Abweichung auf, sperrte er eine Charge, wiederholte sich die Abweichung nach zwei Wochen, winkte er sie durch. Egal. Ob es Kunden, Kollegen, Vorgesetzte waren, niemand arbeitete gern mit ihm zusammen.«

Die Kommissare starren sie mit großen Augen an. Soll sie noch weiter ausholen?

Sie hat es den anderen gesagt! Es wird herauskommen. Wenn nicht sie redet, dann jemand anders. Über kurz oder lang – eine Kette ist nur so stark wie ihr schwächstes Glied. Nicht jeder wird der Befragung der Kommissare auf Dauer standhalten.

»Wenn man nicht mit ihm zusammenarbeitete, kam man ganz gut mit ihm aus«, fährt Monika fort. »Er hatte eine ganz spezielle Art von Humor, bei der man sich immer fragte, ob er das jetzt ernst meinte oder ob es ein Spaß war. Verstehen Sie mich nicht falsch, er war bestimmt kein schlechter Mensch, aber er ist dem einen oder anderen auf die Füße getreten und es war nur eine Frage der Zeit, bis sich das jemand nicht mehr gefallen ließ.«

»Wie meinen Sie das genau?«

»Naja, da war die Sache mit Sonja, die ihre Arbeit unterbrechen musste, weil er sie wegen eines Fehlers maßregeln wollte. Es war nichts Wichtiges, ein Kreuz, das auf einem Protokoll fehlte. Das Rein und Raus aus dem Reinraum kostete sie mindestens eine halbe Stunde und hinterher musste sie die Arbeit des kompletten Tages von vorn beginnen.«

»Welche Konsequenzen hätte es gehabt, wenn sie zuvor ihre Arbeit beendet hätte?« Die gekräuselte Stirn der Kommissarin verrät Monika, dass sie die Reichweite der Entscheidung erfasste.

Monika zuckt mit den Schultern. »Mindestens eine Abmahnung.« Oder seine Anschuldigungen und Vorwürfe, die regelmäßig Kollegen zum Weinen brachten.

›*In eurer Abteilung ist einer dümmer als der andere!*‹, brüllt der Tote in ihrem Kopf. ›*Und das ist die Wahrheit!*‹

Hastig schüttelt sie den Gedanken ab.

»Aber das ist doch kein Grund, einen Menschen umzubringen«, wirft Nicole zögerlich ein, dann beißt sie sich auf die Unterlippe und Monika sieht sie zweifeln. Manche Menschen morden aus viel geringerem Anlass.

»Ja«, winkt Monika schnell ab. »Das war auch nur ein Beispiel. Solche Sachen hat er ständig abgezogen. Es gab einige, die seinetwegen kündigten.«

»Zum Beispiel?« Lohens Stift schwebt nur Millimeter über dem Papier.

Monika zögert. Es ist eine Sache, die Kommissare über das wahre Wesen des Toten aufzuklären, aber etwas ganz anderes, konkrete Namen zu nennen. Jeder wird wissen, dass sie mit den Kommissaren redete. Ihr Kopf schmerzt. Was ist das Richtige?

»Irina Samuel«, sagt sie schließlich, »die früher mit ihm in einem Büro saß. Sie war für die Beurteilung von Beschwerden, Nebenwirkungen und solchem Kram zuständig. Zwischen den beiden flogen öfter mal die Fetzen, bis sie dann kündigte.«

»Sie ist aber von sich aus gegangen?« Der Kommissar notiert sich den Namen und wendet sich wieder Monika zu.

Sie nickt. »Ja, das hat sie auch lautstark allen verkündet, die es hören wollten. So wie sie gezetert und gemeckert hat, war das schwer zu überhören. Keine Sekunde länger wollte sie ihre Lebenszeit mit diesem eingebildeten, arroganten Arsch in einem Raum eingesperrt sein, waren ihre letzten Worte.«

Lohen nickt. »Gibt es noch mehr Personen, die seinetwegen gegangen sind?«

Wieder nickt sie, noch zögerlicher dieses Mal. »Ja, der Christian aus der Forschung. Das war so ein ewiges Streitthema. Christian entwickelte etwas, Doktor Quittek lehnte es ab und immer so weiter. Wir hätten viele neue Produkte in der Zeit auf den Markt bringen können, oder sie zumindest entwickeln können, um Studien daran durchzuführen. Schließlich landete das Problem bei dem Vorstand auf dem Tisch und der Vorstand bat Herrn Doktor Quittek, sich zu äußern, warum er Bedenken bei einem Projekt hatte. Doktor Quittek ließ die gesetzte Frist verstreichen, der Vorstand setzte das Projekt durch und ab diesem Moment hatte Christian keine ruhige Minute mehr. Er wurde angeschwärzt, jeder mögliche Fehler wurde aufgedeckt, selbst wenn nachgewiesen werden konnte, dass ihn gar keine Schuld traf. Dabei sagte Doktor Quittek ihm nicht auf den Kopf zu, was ihn störte. Ihm sagte er, wie erfrischend er ihre Diskussionen zu Fachthemen fände, während er sich beim Vorstand beschwerte, dass Christian immer diskutieren musste.«

Der Kommissar zieht eine zusammengefaltete Liste aus seiner Jackentasche, fährt mit dem Zeigefinger darüber und stoppt schließlich. »Christian Schmidt?«

Die Mitarbeiterin nickt und Lohen malt einen fetten Kringel um den Namen.

»Was geschah dann?«

»Er reichte seine Kündigung ein und meldete sich krank. Ich habe ihn nur noch einmal gesehen, als er seinen Schlüssel abgab.«

»Wenn ich mich richtig erinnere, gab es noch einen weiteren Fall vor ungefähr einem Jahr«, plaudert sie weiter. Es ist befreiend, die Gedanken aussprechen zu dürfen, die sie eine Woche lang unterdrückte. Die Drohungen der Kollegen klingen ihr noch in den Ohren. »Dazu kann ich Ihnen allerdings nicht viel sagen, da ich gerade erst bei Peters-Pharma eingestellt wurde, und demnach nicht viel mitbekam. Irgendein Streit zwischen der damaligen Herstellungsleitung und Herrn Doktor Quittek. Da fragen Sie am besten jemanden, der schon länger in der Firma ist.«

Als ob einer von denen mit den Kommissaren redete … Vielleicht jetzt, nach dem ersten Anstoß.

»Woher wissen Sie von den Problemen, wenn Sie gar nicht darin involviert waren?«

»Die Wände haben Ohren. Bei den meisten Büros stehen die Türen offen, sodass jeder hört, was erzählt wird. Und diejenigen, die ihre Bürotür schließen, erzählen es hinter verschlossenen Türen mindestens genauso vielen Leuten.«

»Vielen Dank, Frau Lenz. Ich habe noch zwei abschließende Fragen, dann möchte ich Sie gar nicht weiter aufhalten.«

Lohen mustert sie akribisch und sie fühlt sich unwohl. Hat sie zu viel erzählt? Hält er womöglich sie jetzt für den Täter? Hält er sie für eine Lügnerin, bloß weil der Rest der Firma zu feige ist, um den Mund zu öffnen?

»Wie standen Sie persönlich zu Herrn Quittek?«

»Er war ein Arsch und ich bin ihm – wie die meisten – aus dem Weg gegangen, aber das hatte er nicht verdient.« Betroffen … ja, das ist das richtige Wort. Betroffen macht sie der Tod des obersten Laborleiters, auch wenn sie ihn nicht sonderlich mochte.

Lohen nickt. »Haben Sie eine Ahnung, wer Herrn Doktor Quittek getötet haben könnte?«

Sie schüttelt den Kopf und Lohen zuckt mit den Schultern.

»Vielen Dank!« Er erhebt sich von seinem Stuhl und streckt ihr die Hand entgegen. »Sie haben uns auf jeden Fall deutlich weitergeholfen.«

Kapitel 10

Müde reibt sie sich die Augen. Seit ein paar Tagen schläft sie bereits schlecht. Kaum bricht die Dunkelheit über sie hinein, hört sie Manuels Hilfeschreie, während sich seine Haut in ihrem Kopf krebsrot färbt und sich dann in großen Fetzen von den Knochen löst, bis nur noch sein kahler, grinsender Schädel übrigbleibt.

»Und das ist die Wahrheit!«, flüstert er ihr zu und zerfällt grinsend zu Staub.

Sie versucht, sich in seinen Schmerz hineinzufühlen, seine letzten Minuten nachzuempfinden. So brutal es ihr auch erscheint, weiß sie doch, dass die Realität noch viel grausamer war. Eingesperrt zu sein und zu wissen, dass er den Autoklav nicht mehr lebend verlassen wird. Vielleicht noch ein Moment, in dem er hofft, dass ihm bloß ein Schreck eingejagt werden soll … bis die Temperatur in dem engen Gefängnis steigt und der Wasserdampf von allen Seiten auf ihn einströmt. Spätestens da wusste er, dass es kein Entrinnen geben wird.

Aus dem Nachbarzimmer ertönt das leise Wimmern des Kleinen. Sie weiß, dass der Schlaf ihn in spätestens fünf Minuten übermannen wird, sodass sie sich ruhigen Gewissens aufmachen kann, den Putzbesen zu schwingen.

Kapitel 11

Mit aschfahlem Gesicht sitzt die Schichtleiterin Clara Fläming vor Kommissarin Nicole Falke. Lohen läuft durch den Raum und betrachtet ihre zitternde Unterlippe. Ein weiteres Wort von ihm und ihre Dämme brechen.

»Können Sie das nicht verstehen?« Sie versinkt beinahe in ihrer mausgrauen Unscheinbarkeit. Noch mehr, als bei ihrem letzten Besuch. »Jeder denkt doch, er wird verdächtigt, weil er Quittek nicht leiden konnte. Oder, dass derjenige, der ihn getötet hat, das gleiche mit jedem macht, der etwas ausplaudert.«

»Wir könnten den Mörder längst haben, wenn die Mitarbeiter ehrlich zu uns wären.« Mühsam beherrscht stützt er die zu Fäusten geballten Hände auf der Tischplatte ab und schaut auf sie herab. »Wir müssen jeden einzelnen noch einmal befragen, weil keine einzige Aussage etwas wert ist.«

Verärgert dreht er sich auf dem Absatz um und streicht sich fahrig durch das Haar. »Seit einer Woche läuft der Mörder frei herum.«

Nicole tritt von hinten an ihn heran und raunt so leise, dass nur er sie verstehen kann: »Komm wieder runter!«

»Es ist ärgerlich«, fährt sie mit normaler Lautstärke fort, »aber wir können es nicht ändern. Vielleicht sollten Sie die Mitarbeiter in der nächsten Schulungsrunde darüber aufklären, dass sie bei Mordermittlungen die Wahrheit sagen müssen. Sie decken alle gemeinschaftlich einen Mörder, der sich unter Ihnen befindet. Ich würde mich damit an Ihrer Stelle nicht sonderlich sicher fühlen.«

Betroffen nickt die Schichtleiterin und sinkt noch weiter in sich zusammen.

»Bereiten Sie Ihre Kollegen am besten darauf vor, dass in den nächsten Tagen weitere Befragungen stattfinden werden, Frau Fläming. Für heute sind wir aber erst einmal fertig.« Nicole und Lohen verabschieden sich und gehen gemeinsam zu dem Dienstwagen.

Unwohl knetet Lohen seine Finger durch, während er das Gespräch noch einmal Revue passieren lässt.

So richtig zufrieden ist er mit seinem Leben nicht. Er geht mit großen Schritten auf die Fünfzig zu, doch es gibt nichts, auf das er voller Stolz zurückblicken und sagen kann, dass es sein Werk war. Klar, er hat die Gesellschaft von einer Menge menschlichen Unrats befreit, doch eines Tages wird er nicht mehr sein und niemand wird ihn vermissen oder sich überhaupt an ihn erinnern. Seit ihm das bewusst wurde, schleicht sich dieser Gedanke immer häufiger in seinen Kopf ein und lässt ihn jedes Mal unzufriedener zurück. Diese Unzufriedenheit breitet sich in ihm aus, bricht in den ungünstigsten Momenten aus ihm heraus. War er früher ein besonnener, ruhiger Analytiker, so verzweifelt er mittlerweile an seiner Ungeduld und lässt seinen Jähzorn an Unbeteiligten aus.

Vielleicht ist es ganz gut, dass er in diesem Fall mit Nicole zusammenarbeitet. Obwohl sie gut zehn Jahre jünger ist, verliert sie das Wesentliche nicht aus dem Blick.

»Danke!«

Verwundert dreht sich Nicole zu ihm. »Wofür?«

»Dafür, dass du dazwischen gegangen bist, als ich mich wie ein Arsch aufgeführt habe.« Er lächelt der jungen Kollegin zu, deren Mundwinkel sich sogleich freudig heben.

Ein schneller Halt bei einer Fastfoodkette überbrückt die Zeit, bis die im Büro tätigen Kollegen der Mordermittlung ihnen die Adressen der ehemaligen Mitarbeiter heraussuchten. Unter der Anschrift von Christian Schmidt, PetersPharmas ehemaligem Forscher, finden die beiden Kommissare ein sehr modern wirkendes Einfamilienhaus in einer Reihe identischer Kästen vor.

Die Häuser sind wenige Jahre jung, das zeigen auch die dazugehörigen, mehr oder weniger halbfertigen Vorgärten. Gärten, die darauf warten, fertiggestellt und von einer Horde Kinder bespielt zu werden.

Das nasskalte Wetter ist für Lohen jedoch Grund genug, um zu verstehen, dass die Kinder sich lieber in den warmen Stuben hinter ihren Konsolen verkriechen.

Das einfache Läuten nach dem Betätigen des Klingelknopfes irritiert Lohen. Er erwartete etwas Extravagantes und ist nun noch neugieriger auf die Personen, die hier wohnen.

Der Mann, der ihnen schließlich mit kleinen Augen die Tür öffnet, passt genauso wenig in das moderne Ambiente wie das Türläuten.

»Ja?«, fragt er knapp und kratzt sich verschlafen den Etwas-mehr-als-Dreitagebart, während er mit der anderen Hand die ausgeleierte Jogginghose auf Hüfthöhe hält.

Lohen deutet zunächst auf Nicole, dann auf sich, während er seine Dienstmarke auf Augenhöhe hält. »Kommissarin Falke und Kommissar Lohen von der Mordkommission. Sind Sie Herr Christian Schmidt?«

Zu Lohens Verwunderung nickt der Mann, wenn er auch bei weitem nicht so aussieht, wie sich Lohen einen forschenden Wissenschaftler vorstellt. Sind die nicht immer mit wirrem Haar, schiefsitzender Brille, ein wenig durch den Wind und ansonsten superschlau?

Schmidt wirkt hingegen, als verbringe er seine Zeit lieber mit dem Erforschen multimedialer Onlinewelten statt tatsächlicher Begebenheiten. Eine Vermutung, die Lohen gerade auch wegen fehlender Informationen zu Schmidts beruflichem Hintergrund hegt. Weder ein Arbeitgeber noch der Bezug von Arbeitslosengeld oder sonstiger Sozialhilfe ließen sich im Vorfeld ausfindig machen, doch irgendwoher finanziert Schmidt dieses Haus.

Abwartend, ob der Kommissar näher den Grund ihres Besuches ausführen möchte, steht der Mann, den Lohen auf Ende zwanzig schätzt, in der Tür. Irgendwann hat er scheinbar lange genug gewartet, denn er zieht die Bänder der Jogginghose lang, verknotet die beiden Enden miteinander und verschränkt schließlich die Arme vor der behaarten Brust.

Eines ist klar: Christian Schmidt verrät nichts, das nicht explizit erfragt wurde.

Nicole tritt einen Schritt näher und senkt die Stimme. »Wenn es Ihnen nichts ausmacht, würden wir gerne für einen Moment hereinkommen und Ihnen ein paar Fragen stellen.«

Wie ein Fels steht Schmidt in der geöffneten Tür. Seine Gedanken rasen wohl auf der Suche nach dem richtigen Verhalten durch seinen Kopf, während er sich äußerlich nichts anmerken lässt. Die Ruhe in Person vor dem Sturm, der bei einem Blick in den grauen Himmel vermutlich nicht lange auf sich warten lässt.

Am liebsten würde Lohen ihm den Hals umdrehen. »Wir können unsere Fragen natürlich auch hier stellen«, beeilt er sich zu sagen und wirft einen Blick zu dem Bürgersteig, von dem aus eine kinderwagenschiebende Mutter neugierige Blicke zu ihnen hinüberwirft.

»Kommen Sie schon 'rein!« Als wäre es ihm gleichgültig, tritt Christian Schmidt einen Schritt zurück und offenbart den Blick auf ein hochmodern eingerichtetes, aber offensichtlich von einem typischen Junggesellen bewohntes Zuhause. Mehrere Laptops unterschiedlicher Größe – Lohen zählt auf den ersten Blick drei – liegen in dem offenen Wohnbereich verteilt. Einer davon aufgeklappt auf dem Designercouchtisch aus dunklem Holz und Glas, der vor einer einladenden, beigen Sitzlandschaft steht, auf die Schmidt sie zu sitzen einlädt.

Bevor die Beamten einen Blick auf seinen Bildschirm werfen können, kehrt er den Monitor nieder.

Pornos oder Spiele?

Es erklärt, weshalb er so kurz angebunden ist, und zeigt Lohen auch, dass er nicht mit der Anwesenheit einer Frau oder Freundin rechnen muss.

Im Niedersetzen lässt Lohen den Blick durch das Zimmer schweifen. Das penibel nach Größe sortierte Bücherregal dominiert ganz klar den Raum. »Lügen entlarven«, »Wie

Sie Menschen manipulieren«, »Psychologie der Massen« und Ähnliches schreien ihm die Titel der Bücher entgegen.

Ihr Hinhalten in dem Eingangsbereich war demnach ausdrücklich gewünscht. Lohen wendet diese Technik regelmäßig selbst in Befragungen an, wenn ein Verdächtiger sich um Kopf und Kragen reden soll. Den meisten Menschen ist Stille unangenehm, sodass sie diese zerreden. Da sie jedoch leicht nervös werden, wenn sie ihren Gegenüber nicht kennen und nicht wissen, wie er ihr Gerede bewertet, sprechen sie schließlich Dinge aus, die sie niemals jemandem anvertrauen möchten.

So penibel die Wohnung eingerichtet ist, so sorgfältig alle Einrichtungsgegenstände aufeinander abgestimmt sind, umso schlampiger liegen benutzte Socken, Boxershorts und Geschirrteile überall verstreut. Die Muße zur Ordnung bleibt dem Haus wohl seit einiger Zeit fern.

»Was kann ich für Sie tun?« Schmidt sinkt breitbeinig in den Polstern zurück und blickt sie abwechselnd mit verschränkten Armen an. Solange die Beamten den Bildschirm nicht sehen, scheint ihn die Unordnung um sie herum nicht zu stören. »Sie sagten ›Mordkommission‹, also kann ich davon ausgehen, dass jemand gestorben ist?«

Die meisten Menschen werden nervös, wenn sie über das Sterben nachdenken, selbst wenn niemand in ihrem Umfeld gestorben ist oder demnächst zu sterben droht. Obwohl es unweigerlich zum Leben dazu gehört, schieben Menschen es gerne von sich und verschließen die Augen davor.

Nicht jedoch Christian Schmidt, der eher neugierig darauf zu sein scheint, wer verstorben ist, was ihn entweder zu einem guten Schauspieler macht oder aber als Mörder ausschließt. Ihn, den Meister der Manipulation – wenn man seinem Bücherregal glauben darf – zu befragen, wird eine besondere Herausforderung.

»Sie kannten Herrn Doktor Manuel Quittek?«

Im Hintergrund prasseln leise Regentropfen gegen die Fensterscheiben, als hätten sie genau auf diesen Moment gewartet, um das Schweigen des Befragten zu unterstreichen. Unverwandt starren die Kommissare seine Maske an. Ohne jegliche Gefühlsregung nickt er und bestätigt mit einem festen: »Ja!«

»Er wurde in der vergangenen Woche tot aufgefunden, nachdem er vermutlich ermordet wurde.«

Schweigen.

Wie lange kann Schmidt das Spiel als psychologischer Superguru durchziehen? Es reizt Lohen, herauszufinden, ob der Hobbypsychologe mit den üblichen Methoden zu knacken ist. Jeder Mensch hat einen wunden Punkt und sobald der bekannt ist, wird jeder zum Vögelchen.

Doch Schmidt denkt nicht im Traum daran, ihnen einen Gefallen zu tun und zu plaudern, ohne darum gebeten worden zu sein. Er wartet und lässt sie schmoren. Dabei weiß er genau, was sie von ihm möchten.

»Wann hatten Sie zuletzt Kontakt zu dem Toten?« Lohen setzt sich über die Grenzen der psychologischen Machtspielchen hinweg und fragt geradeheraus, was er wissen möchte.

»Seit meiner Kündigung bei PetersPharma vor einem halben Jahr, habe ich Herrn Doktor Quittek nicht mehr gesehen.«

Seine Wortwahl unterstreicht, was die Befragungen innerhalb der Firma bereits ergaben. Sämtliche Mitarbeiter duzen sich und nennen sich bei ihren Vornamen. Lediglich ›Herr Doktor Quittek‹ war – neben dem Vorstand – davon ausgenommen und das von allen Seiten.

»Weshalb haben Sie die Firma verlassen?«, greift Nicole seinen Faden auf.

»Die Zusammenarbeit zwischen Doktor Quittek und mir verlief nicht sonderlich gut, aber das wissen Sie ja vermutlich schon, sonst wären Sie wohl nicht hier.« Herausfordernd wechselt sein Blick von Lohen zu Nicole, wo er verbleibt.

Die Kommissarin nickt und Lohen rechnet es ihr hoch an, dass sie seinem herausfordernden Blick standhält. »Wir kennen natürlich die Meinung von Außenstehenden«, pflichtet sie ihm bei. »Schildern Sie doch bitte, was sich aus Ihrer Sicht zwischen Ihnen und Herrn Doktor Quittek abgespielt hat.«

Der Befragte zieht die Augenbrauen hoch, so dass sich seine Stirn nachdenklich in Falten legt, was ihm beinahe das Aussehen eines Wissenschaftlers verleiht. »Eigentlich bin ich froh, dass ich mit diesem Thema abgeschlossen habe und ich nicht mehr daran denken muss.« Er atmet hörbar aus und lehnt sich mit weiterhin gespreizten Beinen nach vorne, wobei er die Ellenbogen auf den Knien abstützt.

»Ich war froh, gleich nach der Uni eine unbefristete Anstellung in der industriellen Forschung zu finden. In Berlin gibt es zu viele Bewerber für zu wenige Stellen und kaum einer ist bereit, aus Berlin wegzuziehen.« Er fährt sich mit den Händen über das Gesicht und starrt Nicole erneut mit seinen haselnussbraunen Augen an.

»Die Ernüchterung kam ziemlich schnell, als ich mein erstes Forschungsprojekt vor ausgewählten Kollegen vorstellen durfte, zu denen auch Herr Doktor Quittek gehörte. Als Sachkundige Person musste er nach jedem durchgeführten Projekt das Okay geben, die neugewonnenen Wirkstoffe in die Entwicklung und schließlich in die Studien zu geben. Peinlichst genau befragte er Einzelheiten des Projekts, die für diesen Zeitpunkt noch nicht relevant waren, erfragte Prüfungsschemata und Nachweisreaktionen. Noch bevor ich antworten konnte, schmetterte er das Projekt ab und sagte, er würde es niemals freigeben, weil es viel zu schlecht durchdacht sei.« Er schüttelt die Coke-Dose, die vor ihm auf dem Tisch steht, und lächelt, als ein Gluckern an sein Ohr dringt. Er leert die Dose vollständig und lehnt sich wieder in die Kissen zurück.

»Völlig niedergeschmettert stürzte ich mich auf das nächste Projekt, überzeugt davon, dieses Mal alles richtig zu machen. Meine Forscherehre wollte wiederhergestellt werden. Nachdem ich den Plan zusammengestellt hatte, jede noch so undenkbare Frage beantwortet hatte und mich bereit fühlte, Doktor Quittek entgegenzutreten, erschien er gar nicht erst zu der Präsentation. Er äußerte sich bis heute nicht zu meinem Forschungsantrag. Zumindest nicht bis ich die Firma verließ.« Völlig emotionslos trägt er den Vorfall vor, als wäre es lediglich eine Beobachtung, die er bei einem Experiment machte, nicht ein eigenes Erlebnis, dass ihn so aus der Bahn warf, dass er die Firma deshalb verließ.

»Was machen Sie seitdem?«

Mit einem Mal sitzt Schmidt aufrechter, als wäre er jemand. Nicht unbedingt der Forscher, der auf dem besten Weg ist, einen Nobelpreis verliehen zu bekommen, aber auch nicht der Fußabtreter der Firma. »Ich bin Online-

Coach für Unternehmen und Privatpersonen, die das Beste aus sich herausholen möchten«, bringt er mit stolzgeschwellter Brust hervor.

Nicoles hochgezogene Augenbrauen zeigen genau, was Lohen durch den Kopf geht. »Und was … coachen Sie?«, fragte sie vorsichtig.

Schmidt setzt sich gerade auf und strahlt die Kommissare an. Nicole hat den Punkt getroffen, der ihn aus der Reserve lockt. »Alles. Zeitmanagement, Motivation, die richtigen Ziele im Leben zu finden, Prioritäten richtig zu setzen, mit gezieltem Marketing Umsätze zu vervielfältigen.« Es sprudelt nur so aus ihm hervor. »Wie viele Menschen kennen Sie, die in einem Job festhängen, in dem sie unzufrieden sind und das jeden Tag von früh bis spät?» Beifall heischend blickt er von Nicole zu Lohen und wieder zurück. Dann fügt er hinzu: »Wünschen Sie sich nicht selbst, mit weniger Zeit mehr Geld zu verdienen?«

So schnell werden Befrager zu Befragten.

Lohen räuspert sich. »Vor allem wünsche ich mir, in weniger Zeit mehr Mörder zu fassen. Lassen Sie es mich wissen, wenn Sie Online-Coachings dazu geben, Mörder schneller ausfindig zu machen.« Er erhebt sich von der Couchlandschaft und legt gleichzeitig eine Visitenkarte auf den Tisch. »Oder natürlich, wenn Ihnen weitere Hinweise einfallen, die uns in dem Fall weiterhelfen.«

Kapitel 12

»Was stellen Sie eigentlich her?«

Interessiert beobachtet der Kommissar die in Reinraumkleidung gehüllten Menschen hinter einer Glasscheibe geschäftig hin und her eilen. Mysteriös aussehende Gerätschaften säumen ihren Weg, transportieren mit roboterhaften Armen mikroskopisch kleine Kolben oder Pipetten von A über B nach C und spucken im Anschluss kassenbonartige Zettel aus, die von den Mitarbeitern geprüft und weggeheftet werden.

»Ausgangs- und Zwischenstoffe für Arzneimittel, fertige Arzneimittel, Generika, selbstentwickelte Medikamente, Feinchemikalien«, betet Laborleiter Oliver Pfaff seine Litanei herunter. Mit vorgewölbter Brust und hinter dem Rücken verschränken Händen beaufsichtigt er die Angestellten, die sich in den streng festgelegten Arbeitsablauf fügen wie ein Zahnrad an das nächste.

»Aha.« Ratlos wendet sich Lohen von dem zu groß geratenen Ameisenhaufen ab. Mit der Aussage Pfaffs kann er nicht viel anfangen. »So etwas wie Kopfschmerztabletten?«, rät er, da er meint, als Generika von anderen Firmen kopierte Medikamente zu erkennen.

Pfaff zuckt ganz offensichtlich zusammen und schüttelt dann vehement den Kopf. »Sie können unsere Medikamente nicht mit einer simplen Tablette vergleichen.« Die

Empörung ist ihm deutlich ins Gesicht geschrieben. »Unsere Arzneimittel sind personalisiert. Jeder Patient erhält ein eigens auf ihn abgestimmtes Produkt. Enzyme, genetisch manipulierte Stammzellen. Alles, was er benötigt, damit sein Körper sich selbst heilt.«

»Aha.« Nicht schlauer als zuvor lässt Lohen es darauf beruhen. Nicole wird schon ihre Gründe haben, warum sie sich aus diesem Gespräch heraushält.

»Personalisierte Medizin«, beharrt Oliver Pfaff nachdrücklich. »Stellen Sie sich vor, Sie haben Leukämie, können Ihr Blut nicht mehr selbst bilden und es ist kein Spender vorhanden. Dann bekommen wir Ihr Blut und zwingen die Zellen, sich zu vermehren. Oder Ihr Herzmuskel ist kaputt. Dann züchten wir im Labor neue Muskelzellen, die die Arbeit wieder aufnehmen.«

»Sie können Leukämie heilen?« Jetzt ist Nicole ehrlich beeindruckt. Lohen weiß, dass Ihre Registrierung bei der Zellspenderdatenbank gerade erst wenige Wochen her ist. Lange genug lag sie ihm damit in den Ohren, dass er sich ebenfalls eintragen lassen solle. Wenn eine Eigenblutbehandlung möglich sei, dann kann in Zukunft auf diese langwierige Suche nach dem passenden Spender verzichtet werden. Wie viel schneller kann den Menschen geholfen werden, wenn der passende Spender immer gleich mit vor Ort ist?

Aus den Augenwinkeln beobachtet er die zunehmende Leere des gläsernen Labors. Wimmelte es zu Beginn ihres Gespräches noch von blaugekleideten Emsen, so sind mittlerweile kaum noch eine Handvoll Angestellte zu sehen, die dann und wann den Bereich vor der großen Glasscheibe durchqueren.

»Äh, nein«, rudert der Herstellungsleiter schnell zurück. »Das ist – war – eines unserer Projekte, bei denen ich mir gut vorstellen kann, dass es in naher Zukunft wieder aufgegriffen wird. Das Beispiel diente lediglich der Anschauung um wie viel wichtiger unsere Produkte gegenüber einer Kopfschmerztablette sind.«

»Aber warum haben Sie dieses Projekt auf Eis gelegt? Das ist doch ein wichtiges Thema?«, beharrt Nicole.

Regelmäßig berichtet sie von Aufrufen für die Registrierung. Natürlich ist gar nicht gesagt, dass jeder gezeigte Fall tatsächlich der Realität entspricht. Immer ist es ein Bruder, ein Freund, die kleine Tochter für die man sucht. Und das sind nur die Fälle, in denen kein geeigneter Spender vorliegt und die Familie oder Freunde bereit sind, für ihn zu suchen. Wie viele Fälle gibt es, die gar nicht erst an die Öffentlichkeit gelangen?

»Das kann ich Ihnen leider nicht sagen.« Obwohl seine Stimme vor Bedauern nur so trieft, kauft Lohen ihm diese Antwort nicht ab. »Das war leider vor meiner Zeit als Herstellungsleitung. In diese Entscheidung war ich nicht eingebunden.«

Nicole und Lohen werfen sich einen schnellen Blick zu. »Ist das eines der Forschungsprojekte, die Doktor Manuel Quittek gesperrt hat, weil einer der Beteiligten ihm nicht gepasst hat?«

Bis auf ein leichtes Flackern in den Augen, hat Oliver Pfaff sich erstaunlich gut unter Kontrolle. »Dazu kann ich Ihnen leider wirklich nichts sagen. Die Entscheidungen zu den Forschungsprojekten werden nicht unter den verschiedenen Abteilungen diskutiert.«

Genervt verabschiedet sich Lohen. Er weiß, dass er sich an dem Herstellungsleiter die Zähne ausbeißen wird.

Kapitel 13

Nachdem die Kommissare sein Büro verlassen haben, sitzt Oliver Pfaff in sich gesunken an seinem großen Schreibtisch, den Rücken dem gläsernen Labor zugewandt und starrt betrübt in die Tasse mit der tiefschwarzen Flüssigkeit. Schwarz und so stark, dass der Löffel beinahe darin steht. So, wie er es von zu Hause gewohnt ist. Das einzige, was noch schwärzer ist, ist sein Humor, doch er weiß, dass der bei der Befragung an der falschen Stelle gewesen wäre.

Der Kaffee ist mittlerweile kalt, auch das kennt er aus seinem Elternhaus, in dem er als Naturwissenschaftler das schwarze Schaf unter lauter Ärzten ist.

Und jetzt ist der einzige Schwarze der Firma tot.

Alles schwarz.

Natürlich bemüht er sich darum, den Kommissaren weiterzuhelfen. Freundlich, zuvorkommend, immer hilfsbereit. So weit es ihm selbst nicht schadet.

Manuel hatte seine Freude daran, die Menschen um ihn herum zu verärgern oder zu verunsichern.

Sogar über seinen Tod hinaus sät er Zwietracht und Misstrauen. Jeder beschuldigt jeden. Die Firma teilt sich von der Belegschaft unbemerkt in zwei Lager: Diejenigen, die den Mord an ihm nachvollziehen können und schweigen – und Monika Lenz.

Er grinst. Ob sie bereits merkt, dass sie sich mit ihrer Geschwätzigkeit keinen Gefallen tut?

Ob er sich vorstellen kann, dass Petra Stengel es auf Manuels Position abgesehen hatte? Niemals! Aber das brauchen die Kommissare nicht zu wissen. Alle Verantwortung lastet nun auf ihren Schultern und er gibt ihr zwei Monate, bis sie darunter zusammenbricht und geht. Sofern der Vorstand nicht einen Nachfolger für Manuel aus dem Hut zaubert.

Er vermutet, dass sie längst nach einer anderen Stelle Ausschau hält. So wie zwei Drittel der restlichen Belegschaft, die er jedoch als zu faul einschätzt, als dass sie den Sprung in eine andere Firma wagen.

Letzten Endes gleichen die meisten Menschen einer chemischen Reaktion. Um aus einem unbequemen, kräftezehrenden Zustand herauszukommen, muss noch mehr Energie aufgewendet werden, um zu einem Punkt zu gelangen, der einfach und gar nicht mehr anstrengend ist. Egal, um was es geht. Ein Übergewichtiger, der sich überwindet, die Laufschuhe zu schnüren, und plötzlich viel leichter durch das Leben geht. Sich die Zeit zu nehmen, um mit seinem Kind ein Baumhaus zu bauen und die glücklichen Momente in seinem Gesicht einzufangen. Bewerbungen schreiben und zu Vorstellungsgesprächen gehen, um danach ein ruhigeres Leben mit mehr Gehalt und Work-Life-Balance zu haben.

Bloß, dass der Mensch sich selbst dabei im Weg steht und nicht reagiert wie zwei Chemikalien, die – wann immer sie die Energie für ihre Reaktion erhalten – miteinander reagieren.

Der Mensch hätte die Energie, doch er verwendet sie lieber für Grübeleien, ob es denn tatsächlich so schlimm ist.

Ob hinterher alles besser ist. Ob nicht der nächste Job die gleichen nervigen Kollegen, die gleiche nervige Arbeit, die gleichen nervigen Chefs mit sich bringt. Oder schlimmer.

Und so bleibt der Mensch wo er ist und fühlt sich ungeliebt und überflüssig.

Die Tür wird aufgerissen und mit eingeschüchtertem Blick starrt die Reinigungskraft ihn an.

»Guten Abend«, grüßt er sie freundlich nickend und stürzt den Rest des kalten Gebräus hinunter. Es gibt definitiv Schlimmeres, zum Beispiel um diese Uhrzeit noch immer bei der Arbeit festzuhängen.

Mit einer gemurmelten Entschuldigung verlässt die Putzfrau samt ihrer Utensilien den Raum und schließt die Tür, als hoffe sie, dass er sie dadurch nicht bemerke.

Er schaltet den Computer aus und schüttelt den Kopf über die schreckhafte Frau. Nie hat er sie mit jemandem ins Gespräch vertieft gesehen, was vermutlich damit zu begründen ist, dass sie meist erst spät kommt, wenn die Büros längst verwaist sind.

Er weiß nichts von ihr, außer, dass sie menschenscheu ist. Ob es die Angst ist, jemandem im Weg zu stehen oder von jemandem entdeckt zu werden, weiß er nicht. Er weiß nicht einmal, wie alt sie ist, ob sie Kinder hat, wie ihre Stimme klingt. Ein bedauernswerter Mensch vermutlich der Kategorie Energieverweigerer.

Doch was stört ihn das? Vergnügt schwingt er seinen Rucksack auf den Rücken und schreitet nach einem letzten Blick auf das Labor aus dem Raum.

Kapitel 14

Kalt, kälter, am kältesten!

Kann es so kalt sein, dass Gehirnwindungen einfrieren und Gedankengänge nicht mehr möglich sind?

Wie war die Frage noch gleich?

Flüssiger Stickstoff, fast zweihundert Grad unter null – aber was sagt ihr das?

Nichts. Es ist so verdammt kalt, dass sie ihre eigenen Gedanken nicht mehr denken kann.

Ach ja, das war die Frage.

Stammzellen, befruchtete Eizellen – warum denkt sie daran? Ach ja, sie lagern in diesem Raum. In Hoffnung auf Therapien, die längst noch nicht entwickelt wurden.

Wie halten sie nur diese Kälte aus?

Wie war die Frage noch gleich?

Ihr Gehirn zieht sich immer weiter zusammen. Wenn sie nicht aufpasst, ist ihr Kopf nur noch so groß, wie ein Stecknadelkopf. In der Kälte zusammengeschrumpft.

Warum?

Was warum?

Sie muss sich konzentrieren, die Antwort auf die Frage finden!

Wie war die Frage noch gleich?

Flüssiger Stickstoff kriecht durch die Wände.

Warum?

Es ist so heiß in diesem Raum!

Warum tut keiner etwas?

Simone greift sich an das hellblaue, plastikähnliche Hemd und reißt daran. Ihre Finger drohen zu zerspringen, wie eine Banane, die in flüssigen Stickstoff getaucht und dann …

Wie war die Frage noch gleich?

Heiß! Sie muss raus aus dem …

Sie streift den Kittel ab.

Wie war die Frage noch gleich?

Die Hose! Raus!

Frage?

Heiß? Kalt?

Kapitel 15

Sonja Salamon ist kein Fan davon, den Tiefkühlraum betreten zu müssen. Jedes Mal befürchtet sie, die Tür könne versehentlich zufallen, sich von innen nicht mehr öffnen lassen und sie erfröre elendiglich. Nicht, dass sie jemals von einem solchen Fall gehört hatte, doch jeder Unfall passiert einmal zum ersten Mal.

Sie muss nicht unbedingt das Versuchskaninchen spielen. Zu selten wird der Raum aufgesucht. Hier lagert schließlich das, woraus die Reichen sich erhoffen, dass es ihnen eines Tages nutzt. Die Betonung liegt auf »eines Tages«.

Die befruchteten Eizellen, die sie heute auftauen soll, lagern seit dreizehn Jahren in dem Raum. Bislang brauchte die Frau sie nicht. Warum ausgerechnet jetzt?

Zu alt?

Mann fort?

Lesben?

Diese und ähnliche Gedanken schießen Sonja Salamon auf ihrem Weg zu dem Raum mit der Aufschrift »Kryokonservierung – Betreten nur mit ausdrücklicher Zustimmung der Herstellungsleitung« durch den Kopf. Als ob die Herstellungsleitung etwas dagegen hätte. Nein, von dort kommt diese Anweisung.

Die Anweisung, der sie sich nicht widersetzen darf, in dieser Zeit, da jeder ersetzbar ist.

So hochmodern, wie PetersPharma sich nach außen präsentiert, sollte der Raum automatisch funktionieren und ihr die Eizellen in der kleinen Ampulle bis an die Tür liefern.

Die Tür, vor der sie jetzt steht.

Sie stellt die Auftaubox auf dem Containertisch vor dem Kühlraum ab und zieht den Wärme-Kittel über, der an einem Haken an der Wand hängt. Sie greift nach den dicken Handschuhen und legt den Hebel um, der die schwere Tür zu dem Kühlraum nun freigibt.

Trotz des Verbots blockiert Sonja die Tür mit dem eigens zu diesem Zweck bereitliegenden Holzkeil, sodass sie weit offen stehen bleibt. Jeder tut das! Ihr eigenes Leben ist ihr wichtiger als das irgendwelcher lesbischen Zellen. Da interessiert es sie nicht, dass sich die Tür von innen öffnen lässt, solange der äußere Hebel nach oben zeigt.

Sonja wirft einen vorsichtigen Blick zurück zu der Tür, doch der Keil hält.

Das bläuliche Licht der Deckenlampen fährt langsam hoch und lässt den Raum noch eisiger als ohnehin schon erscheinen.

Wand B, Reihe drei, Position F – dort lagert das Röhrchen mit den Zellen, in einer passgenauen Vertiefung, wie alle anderen Einfrierröhrchen auch. Flüssiger Stickstoff mit einer Temperatur von zweihundert Grad unter Null fließt durch die Leitungen und kühlt den Raum, die Wände.

Mitten in dem Raum liegt etwas Unidentifizierbares. Ein Bild, das sie ohnehin seit der vergangenen Woche verfolgt, blitzt vor ihrem inneren Auge auf. Verkohltes, abgekochtes Fleisch, das die herunterfahrende Tür des Autoklavs allmählich preisgibt.

Sonja schüttelt unwirsch den Kopf. Es ist ein Streich, den ihr das Unterbewusstsein spielt. Wie wahrscheinlich ist es, innerhalb von eineinhalb Wochen zwei Tote aufzufinden? Den blau-weißen Wäschehaufen muss jemand dort deponiert haben, um sie fertigzumachen. Es wäre nicht das erste Mal, dass jemand versucht, einen Kollegen aus der Firma zu mobben.

Vorsichtig setzt sie einen Fuß nach dem anderen in den Raum hinein und nähert sich dem Haufen, während die Kälte ihr Gesicht umhüllt und die Haut beinahe schmerzhaft zusammenzieht. Mit dem dicken Handschuh stößt sie den Haufen an. Reinraumkleidung – Hose, Kasack und Unterwäsche. Wer legt solche Dinge in den Kühlraum? Wer erlaubt sich hier auf ihre Kosten einen Scherz? Wer wusste, dass sie die Zellen aus dem Kühlraum holen sollte? Nur Simone, die für sie zuständige Laborleiterin.

Tränen schießen ihr in die Augen. Beinahe schmerzhaft rinnen sie über die kalten Wangen hinab, bleiben am Kinn hängen und gefrieren dort. Wütend ballt sie die Hände in den dicken Handschuhen zu Fäusten.

Wer tut so etwas?

Gelangweilte, unzufriedene Kollegen, die anderen, denen die Arbeit Spaß macht, den Alltag vermiesen möchten, so viel ist klar. Neid, Missgunst, Gehässigkeit … Wie kann man andere Menschen nur so achtlos behandeln?

Zielstrebig stapft Sonja an dem Kleiderhaufen vorbei auf die Wand zu, in der die Gefrierröhrchen gelagert werden. Sie wird sich nicht unterkriegen lassen. Sie wird den Kollegen die kalte Schulter zeigen. Sollen sie doch an ihrer eigenen Bosheit ersticken. Sie wird ihnen zeigen, wer den längeren

Atem – sie hält inne und ein von der Kälte erstickter Schrei, den durch die vielen Türen und Gänge niemand hört, erfüllt den Kühlraum.

Kapitel 16

Aufgelöst, wütend, verunsichert, irritiert – Kommissar Lohen ist sich nicht sicher, welches Wort die junge Angestellte Sonja Salamon am besten beschreibt.

Wie bei ihrer ersten Begegnung sitzen sie sich in dem Pausenraum gegenüber, Nicole an seiner und die Schichtleiterin Clara Fläming an ihrer Seite. Zum Schock über den ersten Toten kommt nun die Angst, das nächste Opfer des Mörders zu sein, hinzu.

Lohen und Nicole trafen zwanzig Minuten nach Absetzen des Notrufs als erste der Mordkommission bei PetersPharma ein. Trotz der geringen Zeitpanne erzählte der Flurfunk bereits, dass ein Serienmörder sein Unwesen bei PetersPharma treibe, während ein Trupp von Rettungssanitätern die verunglückte Person barg.

Nach Sonja Salamons Aussage lag eine entkleidete Person hinter einem der Stahltische, die in dem Kühlraum als Ablagefläche dienten. Die durchgängige Tischplatte ließ den Körper im Verborgenen, bis die Angestellte den Raum weit genug betreten hatte. Erschrocken verließ sie die Kühlkammer umgehend und schlug Alarm, ohne nachzuschauen, um wen es sich bei dem leblosen Körper handelte. Die Kollegen glaubten ihr anfangs nicht, da sie einen zweiten Toten, entdeckt von der gleichen Mitarbeiterin, für einen schlechten

Scherz hielten, und keiner der eingeteilten Kollegen vermisst wurde.

»Kann es nicht sein, dass die Tür versehentlich zugefallen ist, während jemand in dem Kühlraum arbeitete?« Kommissar Lohen möchte nicht glauben, dass sie es mit einem Serienmörder zu tun haben. Bei vierundvierzig verbliebenen Angestellten drängt die Zeit, wenn man nicht weiß, wann der Mörder das nächste Mal zuschlägt. Viel einfacher wäre es, ein Angestellter hätte sich selbst versehentlich darin eingeschlossen, so tragisch dieser Fall auch wäre.

»Der Riegel war umgelegt!« Heftiger als erwartet knallen die zu Fäusten geballten Hände auf den Tisch.

Nicole zuckt erschrocken zurück.

»Der Riegel legt sich nicht von allein um. Irgendwer hat es darauf abgesehen, die ganze Belegschaft umzubringen.« Salamon lässt sich auf dem Stuhl erschöpft zurücksinken, vergräbt das Gesicht in den Händen und Nicole fragt sich unwillkürlich, ob die junge Frau eine gute Schauspielerin ist. Natürlich ist es aufwühlend, eine Leiche zu finden. Aber zwei Leichen innerhalb einer Woche zu finden, ist großer Zufall, wenn die Angestellte nicht selbst damit zu tun hat.

Sowohl Salamon als auch die Schichtleiterin Fläming sagten aus, dass der Kühlraum höchstens zwei- oder dreimal monatlich aufgesucht werde. Wie wahrscheinlich ist es, dass Salamon dort das nächste Opfer findet, noch bevor jemand vermisst wird?

»Können Sie uns sagen, um wen es sich bei der leblosen Person handelt?« Nicole bemüht sich, beruhigend einzulenken, doch die junge Frau schüttelt den Kopf und nimmt die Hände von dem Gesicht.

»Ich habe bloß die Beine gesehen, dann bin ich 'rausgerannt. Ich wusste gar nicht, was ich tun soll.«

Die Schichtleiterin, die mit weit herabgezogenen Mundwinkeln neben Sonja Salamon sitzt, nickt betroffen. Dabei war Salamon völlig allein, als sie den Kühlraum betrat.

Deckt die Leiterin die Angestellte? Stecken sie gemeinsam hinter den Morden? Oder sind noch mehr Angestellte der Firma in diese Geschichte verwickelt?

Durch den Vorraum der Kühlhalle, eine Tür, die Schleuse und eine weitere Tür lief die junge Angestellte, um auf die Kollegen zu treffen und von dem grausigen Fund zu berichten. Einer der Kollegen hatte geistesgegenwärtig den Notruf gerufen und, da nicht bekannt war, wie lange derjenige in dem Kühlraum gelegen hatte, waren die Rettungssanitäter ausgerückt.

»Haben Sie eine weitere Person im Kühlraum gesehen?«

Die junge Angestellte schüttelt wieder den Kopf. »In dem Kühlraum niemanden und ansonsten auch niemanden, der nicht für die Schicht eingeteilt war.«

Lohen wendet sich der Schichtleiterin zu. »Ist Ihnen in der vergangenen Woche jemand aus der Belegschaft aufgefallen? Machte jemand den Anschein, nicht von dem Tod der Sachkundigen Person betroffen zu sein? Schien jemand deutlich fröhlicher? War jemand längere Zeit krankgeschrieben? Irgendetwas, das untypisch für einen der Angestellten war?«

Die Frau mit dem aschfahlen Gesicht zuckt die Schultern und schüttelt gleichzeitig den Kopf. »Nichts, was mir aufgefallen ist. Aber ich weiß ja auch nicht ...«

Lohen ist klar, dass die Schichtleiterin auch nichts bemerkt hätte, wenn der Mörder ihr direkt gegenübergesessen hätte, um den Mord zu planen. Und selbst wenn, würde sie nicht davon berichten, weil sie zu loyal ist und es sich nicht mit den Kollegen verscherzen möchte.

Ein Routinemensch, der immer funktioniert, solange alles seinen gewohnten Ablauf zeigt. Bei der kleinsten Änderung bricht das große Chaos aus. Wie jemand mit dieser Eigenschaft zum Schichtleiter ernannt werden kann, ist Lohen ein Rätsel. In der Firma scheint jedoch personalpolitisch einiges im Argen zu liegen. Vielleicht ist das ein Grund, weshalb jemand die Kollegen beiseiteschaffen möchte. Ein Kollege, der bei einer Beförderung übergangen wurde? Jemand, der aus der Firma gemobbt wurde?

»Gibt es einen Kollegen, der heute nicht zur Arbeit erschienen ist, obwohl er eingeteilt war?« Es ist die letzte Frage auf Lohens Block und der letzte Hoffnungsschimmer, etwas Nützliches zu erfahren. Sollte Clara Fläming keine Antwort auf diese Frage haben, muss er warten, bis Melanie Bender, die Rechtsmedizinerin, die ersten Informationen für sie bereithält.

Entgegen jeder Hoffnung schüttelt die Schichtleiterin den Kopf in dem gleichen Moment, in dem ein leises Piepen eine eingehende Nachricht auf dem Mobiltelefon von Marcel Lohen ankündigt. »Ich kann Ihnen jedoch eine Liste mit allen Mitarbeitern anfertigen, die derzeit nicht im Haus sind.«

»Das wäre nett«, sagt Lohen geistesabwesend, während er das Telefon aus der Hosentasche zieht. »Verunglückter ist eine Frau, stark unterkühlt, zeigt schwache Vitalfunktionen.

Sind im DRK Westend.« Mit einem Mal ist Lohen hellwach. Der Absender ist Thomas Scheepers, einer der Kollegen von Nicole und ihm, der kurz nach ihnen den Firmenstandort erreichte. Anscheinend war er gemeinsam mit dem vermeintlichen Toten und den Rettungssanitätern in das Krankenhaus gefahren.

»Sie können mir die Liste per E-Mail zusenden«, sagt Lohen zu Clara Fläming gewandt und reicht ihr erneut seine Visitenkarte, während er sich bereits von dem Stuhl erhebt. »Es reicht, wenn sie sich dabei auf die weiblichen Angestellten konzentrieren. Wir müssen jetzt leider weiter. Wir werden in den nächsten Tagen mit weiteren Fragen auf Sie zukommen.« Mit einem Kopfschwenk fordert er die erstaunte Nicole Falke auf, ihm zu folgen. Er brennt darauf, die Totgeglaubte zu befragen.

Kapitel 17

In dem Krankenhaus angekommen stellt Lohen zunächst fest, dass er die beinahe Erfrorene nicht so einfach befragen kann, wie er geglaubt hat. »Überlebt« ist ein relativ weitgefasster Begriff, wenn er durch die Glasscheibe auf die Gestalt blickt, die in seinen Augen völlig leblos auf dem Bett der Intensivstation liegt.

»Eine stark unterkühlte Person wirkt grundsätzlich leblos«, erklärt ihm die hübsche, blonde Krankenpflegerin, die für die Überwachung der noch immer Unbekannten eingesetzt wird. »Stefanie Winter«, verrät das Namensschildchen an ihrer Brust. »Der Körper fährt sämtliche Vitalität herunter, um Energie zu sparen. Wenn die Person jedoch rechtzeitig gefunden wird, kann sie durch ganz langsames, schrittweises Auftauen wieder den Lebenden zugehörig werden. So weit sind wir jedoch lange noch nicht.«

»Frau Winter, erklären Sie mir doch bitte noch einmal, weshalb eine nackte Person bei derart kalten Temperaturen überleben kann.« Lohen wäre niemals von allein auf die Idee gekommen, dass die Person in dem Kühlraum tatsächlich noch leben könnte.

»Um es genau zu erfahren, müssen Sie besser mit dem behandelnden Arzt reden. Aber soweit ich es mitbekommen habe, war die Frau noch nicht lange in dem Kühlraum eingesperrt. Vielleicht ein paar Stunden, allerhöchstens einen

Tag«, erklärt die Krankenpflegerin. »Die längste Zeit, nachdem ein Erfrorener aus dem Scheintod zurückgeholt werden konnte, der mir bekannt ist, betrug fünf Tage. Allerdings herrschten da keine Temperaturen um hundert Grad unter Null.« Sie streicht sich die langen, zu einem Pferdeschwanz gebundenen Haare nach hinten und legt den Kopf schief. »Dass die Frau nackt war, wundert mich nicht. Es gibt ein Phänomen, dass sich Kälteidiotie nennt und kurz vor dem Tod durch Erfrieren auftritt.«

»Aha.« Lohen blickt ratlos aus der Wäsche, doch Nicole strahlt auf.

»Das habe ich schon einmal gehört und es hat irgendetwas mit dem Zusammenziehen und Weiten der Blutgefäße zu tun«, erklärt sie dem Leiter der Mordkommission und erhält ein zustimmendes Nicken Stefanie Winters.

»Genau. Bei der Kälte ziehen sich die Gefäße zusammen, um die Organe weiterhin warm zu halten, da sie für das Fortbestehen des Menschen wichtiger sind als Finger oder Zehen. Kurz vor dem Tod oder auch Scheintod, wie in unserem Fall, weiten sich die Gefäße wieder und der Tote verspürt eine unglaubliche Hitze, sodass er anfängt, sich zu entkleiden.«

»Und woher weiß man das, wenn sie hinterher doch tot waren?« Lohen fühlt sich veralbert.

Die Krankenpflegerin lacht auf. Sie scheint insgesamt eine sehr lebensfrohe Person zu sein, wie Lohen sie einschätzt. Ein bisschen zu muskulöse Oberarme für seinen Geschmack, aber ansonsten doch recht ansehnlich. »Das kann ich Ihnen nicht sagen. Ich habe es einfach als gegeben hingenommen, als wir das in der Ausbildung gelernt haben.«

»Was schätzen Sie denn, wie lange wir noch warten müssen, bis die Patientin ansprechbar ist?« Nicole schaltet sich dazwischen und er kann ihre Frage gut nachvollziehen. Sie sind bereits seit annähernd zehn Stunden gemeinsam unterwegs und die Aussicht, mehrere Stunden auf ihre Zeugin zu warten, ist alles andere als verlockend.

Eine steile Falte bildet sich auf der Stirn der Krankenpflegerin. »Sie sollten sich vielleicht nicht zu viel von der Befragung versprechen«, erklärt sie bedrückt und beobachtet die Patientin durch die Glasscheibe, als warte sie nur darauf, dass sie ihr widerspreche. »Wir können nicht sagen, wann sie wieder ansprechbar sein wird und wie stark geschädigt sie den Vorfall überstehen wird. Auch wenn sie nicht lange unterkühlt war, wird sie aller Wahrscheinlichkeit nach Schäden davontragen.«

Bestürzt weitet Lohen die Augen. Auch er stellt sich den Abend anders vor, als in einem Krankenhaus darauf zu warten, dass eine Zeugin von den Toten erwacht, nur um dann festzustellen, dass sie ihnen nicht weiterhelfen kann.

»Lassen Sie mir eine Karte hier, dann informiere ich Sie, wenn sie aus ihrem Dornröschenschlaf erwacht ist.« Die Krankenpflegerin streckt die Hand aus. In dem gleichen Moment biegt Thomas Scheepers mit der ihm zugteilten Kollegin um die Ecke. Er hebt die Hand zum Gruß, als er Lohen entdeckt. Hastig drückt Lohen der Pflegerin seine Karte in die Hand und wendet sich dem Kollegen zu.

»Ich habe soeben mit dem verantwortlichen Arzt gesprochen«, informiert Thomas ihn, während sich die Krankenpflegerin mit einem schüchternen Lächeln zurück an das Bett ihrer Patientin bewegt. »Ich fahre jetzt ins Dezernat und tippe alle Informationen in den Bericht ab. Nur so viel: Die Erfrorene wurde wahrscheinlich gestern Nachmittag zwischen fünfzehn und siebzehn Uhr in dem Kälteraum eingesperrt.«

Lohen und Nicole schauen sich erschrocken an. Zu diesem Zeitpunkt waren sie in der Firma und befragten den Herstellungsleiter.

Kapitel 18

»Nein, ich habe nichts gesehen.«

Zum dritten Mal innerhalb von eineinhalb Wochen sitzen Nicole und Lohen in Oliver Pfaffs Büro und quetschen ihn aus.

So gemütlich wie nur eben möglich drückt er sich in den Bürosessel, damit sie nicht erkennen, dass er langsam doch nervös wird. Er streicht die wenigen Haare auf seiner fast vollendeten Glatze glatt und bemerkt dabei selbst, wie verkrampft er auf die Ermittler wirken muss.

Doch was soll er ihnen sagen?

Er war zu der genannten Tatzeit in der Firma. Und er ist auch derjenige, dem als erstes auffiel, wer vermisst wird: Simone Dämel, eine der stellvertretenden Herstellungsleiterinnen. Für gewöhnlich übertrieben akkurat und pflichtbewusst, umso auffälliger, dass sie nicht zu ihrer nachmittäglichen Schicht erschien.

»Nicht einmal mit einem Bein im Grab, würde sie die Arbeit ausfallen lassen«, schnappte Oliver das Getuschel auf dem Flur auf, nur um daraufhin eine Kollegin zu beobachten, die sich erschrocken die Hand vor den Mund schlägt, als ihr die realitätsnahe Bedeutung der Worte bewusst wird.

Wie gut, dass sie sein Grinsen nicht sieht …

Das Einzige, was er für die Kommissare tun kann, ist, ihnen ein Foto der letzten Firmenfeier zu überreichen, das

Simone Dämel als burschikose Endvierzigerin mit dunklem Kurzhaarschnitt und gezwungenem Lächeln zeigt.

Der Kommissar zeigte sich zufrieden und schickte seinen jüngeren Kollegen los, um eine potentielle Ähnlichkeit der beiden Personen festzustellen.

Anstatt ihm für seine Mitarbeit zu danken, treiben sie ihn nun in die Enge.

»Wenn Sie niemanden gesehen haben, könnte es daran gelegen haben, dass Sie selbst der Täter sind?« Lohen macht sich nicht die Mühe, seinen Verdacht gegenüber dem Befragten zu verbergen. »Sind die beiden Opfer Ihnen in Ihrer beruflichen Karriere zu nahe gekommen?«

Die Kommissarin lächelt ihn entschuldigend an, als bedauere sie, dass sie ihrem Kollegen nichts entgegenzusetzen habe.

Oliver macht sich eine gedankliche Notiz. Wie hilfreich es doch ist, von allen Kollegen im Allgemeinen als zuvorkommend beschrieben zu werden. Er weiß doch genau, wie sie über ihn reden. Zu nachsichtig mit den Kollegen, ein wenig schusselig, aber stets höflich und zuvorkommend.

Es ist ein offenes Geheimnis, dass er einige Male mit der stellvertretenden Leiterin aneinander geriet, da er zu schusselig und sie zu genau war. So offen, dass die Ermittler wohl längst darüber Bescheid wissen.

»Das ist eine Unterstellung, die ich mir nicht gefallen lasse.« Oliver verschränkt die Arme vor der Brust. Seine Stimme klingt leise durch den Raum. Die feinen Härchen auf dem Handrücken der Kommissarin richten sich auf.

»Aber ist es nicht so, dass Sie mit der Sachkundigen Person in Streit geraten sind, weil Sie seine Entscheidungen nicht akzeptieren wollten? Und nun ist die nächste Person beinahe tot, die mit Ihnen gelegentlich uneins war.«

Olivers Kopf schnellt in die Höhe. »Sie lebt?«

Der Kommissar zuckt offensichtlich verärgert zusammen. Diese Information war wohl nicht für seine, Olivers, Ohren bestimmt.

Wortlos nickt der Kommissar.

Kapitel 19

»Die haben mich im Verdacht!« Die Stimme des Herstellungsleiters dröhnt durch die geöffnete Tür über den Flur und reißt Kommissar Lohen aus dem Gespräch mit der Vorstandsassistentin. Er spitzt die Ohren, doch er versteht weder die Antwort, noch kann er die antwortende Stimme einem Gesicht zuordnen.

»Sie waren doch beide selbst schuld.« Wieder der Herstellungsleiter und Lohen vergisst völlig die ältere Frau, die vor ihm steht und ihre Vermutungen zu beiden Fällen schildert. Die knallrot bemalten Lippen der Blonden gehen auf und ab und er nickt pflichtbewusst und automatisch, wenn er denkt, dass er zustimmen müsste, doch seine Konzentration liegt voll und ganz im Büro des Herstellungsleiters. So beherrscht er sich gegenüber den Kommissaren zeigte, ist davon jetzt jede Spur abhandengekommen.

»Verdächtigst du mich jetzt auch noch?«

Zu gern wüsste Lohen, was Oliver Pfaffs Gesprächspartnerin darauf erwidert, doch sie redet einfach zu leise – vielleicht absichtlich gedämpft.

»Das ist doch nicht dein Ernst! Wie lange kennen wir uns schon, Paulina, wie lange?«

Ein Reinigungswagen fährt langsam an Nicole und Lohen vorbei und hält genau auf die Tür am Ende des Gangs zu, hinter der Pfaff seine Stimme erhebt.

Geistesgegenwärtig streckt Nicole der Blonden ihre Visitenkarte entgegen und versichert ihr, dass sie sich jederzeit über weitere ausführliche Schilderungen freut. Dann zieht sie Lohen hektisch in die geöffnete Tür des Empfangsraumes – genau in dem richtigen Moment, denn der Herstellungsleiter stürmt wild fluchend Richtung Ausgang.

Kapitel 20

»Sie ist jetzt auf Normaltemperatur, liegt aber immer noch im Koma«, kommt am folgenden Morgen die Information aus dem Krankenhaus. Ein Erfolg, an den Lohen nicht mehr zu hoffen gewagt hatte. Wenn die Überlebende erwacht und ihnen sagen kann, wer der Täter ist, dann ist der Fall gelöst. Bis dahin wird PetersPharma von Zweifel und Misstrauen heimgesucht. Keiner traut den Kollegen. Jeder verdächtigt die Laborpartner hinter den Anschlägen.

»Noch ist nicht gesagt, dass Simone Dämel in der Lage sein wird, uns etwas zu der Tat zu sagen«, wirft Thomas Scheepers ein. »Ich kann mir nicht vorstellen, dass sie den Beinahe-Tod ohne Beeinträchtigungen überstanden hat.«

»Du bist ein oller Pessimist!« Spielerisch knufft Nicole ihn in die Seite und Lohen runzelt verärgert die Stirn. Die beiden sollten sich darauf konzentrieren, den Mörder zu fangen, statt herumzuschäkern. »Wir müssen einfach daran glauben, dass sie uns helfen kann!«

»Was sagte das Krankenhaus, wann sie voraussichtlich erwachen wird?«, schaltet sich Lohen dazwischen.

»Dazu gab es keine Aussage.« Nicole zuckt mit den Schultern. »Nicht einmal, ob sie heute aufwacht oder nächstes Jahr.«

»Thomas, für den Fall, dass sie heute aufwacht, fährst du zum Krankenhaus. Achte darauf, dass niemand außer dem

Pflegepersonal ihr Zimmer betritt. Nicht, dass der Mörder sein missglücktes Unterfangen zu vollenden versucht.« Thomas nimmt Lohens Anweisung entgegen und nickt unzufrieden. Er rechnet nicht damit, dass Simone Dämel etwas zur Aufklärung beitragen kann. Lieber wäre er an maßgeblichen Erfolgen in den Ermittlungen beteiligt, doch Lohen wendet sich schon dem Pressesprecher zu.

»Keine Informationen nach draußen, dass Simone Dämel lebt.« Mit schlechtem Gewissen denkt er daran, dass er selbst diese Information bereits mit dem Herstellungsleiter teilte. Solange niemand sonst davon erfährt, können sie ihn vielleicht überführen, wenn er in das Krankenzimmer eindringt, um die begonnene Tat zu einem Ende zu bringen.

»Wenn dann jeder weiß, was er für heute zu tun hat, würde ich die Besprechung gerne beenden.« In Erwartung, dass alle Fragen geklärt sind, lässt er den Blick durch den Raum wandern und findet seine Vermutung bestätigt. Zufrieden winkt er Nicole Falke mit dem Kopf zu sich herüber. Sie werden sich gemeinsam den Vorstand vornehmen, den sie bislang wegen Auswärtsterminen lediglich telefonisch befragten. Als Oberhaupt muss er mitbekommen, was in der Firma vor sich geht. Am frühen Nachmittag wird er aus Schweden zurückerwartet.

Kapitel 21

Der kleine Junge schreit seit Stunden. Nichts vermag, ihn zu beruhigen. Egal, ob sie ihn mit sanften Kinderliedern durch die Wohnung trägt, ihm den Bauch massiert oder ihn mit dem Beruhigungssauger besticht – er schreit sich die Seele aus dem Leib, ohne ihr sagen zu können, was sein kleines Herz bedrückt. Lediglich die Flasche nimmt er, lässt sich von der Milch einlullen und sammelt Kraft, um anschließend weiter zu schreien. Doch selbst den Löffel mit dem Gemüsebrei, bei dem er sonst so fröhlich den Mund aufsperrte, missachtet er.

Sind es Zähne, die durchbrechen? Bauchkrämpfe? Ist er krank?

Was soll sie bloß tun? Wenn er doch bloß reden könnte, um ihr mitzuteilen, was ihm fehlt. Dann hätte sie dieses Problem nicht.

Freudlos lacht sie auf und läuft weiter mit dem schreienden Kind durch das Wohnzimmer. Nein, dieses Problem hätte sie nicht, aber vermutlich ganz andere Probleme.

Ihr Kopf droht, zu platzen, und sie widersteht dem dringenden Bedürfnis, das brüllende Bündel aus dem Fenster zu werfen. Er kann doch nichts dafür. Er ist doch bloß ein kleiner Junge. Zu klein, um jemandem absichtlich etwas Böses anzutun.

Doch sie benötigt einen klaren Kopf, um ihre nächsten Schritte zu überdenken. Zu viel ist noch zu tun, das wichtig ist und keinen Aufschub duldet. Nur noch ein paar Tage, wenige Wochen. Doch diese Zeit scheint der junge Mann nicht zu haben. Tränen laufen über sein Gesichtchen und er reibt die rot verquollenen Augen. Es ist offensichtlich, dass er ebenso fertig ist mit den Nerven wie sie.

»Weißt du«, sagt sie sanft und schaukelt ihn hin und her, während sie die nächste Runde um den Wohnzimmertisch läuft, »wir beide müssen einfach zusehen, dass wir das Beste aus der Situation machen. Ich habe mir das auch anders vorgestellt.« Als würde er sie verstehen, hebt er das Köpfchen und blickt sie aus staunenden Augen an. Für den Moment vergisst er sogar, dass er den Titel für das Baby mit der längsten anhaltenden Schreiphase gewinnen möchte und sie bemerkt, wie zuckersüß er ist. Beinahe hätte sie das unter seinem Gebrüll vergessen.

»Wer hätte gedacht, dass wir beide eines Tages hier ganz allein hocken, und es niemanden interessiert, was mit uns ist?« Aufmerksam schaut er sie an, als verstünde er jedes ihrer Wörter, während sich an seinem Kinn ein See aus Spucke sammelt und ihr der Gedanke kommt, dass ihre Aussage so vielleicht nicht ganz richtig ist. Natürlich interessiert sich niemand für sie, aber wer sagt, dass das auf den kleinen Mann mit den unglaublich dunklen Augen ebenfalls zutrifft?

»Aber wir sind jetzt Partner. Wir beide zusammen gegen den Rest der Welt, wie klingt das?« Sie packt ihn fester mit dem einen Arm und streckt ihm die andere Hand entgegen. Er kichert, greift mit nassen Händen danach. So bringt er sie zum ersten Mal seit so langer Zeit zum Schmunzeln.

»Jetzt müssen wir nur gemeinsam überlegen, wie wir weiter vorgehen.« Sie greift mit den Händen um, sodass er sich nun aufrecht an ihre Brust schmiegt. Sein vom Schreien heißes Gesicht lehnt an ihrem Hals, direkt in der Kuhle des Kehlkopfes, und in kleinen Bächen läuft sein Speichel in ihren Ausschnitt. Hätte ihr jemals jemand erzählt, dass sie mit einem Baby allein … sie hätte ihn für verrückt erklärt.

»Als erstes benötige ich Beruhigungstabletten, weil du mich manchmal so unglaublich nervst.« Zärtlich streichelt sie ihm über den Kopf, während sie in leichtem Singsang mit wiegendem Schritt fortfährt. »Du willst doch nicht, dass ich zu einer dieser bösen Frauen werde, die wehrlose Kleinkinder totschütteln oder mit einem Kissen ersticken.«

Sein freudiges Kieksen an ihrer Brust lässt ihr Herz aufgehen. Niemals könnte sie diesem kleinen Wesen etwas antun. Viel zu abhängig ist sie davon, für ihn die ganze Welt zu sein. Zu wissen, dass er sie trotz all ihrer Fehler anhimmelt.

Krampfhaft überlegt sie, wie es weitergehen soll und ein Plan formt sich in ihrem Kopf, nimmt immer mehr Form an.

»Na, was sagst du?« Freudig erregt hält sie das Baby ein paar Zentimeter vor sich, sodass sie sein wunderschönes, dunkles Gesicht sehen kann, das sie mit großen Augen anstrahlt. »Wär‘ doch gelacht, wenn wir beide das nicht alleine schaffen!«

Kapitel 22

Erst Manuel dann Simone …

Geräuschvoll schnäuzt sich Paulina Nowak die Nase und wischt die Tränen mit dem Zipfel des Taschentuchs fort.

Zwei Kollegen, mit denen sie seit ewigen Zeiten zusammenarbeitet – einfach ausgelöscht. Alles, was bleibt, ist die Erinnerung.

Obwohl Paulina darauf besteht, dass die Arbeiten in dem Labor fortgeführt werden, sitzt sie selbst vor ihrem Rechner und starrt auf den schwarzen Bildschirm. Sie kann sich nicht einmal daran erinnern, woran sie arbeitete, bevor der Bildschirmschoner ansprang.

Geht es ihr besser damit? Nein! Die Kollegen sollten sich freuen, dass ihre Tätigkeit sie ablenkt.

Sie greift nach dem Nasensprayfläschchen, das jederzeit auf ihrem Schreibtisch bereitsteht. Durch das ständige Heulen und Schnäuzen ist ihre Nase empfindlich und gereizt.

Was hat sie übersehen?

Wie automatisiert gibt sie zwei Sprühstöße in jedes Nasenloch und zieht genau so automatisch die Nase hoch, sodass ihr das ungewohnte Kribbeln erst bewusst wird, als der Deckel wieder auf dem Fläschchen steckt.

Was zum …

Ihr Husten unterbricht den Gedanken. Ihre Brust ist plötzlich wie zugeschnürt. Verzweifelt hustend versucht sie, die Enge zu vertreiben. Wieder und wieder hustet sie. Übelkeit gesellt sich zu der Luftnot und sie greift nach dem Telefonhörer auf ihrem Schreibtisch.

6 – 1 – wählt sie röchelnd, dann kippt sie zitternd von dem Stuhl. Ein Krampf erfasst ihren ganzen Körper, schüttelt ihn, zwingt ihre Blase und den Darm, sich zu entleeren.

Sie muss jemanden auf sich aufmerksam machen, doch ihre Hände gehorchen ihr nicht mehr. Der ganze Körper ignoriert ihre Bemühungen, erschlafft.

Dunkelheit legt sich über ihr Bewusstsein und erlöst sie aus dem panischen Überlebenskampf.

Kapitel 23

Sie kämpft gegen die bleierne Schwere, die ihre Lider geschlossen hält. Schwach, kraftlos – wie lange hat sie geschlafen, dass sie sich so erschöpft fühlt? Zu kurz? Zu lang?

Sie kämpft – und gewinnt.

Grelles Licht strahlt auf sie herab, zwingt sie, die Augen zu schließen, doch sie hält stand. Doch die Welt, die sie durch die schmalen Spalte erblickt, ist verschwommen, als blicke sie durch eine trübe Glasscheibe.

Sie ist zu erschöpft, um sich zu fragen, was geschehen ist. Oder wer sie ist.

Vielleicht sollte sie noch einmal kurz die Augen schließen, dann …

Ein Schatten schiebt sich in ihr trübes Blickfeld, doch sie starrt weiter geradeaus und wartet, dass ihr Blick aufklart. Eine Geschäftigkeit herrscht um sie herum, von der sie jedoch kaum etwas mitbekommt. Die Geräusche klingen, als seien sie kilometerweit entfernt. Stimmen, schrille Töne, Fußgetrappel erreicht sie stark gedämpft in ihrer Blase.

Ein blumiger Geruch steigt ihr in die Nase, deutlicher als alle Bilder und Geräusche gemeinsam. Etwas berührt sie an der Hand.

»Guten Morgen, Frau Dämel, haben Sie gut geschlafen?« Eine Stimme, dicht an ihrem Ohr.

Sie zwingt sich, die Blase zu verlassen, klar zu sehen, die Stimme zu empfangen, den Kopf der sanften Stimme zuzudrehen. Langsam nur bewegt sich ihr Kopf, doch schließlich erfasst sie den Umriss der Person.

»Sie sind im DRK Klinikum Westend auf der Intensivstation«, fährt die Stimme fort.

Sie hört die Worte mittlerweile klarer, doch sie verbindet damit nichts. Es ist, als beträfen die Worte jemand anderes, nicht sie.

Was will sie?

Unablässig streicht etwas über ihre Hand.

Was soll das alles? Sie ist doch bloß müde und möchte schlafen.

Doch so müde sie auch ist, wird ihr Blick endlich schärfer und sie ordnet die Stimme der hübschen Blondine zu, die neben ihr steht und sich freundlich lächelnd zu ihr hinabbeugt. Sie ist es auch, die ihre Hand streichelt, wie sie feststellt, als sie dem Gefühl mit den Augen folgt – doch die Hand ist unvollständig. Zeigefinger, Mittelfinger, kleiner Finger – mehr nicht.

Hinter der jungen Frau herrscht hektische Betriebsamkeit, doch sie ist vollauf damit beschäftigt, sich auf die Frau zu konzentrieren, dass sie die anderen Personen kaum wahrnimmt.

Was ist das für ein Ort? Und warum ist sie hier?

»Können Sie sich daran erinnern, weshalb Sie hier sind?« Sie lächelt freundlich, vertrauenserweckend. Kann sie ihr trauen?

Sie öffnet unschlüssig den Mund, nur einen kleinen Spalt, doch kein Laut dringt daraus hervor. Hat sie verlernt, zu sprechen?

Die Blonde beugt sich weiter zu ihr hinab und legt ihr die Hand auf die Schulter. »Es ist völlig in Ordnung, wenn Sie sich nicht daran erinnern. Ihr Körper ist völlig erschöpft. Das wird sich in den nächsten Tagen legen, bis dahin erzähle ich Ihnen einfach etwas.« Sie klingt optimistisch, euphorisch.

Warum nur ergeben ihre Worte keinen Sinn?

Sie erzählt weiter, stellt sich als »Schwester Steffi« vor und verspricht ihr, rund um die Uhr für sie da zu sein. Je mehr sie erzählt, umso mehr erwachen ihre eigenen Gehirnzellen zum Leben, lassen sie den Sinn erfassen und wecken ihr Misstrauen.

Sie hat ihre Umgebung mittlerweile als Krankenhauszimmer identifiziert, doch wie leicht wäre es, ihr Glauben zu machen, dass sie in einem Krankenhaus ist? Sie muss beobachten, sich ihre eigene Meinung bilden und dann entscheiden, was zu tun ist.

Hinter der freundlichen Blonden scharrt jemand ungeduldig mit den Füßen. Sie ignoriert es und öffnet den Mund, doch nichts als ein unverständliches Krächzen, vor dem sie sich selbst erschrickt, kommt heraus.

Schlagartig verstummt die Pflegerin. Aufmunternd lächelt sie ihr zu und sie versucht es noch einmal.

»Was ist mit meinen Fingern?« Eine Stimme, krächzend, kaum verständlich, nicht ihre. Oder doch?

Behutsam setzt sich die Pflegerin zu ihr auf die Bettkante und drückt die verunstaltete Hand fest. »Erinnern Sie sich an den Vorfall, der Sie hierherbrachte?«

Ihr Blick wandert wieder zu den Stummeln, die an ihrer Hand zurückblieben. Alles andere verblasst hinter der Frage, wohin ihre Finger verschwanden.

»Was ist mit meinen Fingern?«, wiederholt Simone Dämel ungehalten, ohne auf die Frage der Pflegerin einzugehen. Ihre Stimme gewinnt langsam die Festigkeit wieder, wenn sie sich auch noch so unglaublich schwach fühlt.

»Sie waren im Kühlraum eingesperrt und wären beinahe gestorben«, erklärt die Schwester leise und beugt sich noch ein Stück weiter zu ihr hinunter. »Wir mussten Ihre Finger abnehmen, da sie abgestorben waren, damit Sie sich keine Blutvergiftung einfangen.«

»Was ist mit meinen Fingern?« Sie brüllt es kraftlos in der Hoffnung, dass sich alles als ein Missverständnis herausstellt. Es kann nicht sein.

Leise und eindringlich wiederholt die blonde Pflegerin ihre Antwort. Mit ihrer sanften Stimme schlägt sie ihr die harte Realität ins Gesicht.

Warum?

»Erinnern Sie sich an den Vorfall?«

Sie blickt weiterhin starr geradeaus. Welchen Sinn hat es noch, zu antworten? Welchen Sinn hat es, in dem Vergangenen zu schwelgen, wenn sie jetzt verunstaltet ist?

Stefanie wiederholt die Frage in der gleichen Lautstärke.

»Nein«, antwortet sie kraftlos.

»Das ist völlig natürlich«, beruhigt die Pflegerin sie. »Sie brauchen im Moment viel Ruhe und Erholung. Vielleicht können Sie sich bald dann wieder an alles erinnern.«

Wie auf ein geheimes Zeichen verlassen die herumwuselnden Menschen das Zimmer. Zurück bleiben nur die Pflegerin und die beiden Personen, die unruhig, aber schweigsam hinter ihr stehen. Das Piepsen der Geräte tönt mit einem Mal viel lauter.

Die eine Person löst sich und tritt näher an sie heran.

»Hallo, Frau Dämel, erinnern Sie sich an mich?«

Sie wendet den Kopf und blickt die Fragerin geradeheraus an. Eine Erinnerung blitzt in ihrem Kopf auf und wärmt ihr Herz.

»Natürlich, Kathrin, weshalb sollte ich mich nicht an dich erinnern können?«

Die Frau reißt erschrocken die Augen auf und stolpert einen Schritt zurück. Als kenne Kathrin sie nicht mehr. Doch warum wäre sie sonst hier?

»Sag bloß, du erkennst mich nicht. Du bist doch meine beste Freundin, seit wir zusammen in die Grundschule gegangen sind!« Trotz der Überzeugung in ihrer Stimme, schleichen sich die ersten Zweifel ein. Verängstigt blickt sie die Frau an und senkt ihre kratzige Stimme zu einem verschwörerischen Flüstern. »Sag ihnen, dass ich meine Finger wiederhaben möchte! Sie durften sie mir nicht abnehmen.«

Wie versteinert starrt die Frau sie an. »Nein, ich kenne sie nicht«, zischt sie leise dem Mann zu, der sie fragend mustert, als befände sie sich nicht mit ihnen in einem Raum.

»'Tschuldige! Man wird ja wohl mal fragen dürfen«, brummt dieser ebenso leise zurück.

»Ich denke, es ist besser, wenn Sie jetzt gehen!« Die Pflegerin erhebt sich resolut von der Bettkante und stellt sich zwischen sie und die Kommissare. »Kommen Sie in den nächsten Tagen lieber wieder vorbei. Frau Dämel benötigt etwas Ruhe, damit sie sich wieder in der Wirklichkeit zurechtfinden kann. Morgen sieht es bestimmt schon anders aus. Ich halte sie gern auf dem Laufenden.«

Widerwillig nicken die beiden und verlassen gemeinsam das Zimmer.

Kapitel 24

Als Thomas den Dienstwagen eine halbe Stunde später vor dem Gebäude des LKA einparkt, klingelt sein Mobiltelefon. Er kramt es umständlich aus der Hosentasche hervor und erfasst sofort, dass es ein Anruf des Ermittlungsleiters ist.

»Tach, Lohen, was kann ich für dich tun?« Er reckt sich ausgiebig, während er Lohens Worten lauscht. Urplötzlich sitzt er stocksteif da. »Wir kommen sofort!«

Dann beendet er das Gespräch und startet den Wagen erneut.

Kapitel 25

»Paulina Nowak, stellvertretende Herstellleitung, liegt tot in ihrem Büro«, berichtet Lohen den Neuankömmlingen. »Es ist ausgeschlossen, dass sie wie Frau Dämel gerettet werden kann. Wir gehen derzeit von kontaminiertem Nasenspray aus. Ein Fläschchen lag auf ihrem Schreibtisch, als hätte sie es gerade erst benutzt.«

Kathrin Leipzig schüttelt sich. »Sieht so aus, als hätte jemand es auf die komplette Laborleitung abgesehen.«

Lohen zieht die Augenbrauen hoch. »Dann haben wir noch ein paar Opfer vor uns: Zwei Herstellungsleiter und die Stellvertreterin der Sachkundigen Person. Wenn nicht einer von ihnen der Täter ist.«

»Habt ihr sie schon befragt?«

Nicole schüttelt den Kopf. »Wir sind seit einer halben Stunde vor Ort in der Firma. Als wir ankamen, stürmte eine Mitarbeiterin völlig aufgelöst aus dem Büro der Toten. Die Spurensicherung ist schon da und sichert den Tatort. Alle Mitarbeiter wurden von der Arbeit abgezogen. Sie warten in dem Konferenzraum darauf, dass sie nacheinander befragt werden.«

»Habt ihr den Vorstand befragen können?«, fragt Thomas nach, doch wieder schüttelt Nicole den Kopf.

»Er beruhigt die Mitarbeiter. Sie haben Angst, dass jemand der Reihe nach die ganze Firma ausschalten möchte.«

»Damit haben sie ja anscheinend nicht ganz unrecht«, murmelt Kathrin, doch die anderen Ermittler verstehen sie klar und deutlich und nicken zustimmend.

»Der Vorstand sagte, er wolle den Angestellten selbst überlassen, ob sie, bis der Täter gefasst ist, zur Arbeit erscheinen oder nicht. Wir sollten diejenigen, die trotz der Freistellung die Firma aufsuchen, unter Polizeischutz stellen.« Lohen blickt die übrigen Kommissare der Reihe nach an. Da in der Firma dreiundzwanzig Stunden am Tag gearbeitet wird, bedeutet das eine beinahe Rund-um-die-Uhr-Überwachung und einen dementsprechenden Zeitaufwand für die Kollegen. Die Schichten werden zwischen den zwölf Mitarbeitern aufgeteilt, sodass immer zwei der Ermittler vor Ort sind.

»Denkst du nicht, dass der Täter es in erster Linie auf die Führung der Labore abgesehen hat und Polizeischutz für diejenigen, die als nächstes an der Reihe sein könnten, sinnvoller wäre?«, fragt Thomas nach. Auch wenn der Täter bisher nur in dem Labor zugeschlagen hat, schließt er nicht aus, dass der Mörder es auch andernorts versuchen könnte.

»Wir können es leider nicht ausschließen. Es wird dem Täter jedoch einen gehörigen Mehraufwand bieten, wenn er seine Opfer außerhalb der Firma aufsucht. Er scheint hier in der Menge unterzutauchen und unauffällig ein und aus zu gehen.«

»Dann lasst uns jetzt mit der Befragung starten«, geht Kathrin dazwischen. »Wir werden heute eh noch eine Menge Zeit hier verbringen.«

Kapitel 26

Zehn Minuten später sind sie in die üblichen Paare aufgeteilt. Marcel Lohen und Nicole Falke vernehmen den Vorstand Richard Peters, während Thomas Scheepers und Kathrin Leipzig die Führungskräfte des Labors als geschlossene Einheit befragen und sie für die mögliche Gefahr sensibilisieren. Im Genauen sind das Petra Stengel, Oliver Pfaff und Udo Schwartz. Eine separate Befragung der einzelnen Personen führen sie im Anschluss daran durch.

Lohen forderte das komplette Ermittlungsteam bis auf den Pressesprecher an. Zwei von ihnen sorgen dafür, dass die Mitarbeiter sich nicht vor der Befragung drücken. Gemeinsam mit den Angestellten sitzen sie eingepfercht in dem Konferenzraum der Firma. Die übrigen Ermittler vernehmen die Belegschaft.

»Wir sind natürlich betroffen von den Vorfällen.« Der stark untersetzte Mann mit dem schlechtsitzenden Anzug und den strähnig in die Stirn fallenden Haaren senkt betroffen den Blick und drückt die Fingerkuppen vor der Brust gegeneinander. Den Vorstand der Firma hatte Nicole sich anders vorgestellt und sie ist entsetzt, dass ein Mann mit diesem Auftreten diese Firma leitet. »Wenn es etwas gibt, das ich tun kann, um Ihnen bei der Ergreifung des Täters zu helfen, dann lassen Sie es mich bitte wissen.«

»Können Sie uns etwas zu den Angestellten sagen, die dem oder den Tätern bisher zum Opfer gefallen sind? Gab es jemanden, mit dem Sie aneinandergeraten sind? Oder jemanden, der Ihrer Firma schaden will und deshalb systematisch die komplette Herstellung ausrottet?«

Der Endfünfziger fährt sich mit der Hand durch die Haare und wechselt den Blick zwischen Nicole und Lohen hin und her. »Mea culpa, aber keiner meiner Angestellten macht auf mich den Eindruck, als könnte er seine Kollegen liquidieren.«

»Und ein Konkurrent, der Ihre Firma vor dem Aus sehen möchte?«, hakt Lohen nach.

Richard Peters schüttelt bedauernd den Kopf. »Es gibt kaum Konkurrenten, da wir mit unseren Produkten breit gefächert aufgestellt sind, wie es bei den meisten biotechnologischen Firmen üblich ist. Es gibt keine zwei Firmen mit identischem Portfolio.«

»Was sind das für Produkte, die Ihre Firma herstellt?« Nicole erinnert sich an die schwammige Aussage des Herstellungsleiters, deshalb misst sie der Frage nicht viel Bedeutung bei. Firmenpolitisch angehauchte Morde kann sie sich nicht vorstellen, da die Konkurrenten keinen Zutritt zu der Firma haben. Sie notiert sich, die Vorstandsassistentin danach zu fragen, welche Mitarbeiter kürzlich in die Firma eingetreten sind.

Richard Peters lacht auf. »Mit Zellen kenne ich mich nicht aus. Ich bin lediglich für die Finanzen zuständig. Alles andere klären die Angestellten.«

Lohen runzelt die Stirn. »Sind Sie alleiniger Vorstand der Firma?«

Richard Peters nickt. »Im vergangenen Jahr ist unsere CEO ausgeschieden, die gleichzeitig die Herstellungsleitung innehatte. Seitdem führe ich die Firma allein.«

Nicole und Lohen schnappen nach Luft und starren den Vorstand entgeistert an. »Weshalb haben Sie das nicht früher erwähnt?«, blafft Lohen ihn an. »Hat die ehemalige Herstellungsleiterin weiterhin Zutritt zu den Räumen?«

Verdattert schüttelt Peters den Kopf. »Nein, weshalb fragen Sie … Oh!« Er hält inne in der Bewegung und verschränkt die Finger ineinander, während seine teigige Gesichtshaut eine leicht grünliche Farbe annimmt.

»Wie ist die Dame ausgeschieden?« Mit gezücktem Notizblock betrachtet Nicole ihn eingehend. Es ist die erste heiße Spur, die sie haben, seit sie den Fall begonnen haben, wenn man von dem Herstellungsleiter Oliver Pfaff einmal absieht. In ihren Diskussionen ergab sich jedoch, dass Lohen ihn nur verdächtigt, weil er ihm im Allgemeinen zu schmierig und einschmeichelnd vorkommt.

»Lassen Sie mich kurz überlegen«, bittet Peters und reibt sich minutenlang über den imaginären Bart, bis sich plötzlich sein Gesicht erhellt. »Nicht jeder in der Firma war mit ihrer Funktion als Vorstand einverstanden. Sie war sehr jung, sehr hübsch und schnell kam die Vermutung auf, dass sie sich … Vorteile verschaffte, um an diese Position zu gelangen. Herr Doktor Quittek gab sich Mühe, den Aufsichtsrat davon zu überzeugen, dass sie eine Fehlbesetzung sei. Zu jung, zu unerfahren, ohne den Rückhalt der Belegschaft.«

»Wie war ihr Verhältnis zu Frau Nowak und Frau Dämel?«

»Zu Frau Dämel sehr angespannt, da Frau Dämel die Position als Leiterin für sich beanspruchte. Schließlich sah der Aufsichtsrat ein, eine Fehlentscheidung getroffen zu haben. Zunächst wurden Frau Silberstein die Aufgaben entzogen und letzten Endes wurde sie mit einer großzügigen Abfindung in beiderseitigem Einverständnis entlassen.«

»Trauen Sie Frau Silberstein einen Mord zu?« Nicole legt den Kopf schief.

»Ich traue grundsätzlich jedem Menschen alles zu«, antwortet Peters.

»Fällt Ihnen jemand ein, der sich in Gefahr befindet, falls es sich bei Frau Silberstein um die Täterin handelt?«

Peters beugt sich vor und stützt den Ellenbogen auf der Tischplatte ab. »Jeder«, raunt er mit verschwörerischer Stimme. »Wie gesagt: Ich traue grundsätzlich jedem Menschen alles zu. Wer weiß, was im Kopf dieser Frau vor sich geht?«

»Vielen Dank! Sie haben uns sehr weitergeholfen.« Nicole erhebt sich.

Das Motiv, nach dem die Ermittler sich schon nächtelang den Kopf zerbrachen, liegt mit einem Mal auf der Hand. Eine beleidigte Leiterin, die von ihrem Thron geworfen wurde und nun auf Rache sinnt. Verletzter Stolz – das häufigste Mordmotiv, das Nicole bisher untergekommen ist.

Stellt sich bloß die Frage, wie sie in die Firma kam. Arbeitet sie mit einem Insider zusammen?

Nicole notiert sich den Gedanken stichpunktartig und hält Lohen den Notizblock unter die Nase, so dass er es lesen kann. Er nickt knapp und wendet sich wieder dem Vorstand zu.

»Sie halten sich bitte für weitere Befragungen bereit! Frau Falke und ich werden im Laufe des Tages vielleicht erneut auf Sie zukommen. Beruhigen Sie Ihre Mitarbeiter bis dahin.« Mit einem Kopfwinken komplimentiert er Nicole und Peters zur Tür. Zeitgleich übermittelt er den Kollegen, die im Büro des LKA Stellung halten, bereits den Namen der ehemaligen Vorstehenden und bittet sie um die Anschrift.

Gemeinsam geleiten sie den Vorstand zu dem Konferenzraum, in dem die Angestellten auf die Befragung warten. Dann machen sie sich auf den Weg zu Rechtsmedizinerin Melanie Bender.

Ob die Autopsie ihre Vermutung bestätigt?

Kapitel 27

»Wir sollten uns von den Vorfällen nicht verrückt machen lassen und diplomatisch überlegen, wie wir weiterhin vorgehen.« Udo Schwartz, der glatzköpfige Mann mit dem auffällig orangen Hemd und dem ebenso auffälligen Fu-Manchu-Bart lehnt sich lasziv auf dem Bürostuhl nach hinten und legt den Ellenbogen um die Stuhllehne. Er hat die Ruhe weg und beobachtet die aufgeregten Reaktionen der Kollegen. Er gehört als oberster Herstellungs- und gleichzeitig auch Standortleiter zu der Gruppe der als besonders gefährdet eingestuften Angestellten.

»Aber das geht doch nicht, dass wir jetzt abwarten, bis er uns alle auch erwischt.« Petra Stengel, die blonde Leiterin der Qualitätskontrolle und Vertretung des ermordeten Doktor Manuel Quittek, rutscht aufgeregt auf ihrem Stuhl hin und her. Sie erwartet, dass Thomas und Kathrin sie beruhigend an die Hand nehmen, ihr versichern, dass der Täter hinter Gittern ist und sie wieder in Ruhe schlafen und vor allem arbeiten kann. Es steht ihr deutlich in das Gesicht geschrieben.

»Sie müssen doch zusehen, dass Sie den Täter dingfest machen, ansonsten ist keiner der Mitarbeiter in Sicherheit.« Mit einem Blick in die Runde sichert sie sich zustimmendes Nicken Oliver Pfaffs.

Thomas' Mobiltelefon gibt ein kurzes Vibrieren von sich und er entdeckt die Nachricht Lohens, als er den Eingang überprüft. Seine Augen weiten sich, als er die Nachricht liest, und er dreht den Bildschirm so, dass auch Kathrin die Nachricht lesen kann. Dann richtet er seinen Blick auf die Runde der Laborleiter. »Hat einer von Ihnen in den letzten Wochen Frau Nadja Silberstein, die ehemals Vorstehende, in der Nähe der Firma gesehen?«

Die Unruhe, die während der gesamten Befragung vorgeherrscht hatte, weicht schlagartig einer betroffenen Stille. Selbst Udo Schwartz sieht nicht mehr so gelassen aus wie noch wenige Augenblicke zuvor. Argwöhnisch betrachtet er einen seiner Kollegen nach dem anderen, als vermute er einen von ihnen als geheimen Kumpanen des Täters.

Kapitel 28

»Wir haben Methylphosphonsäure in der Blutbahn der Toten nachweisen können«, berichtet Melanie und blickt mit kokettem Augenaufschlag von dem Leichnam auf. Ihre Kollegen nähen derweil Brust- und Bauchbereich der ehemals so resoluten Frau wieder zusammen.

»Das heißt?« Lohen versucht, sich in dem Beisein der Kollegin Falke nicht anmerken zu lassen, wie gern er selbst an der Seite der Rechtsmedizinerin arbeitete. Doch der Blick Nicoles lässt keinen Zweifel daran, dass sie seine geheimsten Wünsche lesen kann.

»Das heißt, dass unsere Tote mithilfe eines Nervengases umgebracht wurde«, erklärt Melanie, zieht sich die blutigen Handschuhe von den Fingern und verschränkt die Arme vor der Brust. »Dessen bin ich ziemlich sicher, ungewiss ist noch, welches genau. Sie reagieren alle ähnlich und haben auch ähnliche Abbauprodukte. Da wir das Fläschchen mit dem vermeintlichen Nasenspray haben, werden wir jedoch schnell herausfinden, um welches Nervengas es sich handelt.«

Nicole schüttelt verwirrt den Kopf. »Wie kann denn das Gas in dem Fläschchen enthalten sein? Entweicht es nicht?«

Melanie lächelt nachsichtig. »Die Bezeichnung ›Gas‹ ist in diesem Fall irreführend. Die meisten Nervengase sind eher ölig, aber zumindest flüssig. Nur wenige von ihnen sind tatsächlich gasförmig.« Sie überprüft die Nähte der Kollegen mit einem flüchtigen Blick und gesellt sich dann zu Lohen und Nicole.

»Mir ist nicht bekannt, dass Nervengifte in der Apotheke erhältlich sind. Das solltet ihr einmal überprüfen. Je nachdem, welche Substanz wir schließlich ermitteln, können wir auch sagen, wie lange das Zeug maximal in diesem Nasenspray-Fläschchen gelagert wurde. Die meisten Nervengifte sind nur kurz haltbar.«

Nicole zieht ironisch die Augenbrauen hoch. »Vermutlich hat es der Täter selbst gekocht, während wir im Nachbarraum standen und die Angestellten befragt haben.«

»Möglich wäre es zumindest.« Lohen zieht frustriert die Stirn kraus. So weit hergeholt ist Nicoles Vermutung nicht.

»Die Funktionsweise von Nervengiften ist ganz einfach.« Melanie blickt den beiden Kommissaren nacheinander direkt in die Augen. »Wenn ich etwas erzähle, das euch langweilt oder zu sehr ins Detail geht, dann stoppt mich bitte.«

Beide Kommissare nicken und Melanie fährt zufrieden fort. Mit dem Erklären des Giftes ist sie völlig in ihrem Element. »Die Gifte setzen an den Nervenleitungen an und verhindern, dass bestimmte Botenstoffe, die Neurotransmitter, ihre Arbeit verrichten. Zum Beispiel, sich immer dann zu melden, wenn ein Reiz kommt, und darauf zu reagieren.«

Pfeilschnell schießt ihre Hand vor und klapst Lohen auf die Finger, die lose herabbaumeln. Ohne weiter darüber nachzudenken, zieht er die Hand weg und blickt sie irritiert an.

Melanie lacht auf. »Bei dir funktioniert die Reizleitung sehr gut, deshalb hast du deine Hand weggezogen. Bei Frau

Paulina Nowak war das nicht der Fall. Sie konnte nicht mehr auf Reize reagieren und war wie gelähmt.«

Sie schüttelt den Kopf und korrigiert sich. »Sie war gelähmt. Ihre komplette Muskulatur erschlaffte, sie atmete nicht mehr und erstickte schließlich. Das einzig Positive daran ist wohl, dass sie sich nicht lange gequält hat. Das Ganze hat maximal ein paar Minuten gedauert.«

Nicole reißt die Augen auf. »Ein paar Minuten?«, fragt sie schrill. Ein Überlebenskampf für mehrere Minuten übersteigt ganz klar ihre Vorstellung des Erträglichen. Doch wie die Rechtsmedizinerin davon berichtet, wird Nicole das Gefühl nicht los, dass es ihr Spaß macht, derart qualvolle Tode zu untersuchen. Und mindestens genauso viel, den unbedarften Kommissaren, die ihr in die Falle tappen, davon zu berichten und sich an deren Grauen zu weiden.

Melanie winkt ab. »Es ist davon auszugehen, dass sie bereits früh in Ohnmacht gefallen ist. Sie hat es also nicht mitbekommen.«

»Kannst du das mit Sicherheit sagen?«

Melanie lächelt. »Nein. Aber es ist das, was ihr den Angehörigen sagen solltet, wenn sie euch danach fragen.«

Kapitel 29

»Fassen wir zusammen«, sagt Lohen, während er vor der Informationstafel auf und ab geht. Wieder einmal sitzen sie zu einer der vorgeschriebenen Nachmittagsbesprechungen zusammen und diskutieren über den Fall, bei dem jede Spur im Sande zu verlaufen scheint. Letzten Endes läuft doch alles auf den Herstellungsleiter hinaus. Dass er selbst zu dem Kreis der besonders gefährdeten Personen gehört, bietet ihm die perfekte Tarnung, um ungestört um sich schlagen zu können. Steckt er vielleicht auch mit der ehemaligen Leiterin unter einer Decke?

»Wir haben zwei Tote und eine stark beeinträchtigte Person durch große Hitze, starke Kälte und Gift. Nach dem Mord an Manuel Quittek verging eine Woche bis zu dem Anschlag auf Simone Dämel und zwei Tage später starb Paulina Nowak. Wir können also weder sagen, wann der Täter wieder zuschlagen wird, noch, auf welche Art.«

Er nutzt die Pause, um Luft zu holen und seine Kollegen der Reihe nach zu mustern.

»Aber es gibt uns Informationen auf den Täter, die uns bei der Ergreifung helfen können: Der Täter tötet passiv. Er ist bei dem tatsächlichen Tötungsprozess voraussichtlich nicht anwesend. Er bereitet alles vor, setzt das Opfer dem Prozess aus und lässt es hilflos allein zurück. Auch Frau

Dämel wäre gestorben, wäre nicht Frau Salamon wegen eines kurzfristigen Auftrags in den Kühlraum gegangen.«

Allgemeines Nicken erfüllt den Raum und ermuntert ihn, weiterzureden.

»Wahrscheinlich kann der Täter es nicht mit seinem Gewissen vereinbaren, einen Menschen umzubringen, und traut es sich vielleicht auch nicht zu. Statistisch gesehen spricht dieses Vorgehen für eine Frau.« Er schreibt ein W unter die Stichpunkte, die er bereits für den Täter sammelte. »Vermutlich hat der Täter einen naturwissenschaftlichen Hintergrund. Bei dem Nervengas, mit dem Paulina Nowak ermordet wurde, handelt es sich um VX und es wurde nachweislich bei PetersPharma hergestellt. Nach einstimmigen Aussagen der Laborleiter zählt VX nicht zu der Produktpalette der Firma.«

Die Spurensicherung hatte ihm erst am Tag zuvor bestätigt, dass auf einer der Werkbänke in dem Labor Rückstände von Schwefel und dem phosphorhaltigen Vorläufermolekül des Nervengases nachgewiesen wurden. Durch einfaches Mischen der beiden Komponenten hätte ein Kleinkind die hochgiftige Substanz herstellen können. Wie kann etwas, das sich so leicht herstellen lässt, so gefährlich sein?

Doch wie sollen die Ermittler herausfinden, wer diese Substanzen tatsächlich mischte, wenn die Vorschriften jedem Angestellten Handschuhe, Mundschutz, Kopfhaube und Reinraumkleidung aufzwingt? Wie einfach wäre es doch, sämtliche gefundene DNA mit den Mitarbeitern zu vergleichen? So leicht könnten sie den Täterkreis eingrenzen. Wären nur die zugeteilten Angestellten an einem Arbeitsplatz nachweisbar, so ist vermutlich einer von ihnen der

Täter. Ist die DNA eines anderen Mitarbeiters an dem Arbeitsplatz zu finden, gilt der Täter als ermittelt.

Doch von einem solch einfachen Vorgehen kann Lohen nur träumen. Kein Keim, kein Hinweis darf in das Labor verbracht werden.

»Weiterhin lässt sich sagen, dass der Täter Zugang zu der Firma hat, also entweder unter den Angestellten zu finden ist, oder durch einen der Angestellten Zutritt zu der Firma erhält. Um es noch näher einzugrenzen, ist es einer der Labormitarbeiter, gehört also entweder der Abteilung Produktion oder der Abteilung Qualitätskontrolle an. Außer diesen Abteilungen hat niemand Zutritt zu den Laboren. Allerdings sind diese beiden gleichzeitig die größten Abteilungen der Firma und beinhalten knapp die Hälfte der Mitarbeiter. Neunzehn, um genau zu sein. Eine Liste aller Angestellten, die unter eine der beiden Gruppen fallen findet ihr in dem Ermittlungsprotokoll.«

Allgemeines Stöhnen erfüllt den Raum. Obwohl in den vergangenen Wochen die komplette Firma unter die Lupe genommen wurde, jeder Mitarbeiter befragt wurde und längst keine Fragen mehr übrig waren, befürchten die Ermittler weitere quälend langweilige Stunden der Befragung, bei denen keine hilfreichen Hinweise zum Vorschein gebracht werden. Die Angestellten halten sich bedeckt. Niemand hat etwas gesehen. Keiner kann Auskunft geben. Stecken sie alle gemeinsam unter einer Decke?

Thomas ist beinahe bereit, genau das zu glauben. Vielleicht aus finanziellen Gründen? Es ist ein offenes Geheimnis für jeden, der die Wirtschaftszeitungen oberflächlich verfolgt, dass die Biotech-Branche, auch wenn sie für einzelne

Firmen boomt, im Großen und Ganzen Wunschdenken ist. Beinahe die gleiche Anzahl an Firmen, die jährlich gegründet werden, werden auch wieder in den Boden gestampft. Gerade PetersPharma ist bekannt dafür, einige eklatante Ausgaben getätigt zu haben.

Zum Jahresende wird in den meisten Betrieben geschaut, wie sich Kosten einsparen lassen oder zusätzlicher Gewinn erwirtschaftet werden kann. Bei der Polizei äußert sich das in einer höheren Anzahl an Strafzetteln in den letzten Monaten des Jahres. Manche Firmen setzen vielleicht unliebsames und teures Personal ab. Dass diejenigen, die dem Täter bislang zum Opfer fielen, zu den Spitzenverdienern der Firma zählen, erklärt sich von selbst. Ein Mord verhindert sogar lästige Abfindungen.

Thomas schüttelt unwirsch den Kopf. Seine Fantasie geht mit ihm durch. So ungehobelt der Vorstand auch auf ihn wirkt, traut er ihm den geplanten Mord seiner Angestellten nicht zu.

Kapitel 30

»Manuel, öffne sofort die Tür!« Zu laut für Zehlendorfer Verhältnisse dringt die Stimme der wohlgenährten Ghanesin in englischer Sprache durch das Treppenhaus, während sie ungehalten mit den Fäusten an die unscheinbare Tür in der dritten Etage hämmert. Ein kleiner Rollkoffer steht unbeachtet neben ihr.

Seit einer halben Stunde bittet sie nun schon auf diese Weise um Einlass, doch ohne Erfolg. Sie ist so vertieft in ihr Unterfangen, dass sie nicht bemerkt, wie sich die Tür der Nachbarwohnung öffnet und eine eingeschüchterte, ältere Dame auf den Hausflur hinauslugt.

»Er ist schon seit ein paar Wochen nicht mehr da«, krächzt sie mit einer Stimme, die nicht allzu häufig zum Einsatz zu kommen scheint. Die ungehaltene Frau dreht sich schwungvoll zu ihr herum und mustert sie mit verärgerter Miene.

»Wer hat Sie gefragt, Lady?«, faucht sie und die ältere Dame weicht vorsichthalber zurück, obwohl sie sich bereits hinter der Wohnungstür versteckt. »Ich will zu meinem Bruder. Wo finde ich ihn?«

»Da müssen Sie sich an die Polizei wenden«, krächzt die Nachbarin. »Vor zwei bis drei Wochen waren sie hier und haben die Wohnung durchsucht und alle Nachbarn befragt.« Sie öffnet die Tür einen Spalt breiter, formt die Hände zu einem Trichter und legt sie an den Mund. »Er ist wohl ermordet worden«, flüstert sie so laut, dass sie durchaus auch drei Treppen weiter unten zu verstehen ist. »Wurden Sie denn gar nicht informiert?«

Der Ärger im Gesicht der jungen Frau wandelt sich in Sekundenbruchteilen in eiskalte, blanke Wut und sie stürmt auf die Frau zu, die in Windeseile ihre Wohnungstür zuwirft. Das Klirren der Sicherungskette dringt durch die geschlossene Tür.

Trotz der Schreie und Faustschläge der dunkelhäutigen Frau bleibt die Tür verschlossen. Die Schwester der toten Sachkundigen Person hämmert und klingelt abwechselnd, tobt und schreit, bis sie schließlich erschöpft und in Tränen zu Boden sinkt.

Ermordet? Manuel? Das kann nicht sein, was ist denn dann mit … Ihr Bruder kann nicht tot sein. Sie sieht ihn vor sich, so lebendig. Wie er sie vom Bahnhof abholte, ihr den Koffer aus der Hand nahm und sie mit dem großen gelben Taxi – wie er die Busse in Berlin immer nannte – zu sich nach Hause fuhr. Das kann nicht vorbei sein. Es ist keine drei Wochen her, dass sie ihn zuletzt sah.

Und doch flüstert eine leise Stimme ihr zu, dass es die Wahrheit ist und der Grund dafür, weshalb er in den vergangenen Wochen nicht an das Telefon ging. Als sie ihn so verzweifelt zu erreichen versuchte …

Doch wenn Manuel tot ist … sie wagt es nicht, den Gedanken zu Ende zu denken. Zu grausam ist die Konsequenz. Es darf nicht sein. Es darf einfach nicht sein!

Widerstrebend fischt sie das Mobiltelefon aus der Seitentasche des Rollkoffers. Die Polizei muss ihr eine Antwort auf ihre Frage geben können, ob sie diese hören möchte oder nicht. Auch wenn ihr Innerstes ihr sagt, dass es nicht wahr ist, solange sie es nicht bestätigt bekommt …

Sie muss es aus dem Mund der Polizei hören, bevor sie durchdreht. Vielleicht haben sie ihn zu Hause aufgesucht, weil sie nicht wussten, was mit dem kleinen Sonnenschein geschehen sollte.

Doch welche Nummer der Polizei wählt man, wenn man Fragen zu einem Todesfall, möglicherweise einem Mord hat? Sie tippt ihre Frage in den Internetbrowser des Smartphones ein und wird auf die Seite des Landeskriminalamtes Berlin verwiesen.

Als sich eine freundliche Dame auf der anderen Seite der Telefonleitung meldet, ist Shairi bereits so verzweifelt, dass sie kaum ein Wort in der fremden Sprache herausbringt. Glücklicherweise bemerkt die Frau ihre Sprachprobleme und wechselt sofort in das Englische, was den Kloß in ihrem Hals jedoch nicht minimiert. Schluchzend trägt sie ihr Anliegen vor und wird sofort an den leitenden Ermittler, einen gewissen Hauptkommissar Marcel Lohen, weitergeleitet.

Sein Entsetzen nach ihren ersten Worten ist echt und er bittet sie, umgehend das LKA aufzusuchen.

Schweren Herzens dreht sich Shairi noch einmal zu der Tür um, hinter der sie schon oft so herzlich empfangen wurde, doch die fortan für immer verschlossen bliebe. Dann verlässt sie das Haus, winkt sich ein Taxi heran und nennt dem Fahrer die Adresse in der Keithstraße, die ihr der Mann am Telefon genannt hatte.

Kapitel 31

Kommissar Lohen steht bereits ungeduldig wartend unter dem Vordach, als das Taxi vor dem Gebäude des LKA hält. Er ließ es sich nicht nehmen, trotz des Nieselregens vor dem Gebäude zu stehen und sie in Empfang zu nehmen.

Er streckt die Hand aus und greift nach dem Koffer. Mit einer Geste deutet er auf den Eingang des mit großen Steinen versehenen Gebäudes.

Shairi folgt dem Mann zitternd. Aufregung, Sorge und Regen treffen sich in ihr und treiben sie in die Verzweiflung. ›Es muss eine Verwechslung sein‹, sagt sie sich immer wieder. Schließlich sehen für den blassen Europäer alle Dunkelhäutigen gleich aus. Merkwürdig nur, dass der Schwarze das Opfer sein soll. Vermutlich war er selbst schuld und hat seinen Mörder dazu gebracht, ihn zu töten.

Kommissar Lohen führt sie in ein spärlich eingerichtetes Büro und deutet auf einen der Stühle, die auf der Besucherseite des Schreibtisches stehen. Er selbst nimmt auf der gegenüberliegenden Seite Platz, öffnet eine Flasche Mineralwasser, schenkt zwei Gläser ein und stellt eines davon ungefragt vor sie hin. »Frau …?« Er blickt sie fragend an.

»Quittek«, antwortet sie heiser und beobachtet den Stift, der eilig über den Notizblock kratzt und den Namen festhält.

»Frau Quittek, ich danke Ihnen, dass Sie sich mit uns in Verbindung gesetzt haben.« Sein Englisch ist nicht perfekt, aber Shairi empfindet es als respektvoll, dass er sie nicht zwingt, diese Unterhaltung auf Deutsch zu führen. Zu oft hat sie es erlebt, dass Menschen, die eigentlich in der Lage sein sollten, über ihren Tellerrand hinauszublicken, auf ihrer Muttersprache bestehen.

»In welchem Verwandtschaftsverhältnis stehen Sie zu Manuel Quittek?«

»Ich bin seine Schwester.« Sie senkt den Kopf, damit der Kommissar die Tränen nicht sieht, die ihr Gesicht hinablaufen. Für gewöhnlich weint sie nicht, doch sie wagt kaum, zu atmen im Angesicht der grausamen Wahrheit, die sie hier finden wird. »Dann ist es also wahr, dass er ermordet wurde?«

Der Kommissar greift über dem Tisch nach ihrer Hand und drückt sie fest. Ein Nicken gibt ihr die Gewissheit, die sie zuvor nicht wahrhaben wollte. »Er wurde vor zweieinhalb Wochen tot an seinem Arbeitsplatz aufgefunden. Wir haben den Zahnabdruck mit den Unterlagen seines Zahnarztes abgeglichen und fanden uns darin bestätigt, dass es sich um Ihren Bruder handelt.«

Ein Schluchzen schüttelt die kräftige Frau. Sie wendet sich ab und kramt in ihrem Rollkoffer nach einem Taschentuch, schnäuzt sich dann geräuschvoll. Sie möchte weitersprechen, doch der Kloß in ihrem Hals ist so stark angeschwollen, dass kaum erstickte Laute an das Ohr des Kommissars dringen.

Doch er rät falsch, worauf Shairis Frage abzielt. »Ich rate Ihnen dringend davon ab, Ihren Bruder noch einmal sehen zu wollen. Es ist kein schöner Anblick. Behalten Sie ihn lieber so in Erinnerung, wie Sie ihn kannten.«

Ein neuerliches Schluchzen schüttelt Shairi und sie wirft den Kopf verzweifelt hin und her. »Mein Kind …«, schafft sie es, hervorzubringen, bevor ihr erneut die Stimme versagt.

Traurig streicht Kommissar Lohen über die dunkle Hand, die sich verzweifelt zusammenkrampft, und wartet, bis sich der Weinkrampf der Frau beruhigt. Er versteht, dass Angehörige die Sicherheit haben möchten, dass es sich bei einem Toten wirklich um den Angegebenen handelt. Bis zum Schluss hoffen sie, dass es sich um ein Missverständnis handelt. Doch es ist jedes Mal das Gleiche. Der Tote ist der Bruder, Vater, Onkel und der Schmerz umso schlimmer, als dass man zuvor die Hoffnung hatte.

Doch dieser Tote ist mit seinen Nekrosen und der abgelösten Haut dermaßen verunstaltet, dass Lohen seine Schwester vor dem Anblick schützen möchte.

»Was ist mit meinem Sohn?« Mit tränenerstickter Stimme bringt sie die Worte hervor, die Lohen nicht auf Anhieb versteht. »Mein Sohn war bei ihm«, setzt Shairi hinterher. »Ist er ebenfalls …?« Ihre Stimme erstirbt unter einem neuerlichen Schluchzen.

Lohen reißt die Augen auf und schüttelt verwirrt den Kopf. Ein Kind bei dem Toten? Zu keinem Zeitpunkt der Ermittlungen war von einem Kind die Rede. »Uns ist nichts von einem Kind bekannt. Sind Sie sicher …?«

»Natürlich weiß ich, dass mein Sohn bei meinem Bruder war!«, faucht Shairi den Kommissar an. Die Hoffnung, dass ihr kleiner Taio noch am Leben wäre, wird von der schrecklichen Gewissheit, dass er in jemandes Gewalt ist, überschattet.

Verzweifelt schlägt sie die Hände vor das Gesicht. »Ich war für drei Wochen im Krankenhaus. Manuel hat in der Zeit auf meinen Sohn aufgepasst. Tagsüber war Taio in einer afrikanischen Kindereinrichtung, Manuel hat ihn nach der Arbeit immer abgeholt. Seit zwei Wochen war er nicht mehr dort.«

»Scheiße!«, entfährt es Lohen, dann fährt er weiter auf Englisch fort. »Beschreiben Sie mir Ihren Sohn!«

Statt einer Beschreibung zieht sie ihr Smartphone hervor, entsperrt den Bildschirm und zeigt Lohen das Hintergrundbild, das ein dunkelhäutiges Kleinkind – fast noch ein Säugling – mit schwarzen Löckchen zeigt. Mit glänzenden, fast schwarzen Augen hält es ein Kuscheltier der Kamera entgegen. »Taio ist vierzehn Monate alt. Finden Sie ihn bitte!«

Lohen greift nach dem Telefon und gibt die Beschreibung des Jungen an Thomas Scheepers weiter, der ihn umgehend zur Fahndung ausrufen soll.

»Können Sie uns ein Foto Ihres Sohnes zukommen lassen, damit wir gezielter nach ihm suchen können?«

Shairi nickt. Als ob der weiße Polizist ihren Sohn von irgendeinem anderen dunkelhäutigen Kind unterscheiden kann. Als ob ein Foto daran etwas ändert. Doch solange der winzigste Hoffnungsschimmer besteht, muss sie ihn ausnutzen. »Haben Sie eine E-Mail-Adresse für mich?«

Lohen schiebt ihr eine Visitenkarte zu und sie sendet die fünf aktuellsten Bilder des Kleinkinds an den Kommissar.

»Wir werden unser Möglichstes tun, ihren Sohn wohlbehalten wiederzufinden«, verspricht Lohen, während er die

Fotos an Thomas weiterleitet. »Da wir im Moment nur abwarten können, würde ich Ihnen gern ein paar Fragen zu Ihrem Bruder stellen.« Er schaut sie abwartend an und registriert erleichtert ein Nicken. »Gab es jemanden, mit dem er im Streit war?«

Shairi lacht freudlos auf. »Er war grundsätzlich mit allen und jedem im Streit. Hat sich immer über alle hinweggesetzt und ihnen gezeigt, dass sie ihn an seinem fetten, schwarzen Arsch lecken können.« Erschrocken schlägt sie die Hände vor den Mund, aber Lohen ermuntert sie, weiterzureden. »Ich weiß nicht, wie er an diese Stelle gekommen ist. Er ist Tierarzt und soll darüber entscheiden, welche Arzneimittel für Menschen gut sind. Diese frühere Frau im Vorstand hatte einen Narren an ihm gefressen. Sie hatte ihn in der Hand, weil er genau wusste, dass er den Job nur ihr zu verdanken hatte, und sie hat ihm immer wieder unter die Nase gerieben, dass er zu ihren Gunsten entscheiden soll, ansonsten fliegt er aus der Firma. Ich war froh, als sie endlich nicht mehr in der Firma war, aber dafür fing er dann an, alle anderen zu unterjochen.«

»Ich nehme an, Sie sprechen von Frau Silberstein?«

Shairi zuckt mit den Schultern. »Wie sie heißt, weiß ich nicht. Nur, dass er immer erzählte, dass er jetzt endlich an allen anderen auslassen kann, was sie ihm angetan hat.«

Dass sogar seine Schwester eine derart negative Meinung von dem Toten hat, macht es Lohen nicht leichter.

»Es wurde immer schlimmer mit ihm. Als ich ihn nicht erreichte, dachte ich, jetzt wäre er völlig übergeschnappt und lässt es auch noch an Taio und mir aus.« Das Schluchzen bahnt sich erneut den Weg aus ihrer Kehle hinauf und Lohen drückt ihre Hände noch fester.

»Wir finden Ihren Sohn, Frau Quittek! Machen Sie sich keine Sorgen. Wir bringen Ihnen Ihr Kind unversehrt wieder!«

Kapitel 32

»Ja, wir hatten einen Streit an dem Nachmittag, bevor sie tot aufgefunden wurde.« Wieder und wieder fährt sich Oliver Pfaff mit den Händen über das schweißnasse Gesicht und wischt sie hinterher an der ausgebeulten Jeans sauber. Aufgeregt schreitet er in dem Büro auf und ab, dass er sich noch vor wenigen Tagen mit Paulina Nowak teilte. Die Spurensicherung hinterließ ein heilloses Chaos, von dem noch immer nicht alle Spuren beseitigt wurden. »Aber ich habe mit ihrem Tod nichts zu tun!«

Lohen und Nicole haben es aufgegeben, nach einer Sitzgelegenheit zu suchen. Sie stehen ein wenig verloren in dem Büro, das ihnen durch die gläserne Scheibe einen Blick auf das verwaiste Labor bietet. Nicht alle Bereiche des Labors sind von der Scheibe aus einsichtig. Die verbliebenen Mitarbeiter, die nach der freiwilligen Freistellung durch den Vorstand zur Arbeit erscheinen, werden in der Herstellung jener Produkte eingesetzt, die durch den Vorstand mit der höchsten Priorität versehen wurden. Die Arbeitsplätze, die besetzt sind, liegen auf einer dem Büro abgewandten Seite.

Lohen lässt seinen Blick über den Schreibtisch der Ermordeten wandern und runzelt die Stirn kritisch angesichts der Staubschicht, die ihn mittlerweile bedeckt. Obwohl die Frau erst seit wenigen Tagen tot ist, wirkt ihr Schreibtisch, als wäre bereits seit Wochen kein Staub gewischt worden.

Oliver Pfaff bemerkt seinen Blick. »Seit ein paar Tagen haben wir eine neue Putze, weil unsere eigentliche krank ist«, rechtfertigt sich der Herstellungsleiter, ohne die nervösen Schritte einzustellen. »War ein heilloses Durcheinander, weil sie es nicht bei der Reinigungsfirma angegeben hat und wir erst nach drei Tagen merkten, dass nicht geputzt wurde. Die Neue ist heillos überfordert. Ich hoffe, dass die andere bald wiederkommt.« Er schnaubt verächtlich und bemerkt nicht, dass er soeben Lohens Interesse angefacht hat.

»Ist die Reinigungskraft der Polizei bekannt?«, fragt er rasch, bevor Oliver Pfaff weiterreden kann. »Ich kann mich nicht daran erinnern, in den Protokollen von einer externen Firma gelesen zu haben?«

»Ich auch nicht«, stimmt Nicole ihm zu.

So klein der Strohhalm auch ist, die Reinigungsfirma muss Zutritt zu den Laboren haben. Den Worten des Herstellungsleiters entnehmen sie, dass die Reinigungskraft eine Frau ist. Statistisch gesehen passt sie somit auf das Täterprofil. Doch weshalb sollte sie die Labore putzen, wenn sie eine fundierte naturwissenschaftliche Ausbildung hat?

Doch Oliver Pfaff schaut sie verdutzt an, als wäre der Gedanke, die Reinigungsfrau wäre der Täter, ihm selbst zuvor nicht in den Sinn gekommen. »Ich lege meine Hand dafür ins Feuer, dass sie nicht der Mörder ist, aber ich kann Ihnen die Kontaktdaten der Reinigungsfirma geben.«

»Weshalb glauben Sie, dass sie nicht der Täter ist?«, fragt Nicole scharf nach.

Oliver Pfaff dreht sich mit einem Ruck zu ihr hin und unterbricht sein paranoides Schreiten. »Sie ist so schmächtig, dass sie niemals jemanden gegen seinen Willen in einen Kühlraum sperren könnte.«

›Und wäre sie ein schmächtiger Mann, könnte er es sich durchaus vorstellen‹, denkt Nicole, behält den Gedanken aber wohlweislich für sich. Das Thema Mobbing steht wie eine fette Überschrift über der gesamten Ermittlung. Wer hat wen falsch behandelt und wer hat wen daraufhin ermordet? Und dennoch denken die Angestellten in Schubladen.

»Was denken Sie, wer der Täter ist?«, fragt sie stattdessen und beobachtet, wie er den gesenkten Kopf schüttelt, so dass sie den spärlichen, von einem letzten Kranz rebellischer Haarbüschel umgebenen Haarflaum sehen kann.

»Ich kann mir niemanden vorstellen, der zu solchen Taten in der Lage ist.«

Lohen mag ihm gar nicht aberkennen, dass er betroffen ist, doch in seinen Augen spielt der Herstellungsleiter die Betroffenheit, die er tatsächlich verspürt, um ein Vielfaches hoch. Vielleicht ist er ein emotionaler Krüppel, der nicht fähig ist, Gefühle zum Tod der Kollegen zu empfinden, und der sich von daher emotionale Regungen abgeschaut und angeeignet hat. Bloß, dass er nicht in der Lage ist, diese Regungen seinem Gegenüber glaubhaft zu vermitteln.

»Erst recht niemand von den Kollegen«, fährt er fort und blickt Lohen endlich in das Gesicht. »Seit dem Mord an Manuel zermartere ich mir den Kopf, doch ich komme nicht darauf, wer einen solchen Hass verspürt.«

»Dann bleibt uns also doch nur noch die Möglichkeit, die Reinigungskraft zu befragen«, stellt Lohen fest, auch wenn er Oliver Pfaff glaubt, dass er von der Unschuld der Frau überzeugt ist.

»Ich wünsche Ihnen viel Erfolg«, murmelt Pfaff mehr zu sich selbst als zu den Ermittlern. Dennoch tritt er an seinen Schreibtisch und zieht aus der zweitobersten Schublade die Visitenkarte der Reinigungsfirma. »Die Reinigungsfirma wird Ihnen dabei bestimmt gern helfen.«

Kapitel 33

Die Frau mit dem starken Akzent, die das Telefon bedient, ist skeptisch, als Lohen anruft und nach dem Namen und den Kontaktdaten der regulären Reinigungskraft bei Peters-Pharma fragt.

»Ich kann Ihnen den Namen und die Adresse nicht einfach zukommen lassen«, erklärt sie rigoros und verweist auf die Datenschutzgrundverordnung, die seit wenigen Monaten gilt. »Da mache ich mich ja strafbar bei. Unbefugte Datenweitergabe und das noch am Telefon kann mich nach Paragraf 43 bis zu dreihunderttausend Euro Strafgeld kosten.«

Verdutzt blickt Lohen auf den Hörer und hält ihn sich dann wieder an das Ohr. »Und was muss ich tun, um an diese Informationen zu gelangen?«

Die neue Datenschutzgrundverordnung sollte den Bürgern die Angst nehmen, ihre Daten könnten missbraucht werden. Jeder sollte zu jedem Zeitpunkt völlige Kontrolle über seine Daten haben und nachvollziehen können, was mit seinen Daten geschieht und an wen sie gegebenenfalls weitergeleitet werden. In der praktischen Umsetzung brachte die Verordnung jedoch viel Verwirrung, Angst vor Klagen und eine Flut an ungewollter E-Mail- und anderer Post. Die einzelnen Datenschutzerklärungen der Firmen wurden hingegen nur länger und unverständlicher.

»Haben Sie ein offizielles Dokument, dass Sie berechtigt sind, die Daten unserer Angestellten zu empfangen? Wenn Sie mir das persönlich vorbeibringen und sich ausweisen, dann kann ich Ihnen die Adresse und Telefonnummer unserer Angestellten geben.« Sie hört sich nicht so an, als ob sie sich von dieser Meinung abbringen lässt.

»Ist Ihnen bewusst, dass Sie hier eine Mordermittlung behindern?«, schnauzt Lohen in den Hörer und schlägt mit der Faust auf den Tisch.

»Das kann ja jeder behauptet«, bleibt die Dame auf der anderen Seite der Leitung standhaft. »Sie erhalten am Telefon gar keine Auskunft!« Mit diesen Worten beendet sie das Telefonat.

Kapitel 34

Genervt parkt Lohen den Dienstwagen vor dem unscheinbaren Gebäude in einer winzigen Nebenstraße des Kurfürstendamms.

»Möchtest du nicht kurz im Auto warten, während ich nach oben gehe und mit der Chefin spreche?« Nicole grinst in sich hinein.

»Als ob du mehr Erfolg haben wirst«, schnaubt Lohen, rammt den Ellbogen gegen die Fahrertür und stützt den Kopf auf die Faust. »Aber bitte, beiß du dir die Zähne aus.«

Zwanzig Minuten später schlendert Nicole sichtlich gut gelaunt aus dem Gebäude, öffnet die Beifahrertür und lässt sich auf den Sitz fallen.

»Und?« Erwartungsvoll, doch nicht überzeugt davon, dass Nicole tatsächlich einen Namen und eine Adresse mitbringt, schaut er sie an.

»Tadaa!« Sie zieht einen Notizzettel aus der Jackentasche und hält ihn ihm unter die Nase. In schnörkeliger Schrift stehen ein Name und eine Adresse darauf, darunter eine Telefonnummer. »Julia Ucker«, entziffert Lohen die Buchstaben, die nicht so gut lesbar sind, wie die Verfasserin des Zettels wohl glaubt.

»Wie hast du das gemacht?« Bewunderung für die junge Kollegin schwingt in seiner Stimme mit. Ihm war zuvor schon so manches Mal aufgefallen, dass sie sich nicht so leicht die Butter vom Brot nehmen ließ, dass sie jedoch so problemlos die benötigte Information erlangt, hätte er ihr nicht zugetraut.

»Ich war freundlich.«

Lohen weiß nicht, ob sie ihn auf den Arm nehmen möchte. Ja, vielleicht ist er manchmal etwas muffelig, aber es ging ja nur um eine einfache Information.

»Was möchtest du damit sagen?«

»Die Dame hockt den ganzen Tag allein in ihrem Büro, quält sich durch behördliche Beschlüsse oder mit unfreundlichen Angestellten und dann kommst du und bellst ins Telefon, dass du Auskunft über ihre Mitarbeiter haben möchtest.«

Entnervt verdreht Lohen die Augen. »Wie kann man nur so empfindlich sein?«

»Empfindlich hin oder her, du solltest Dinge grundsätzlich so sagen, dass deine Gesprächspartner sich nicht unwohl fühlen, wenn sie dir deine Fragen beantworten.«

»Also, wie hast du es angestellt?«

Nicole lächelt in sich hinein. »Zunächst habe ich sie freundlich begrüßt und ihr meine Polizeimarke gezeigt. Dann habe ich ihr das Aktenzeichen gegeben, unter dem wir ermitteln und ihr erklärt, weshalb wir die bei PetersPharma eingesetzte Reinigungskraft befragen möchten. Nämlich, weil sie eventuell etwas gesehen hat, aber auch, weil sie selbst in Gefahr sein könnte.«

»Und dann?«

»Dann hat sie sich entschuldigt, dass sie uns am Telefon keine Auskunft geben wollte, aber sie ist so verunsichert, seit es die neue Datenschutzgrundverordnung gibt. Sie war sich auch gar nicht sicher, ob du wirklich von der Polizei bist. Vor einiger Zeit gab es bereits Probleme mit einem Anrufer, der eine ihrer Damen belästigte und deren Adresse erfragen wollte.«

Lohen schließt den Sicherheitsgurt und startet den Wagen reumütig. »Sie hat ja recht«, gibt er kleinlaut zu und wendet den Wagen, um auf den Kurfürstendamm zu fahren. Er schlägt den Weg zu dem Landeskriminalamt ein, als ihm ein Gedanke kommt.

»Tipp mal die Adresse der Putze ein«, fordert er Nicole auf. »Das schaffen wir noch vor der nächsten Besprechung.«

Nicole schaltet das eingebaute Navigationsgerät an, ärgert sich jedoch insgeheim über die abfällige Bemerkung ihres Kollegen. Nur weil jemand den Dreck anderer beseitigt, gibt es niemandem das Recht, ihn respektlos zu behandeln. Im Gegenteil. All diejenigen, die Reinigungskräfte von oben herab behandeln, sollten sich Gedanken darüber machen, welche Konsequenzen es hätte, wenn sich niemand mehr dafür fände, weil jeder sich zu gut dafür wäre.

Um es genau zu nehmen, taten sie tagein tagaus nichts anderes: Abschaum von der Straße sammeln. Menschlichen Abschaum. Mit dem einzigen Unterschied, dass der menschliche Abschaum aus seinen Erfahrungen mit den Mitmenschen dazu wurde.

»Das ist gar nicht weit von hier«, stellt sie fest, als das Gerät die gewünschte Adresse anzeigt und sie den Startknopf betätigt. »Dreizehn Minuten.«

Lohen wirft einen kurzen Blick auf das Display und setzt den Blinker. »Das sollten wir definitiv vor der Besprechung schaffen. Ist ja eh bloß Routine.«

Eine Viertelstunde später ärgert sich Lohen dennoch darüber, dass er die Befragung der möglichen Zeugin vor die Besprechung legte, denn sie öffnet auch bei dem dritten Klingeln nicht die Tür.

»Lass uns fahren, Lohen. Wir kommen einfach morgen wieder. Vielleicht haben wir dann mehr Glück.«

»Ich frage mich, ob ihre Chefin weiß, dass sie sich herumtreibt, obwohl sie krankgeschrieben ist«, murrt Lohen und wendet sich von der Tür ab, um die wenigen Stufen vor dem niedrigen Mehrfamilienhaus hinabzusteigen. Dabei stößt er mit einer jungen Dame zusammen, die sich eilig der Haustür nähert.

Sie murmelt eine flüchtige Entschuldigung, wobei sie ihren Blick starr auf den Boden gerichtet hält, und streckt die Hand mit dem Schlüssel nach der Tür aus.

»Frau Ucker?«, fragt Nicole auf gut Glück und die junge Frau hebt den Kopf ein Stück und präsentiert Nicole ihre schreckgeweiteten Augen.

»Ja?«, fragt sie leise.

Die Einschätzung des Herstellungsleiters ist ziemlich passend. Schmächtig, kaum in der Lage zu sozialen Kontakten, niemals fähig zu einem Mord.

Nicole zieht ihre Dienstmarke aus der Tasche und zeigt sie ihr. »Frau Ucker, wir sind Marcel Lohen und Nicole Falke von der Kriminalpolizei und ermitteln zu mehreren Vorfällen, die sich in der Firma, in der Sie als Reinigungskraft tätig sind, zugetragen haben. Dürfen wir hereinkommen und Ihnen ein paar Fragen stellen?«

Erschrocken schlägt sich Julia Ucker die Hand vor den Mund. »Was ist denn passiert?« Ihre Stimme klingt so dünn und zerbrechlich, wie sie auch selbst wirkt. Ein Lufthauch und sie ward nie mehr gesehen. Schnell steckt sie den Schlüssel in das Schloss, öffnet die Tür und bittet die Kommissare herein.

Lohen bemerkt, dass sie sich sichtlich unwohl fühlt. Einerseits möchte sie nicht mit der Polizei zusammen gesehen werden, was in Berlin-Tiergarten, dem Bezirk, in dem sie wohnt, durchaus verständlich ist, auf der anderen Seite ist sie neugierig und möchte wissen, um was für Vorfälle es sich handelt.

Sie läuft leichtfüßig zwei Treppenabsätze hinauf und Lohen erinnert sich unwillkürlich daran, dass er dringend wieder mehr Sport treiben sollte. Die zwei Absätze lassen ihn schon kurzatmig werden.

Ihre Wohnung wirkt unfertig, als wäre sie erst vor kurzem hier eingezogen. Die Fenster sind allesamt nackt, ebenso ein Teil der Schränke und Regale, während sich mehrere Umzugskisten in dem Wohnzimmer stapeln, das gleichzeitig als Schlafzimmer fungiert und eine in die Ecke eingelassene Kochnische besitzt.

Julia Ucker zieht hektisch die Bettwäsche von der Klappcouch und lässt sie in die danebenliegende Lücke zur Wand fallen. Sie bietet den beiden Kommissaren den soeben freigewordenen Platz an und zieht sich selbst eine der Umzugskisten heran. Sie lässt sich nieder und reißt erwartungsvoll die Augen auf. Die Antwort sind sie ihr noch schuldig.

»In der Firma, in der Sie für die Reinigung zuständig sind, sind mehrere Anschläge auf Personen erfolgt, teilweise mit tödlichem Ausgang. Wir gehören der Mordkommission an, die den oder die Täter ermittelt«, erklärt Lohen, während das Gesicht der jungen Frau immer blasser wird.

»Oh Gott, ich habe das überhaupt nicht mitbekommen." Julia Ucker ist sichtlich bestürzt und kämpft mit den Tränen. »Können Sie mir sagen, wen es getroffen hat?«

Verwirrt blicken die Kommissare sich an. Sicher, die Reinigungskraft ist selten während des Trubels in der Firma und verbringt im Gegensatz zu den Festangestellten deutlich weniger Zeit in der Firma. Aber dass sie gar nichts mitbekommen haben soll?

Nicole räuspert sich. »Es geht um Herrn Quittek, Frau Dämel und Frau Nowak, wobei Frau Dämel derzeit im Krankenhaus liegt.«

Hilflos zuckt die junge Frau mit den Schultern. »Diese Namen sagen mir nichts. Ich hatte aber auch kaum Kontakte zu der Belegschaft.«

Nicole sieht Lohen die Skepsis an, doch da sie weiß, dass er die Reinigungskräfte in den Büros ebenfalls nicht kennt, nickt sie beipflichtend. Sie selbst nimmt sich ab und an Zeit für ein freundliches Wort, eine kleine Unterhaltung, aber selbst das ist zu wenig, um einen Menschen kennenzulernen.

»Seit wann sind Sie bei PetersPharma für die Reinigung zuständig?«

Verständnislos blickt die Frau auf und sieht Nicole zum ersten Mal seit Beginn des Gesprächs direkt in die Augen. »Ich arbeite nicht für PetersPharma.«

»Wie bitte?«

»Ich arbeite tagsüber als Aushilfskraft beim LIDL und nachmittags reinige ich im Wechsel zwei Bürokomplexe. Aber PetersPharma sagt mir nichts.«

»Sie sind doch Frau Julia Ucker?«, schaltet sich Lohen mit gefurchter Stirn ein und begutachtet immer wieder die schnörkelige Handschrift auf dem Zettel, die sich jedoch nicht anders interpretieren lässt.

Julia Ucker nickt.

»Gibt es noch eine andere Julia Ucker, die in diesem Haus lebt?«, fragt Nicole das Unwahrscheinliche und erhält mit dem Kopfschütteln der Frau die Antwort, die sie erwartet hat.

»Davon ist mir nichts bekannt, und es gibt bloß sechs Parteien in diesem Haus.«

»Dann kennen Sie auch bestimmt nicht Firma B^5, oder?«

Sie wackelt mit dem Kopf, als könne sie sich nicht so recht entscheiden. »Ich kenne die Autos mit der Aufschrift, die man überall in der Stadt sieht, aber ich bin niemals mit der Firma in Berührung gekommen.«

Lohen befürchtet das Schlimmste. Er muss jedoch vorsichtig sein, da Julia Ucker unter Umständen in das Täterprofil passt und sie an der Nase herumführt.

Auch Nicole teilt seine Bedenken, zumindest spricht sie nicht aus, was sie denkt. In ihrem Kopf winden sich die Gedanken, werfen Vermutungen auf, verwerfen sie wieder und bilden neue Thesen. Weshalb gibt sich jemand als Julia Ucker aus? Oder warum lügt Julia Ucker sie an? Ist sie Täter oder Opfer? Oder völlig unbeteiligt? Leidet sie an einer multiplen Persönlichkeit und weiß gar nicht, dass sie für B^5 bei PetersPharma arbeitet? Hat sie etwas beobachtet und befürchtet, dass sie die Nächste ist, wenn sie auch nur ein Sterbenswörtchen verrät? Hat sie sich deshalb krank schreiben lassen?

Lohen atmet tief durch und knetet die Finger, während er angestrengt überlegt, wie er weiter vorgehen soll. Doch so sehr er auch überlegt, ihm fällt nichts ein und er blickt hilfesuchend zu Nicole. Sie ist die mit dem Feingefühl. Sie kann einen Menschen verhören, ohne dass derjenige es bemerkt. Sie lässt die Menschen sich wohlfühlen und ihr alles erzählen, weil sie es ihr erzählen möchten. Und das ist genau das, was sie nur eine halbe Stunde zuvor ansprach, während er es als lächerlich abtat.

»Sind Sie neu in Berlin?«

Scheu blickt Julia Ucker in ihrer Wohnung umher, wobei ihr blonder Pferdeschwanz über die Schulter fliegt. Sie verneint kopfschüttelnd. »Ich wohne seit einem Dreivierteljahr hier, aber ich bin noch nicht dazu gekommen, mich einzurichten. Ich habe ein paar Straßen weiter im Studentenwohnheim gewohnt, da war halt alles schon fertig.«

Nicole lässt sich ihre Überraschung nicht anmerken. »Ich kenne das. Manchmal hat man so viel um die Ohren, dass alles liegenbleibt, was nicht zwingend notwendig ist.« Sie spielt an ihrer Armbanduhr und bemerkt dabei, dass Lohen und sie sich in einer Viertelstunde bereits auf den Weg machen müssen, damit sie pünktlich zu der nachmittäglichen Dienstbesprechung in dem LKA zurück sind. Bis dahin muss sie so viele Informationen wie möglich aus der jungen Frau bekommen. »Was haben Sie denn studiert?«

Freudlos lacht Julia Ucker auf. »Ich habe dieses BWL-Märchen geglaubt. ›Wenn du nicht weißt, was du machen sollst, studier‘ BWL, damit kannst du alles machen‹«, äfft sie die Märchenerzähler nach. »Und jetzt stelle ich fest, dass es nichts gebracht hat. Putzen und an der Kasse sitzen hätte ich auch ohne Diplom gekonnt.« Ihre Unterlippe zittert und sie schlingt die Arme fester um sich. Die Ungerechtigkeit der Welt schreit aus ihr, die verzweifelten Versuche, nicht aufzugeben, sich nicht auf das System zu verlassen, sondern auf eigenen Beinen zu stehen und es von niemandem gedankt zu bekommen.

Kann es sein, dass sie so frustriert ist, dass sie die Entscheidungsträger einer Firma der Reihe nach umlegt? Jeder der Verunglückten hatte eine führende Position innegehabt. Was, wenn PetersPharma nur der Anfang ist und danach sämtliche Firmen, die der jungen Frau keine Chance gegeben haben, von ihrer Wut getroffen werden?

Wie Oliver Pfaff bereits bemerkte, traut auch Nicole der schmächtigen Frau nicht zu, sich allein gegen andere durchzusetzen. In einer körperlichen Auseinandersetzung hätte sie weder der Sachkundigen Person, noch den beiden Herstellungsleitern überlegen sein können. Da passt es nur zu gut, dass an keinem der Tatorte Kampfspuren gefunden wurden.

Oliver Pfaff jedoch von einer anderen Frau als der vor ihnen. Sofern sie die Wahrheit sagt.

Von dem Schweigen der Kommissare verunsichert, fährt Julia Ucker mit dem rechten Daumennagel wieder und wieder über den linken Handrücken. Eine schlechte Angewohnheit von ihr, denn die Hand weist bereits mehrere Furchen auf, an denen sie sich offenbar zu früheren Zeiten ausgelassen hat.

Es erinnert Lohen an Melanie Bender, die Rechtsmedizinerin. Obwohl sie grundsätzlich langärmelige Shirts oder Kittel trägt, erhaschte er vor einiger Zeit einen Blick auf ihren Unterarm, den hunderte von symmetrischen weißen Linien wie feine Narben verunstalten. Als er sie darauf ansprach, reagierte sie unwirsch und verabschiedete sich von ihm, um der Arbeit weiter nachzugehen. Wenn er jetzt die Betriebswirtin betrachtet, ahnt er, wie die Linien auf Melanies Arm zustande kamen. Er hätte sie niemals für eine unsichere Person gehalten, aber anscheinend spielt sie die starke, taffe Frau nur, um von ihrer Verletzbarkeit abzulenken.

»Wie kommt es, dass sie keine Anstellung in ihrem Job finden?« Am liebsten würde Nicole die junge Frau in den Arm nehmen. Ihre Hand festhalten, bevor sie sich weiter und weiter Schaden zufügt. Wo ist ihre Familie? Interessiert es niemanden, was aus ihr wird?

Mit zitternden Fingern greift Julia nach dem Rad an dem Heizkörper und stellt den Regler um eine Stufe höher. Nicole vermutet, dass sie an chronischem Schlaf- oder Nahrungsmangel leidet. Ihre gesamte, zusammengesunkene Körperhaltung spricht dafür. Ihre dünnen Ärmchen schreien geradezu vor Unterernährung und Nicole kennt das Phänomen der Übermüdungskälte aus ihrer eigenen Jugend- und Ausbildungszeit. Mit mehreren Jobs wird Julia Ucker diese Erfahrung nicht fremd sein.

»Erstens bin ich zu alt, zweitens habe ich zu wenig Berufserfahrung. Drittens habe ich nicht genug Auslandserfahrung und viertens bin ich weiblich. Suchen Sie sich etwas aus, Frau Falke. Vielleicht war ich auch einfach zu schlecht, nicht hartnäckig genug.«

›Und wenn sie genommen worden wäre, hätte sie dennoch einundzwanzig Prozent weniger verdient als ihre männlichen Kollegen mit der gleichen Qualifikation und den gleichen Aufgaben‹, fügt Nicole in Gedanken hinzu und fragt sich, wer dafür verantwortlich ist, dass dieses System genau so funktioniert. Sie weiß aus eigener Erfahrung, wie hart das Leben für eine Frau ist, nicht nur, weil sie als Beste in dem Sporteignungstest der Aufnahmeprüfung für die Polizeischule noch immer schlechter war als jeder Mann, der für die Polizistenlaufbahn zugelassen wurde, auch weil sie regelmäßig zu spüren bekommt, dass sie als Frau oft nicht ernst genommen wird.

»Ich habe seit meinem Abschluss über hundert Bewerbungen geschrieben, zu ungefähr dreißig Vorstellungsgesprächen wurde ich eingeladen und an acht Assessment-Centers durfte ich teilnehmen, nur um hinterher zu hören, dass es Bewerber gab, die für die gesuchte Position qualifizierter waren als ich.«

»Aber bei B^5 haben Sie sich nicht beworben?«

Sie schüttelt den Kopf.

»Und Sie wissen auch nicht, wie Ihre Bewerbungsunterlagen dorthin gerieten?«

Wieder ein Kopfschütteln.

Nicole drückt ihr eine Karte in die Hand. »Lassen Sie es uns bitte unbedingt wissen, wenn Ihnen noch etwas einfällt.«

Damit verabschieden sich die beiden Ermittler von Julia Ucker.

Kapitel 35

Müde schlurft Oliver Pfaff durch die wie leergefegten Labore und überprüft, ob auch sämtliche Mitarbeiter die Räumlichkeiten verlassen haben. Der Feierabend naht und mit ihm die alltägliche Begasung der Labore.

Mit dem Ziel, sämtliche Keime, jede Verunreinigung des Labors zu vernichten, strömt jede Nacht Formaldehyd aus den Leitungsventilen und verdrängt die vorhandene Luft komplett.

Die stärkste Quelle jeglicher Verunreinigung ist der Mensch. Auf der Haut eines jeden Menschen leben mehr Organismen als Menschen auf der Erde. Mit jedem Atemstoß, jeder Bewegung setzt der Mensch eine Vielzahl an Keimen an seine Umgebung ab. Ein Reinraum, der nicht nur sauber, sondern rein sein soll, obwohl er tagsüber von schmutzigen Menschen bevölkert wird, wird von daher in regelmäßigen Abständen mit Formaldehyd begast, natürlich in der arbeitsfreien Zeit.

Olivers Runde ist zur Hälfte beendet, als ein Geräusch ihn aufhorchen lässt. Der Warnton, dass die Begasung jeden Moment startet.

Zu früh!

Die Kontrollrunde ist noch nicht beendet und außerdem … ist er noch in dem Labor!

Panisch rennt er dem Ausgang zu, als das Zischen der Leitungsventile über seinem Kopf einsetzt und das hochgiftige Gas in den Raum strömt. Er rennt schneller, erreicht die Schleusentür.

Versperrt.

Sie ist verdammt noch mal versperrt!

Natürlich muss sie fest verschlossen sein, wenn die Begasung eingeleitet wird. Nicht auszudenken, wenn das Formaldehyd in die angrenzenden Räume entweiche.

Doch er ist in dem Labor eingesperrt.

Er hämmert gegen die Schleusentür, wohlwissend, dass niemand ihm helfen wird.

Die Luft wird knapp. Nicht nur, dass das Gas krebserregend und stark allergen ist, es verdrängt in erster Linie den Sauerstoff, den er so dringend benötigt.

Formaldehyd ist schwerer als Luft, also bringt es auch nichts, sich auf den Boden zu legen. Es wäre ohnehin bloß hinausgezögert.

Der stechende Geruch wird immer stärker.

Und Oliver erkennt plötzlich, dass er der Nächste ist. Es ist kein Unfall, dass die Begasung zu früh startet.

Er wurde absichtlich in der Gashölle eingesperrt.

Er schwieg gegenüber den Kommissaren, obwohl er genau wusste, was vor sich ging, und so wird es ihm gedankt.

Röchelnd greift er sich an den Hals. Verzweifelt schnappt er nach Luft. Er fällt zitternd zu Boden.

Er spürt nicht mehr, dass das Formaldehyd abgesaugt wird und frischer Sauerstoff die Labore flutet.

Er hört den Warnton nicht, mit dem sich die Schleusentür öffnet.

Und er sieht nicht, dass Sonja Salamon in vorgeschriebener Schutzkleidung mit einem Messgerät das Labor betritt, um zu prüfen, ob das Labor wieder für die Angestellten freigegeben ist.

Kapitel 36

Lohen und Thomas sitzen gemeinsam vor dem Häufchen Elend und blicken sich ratlos an. Ist es ein dummer Zufall, dass Sonja Salamon jedes der Opfer fand? Möchte der Täter sie psychisch fertig machen? Oder ist sie selbst der Täter?

Angesichts ihres verheulten Gesichts können sich beide Ermittler nicht so recht vorstellen, dass sie etwas mit den Morden zu tun hat. Vielleicht ist sie eine verdammt gute Schauspielerin, die ihre Kollegen, die Ermittler und den Rest der Welt an der Nase herumführt und sich heimlich darüber lustig macht, wie naiv die Menschen doch sind.

»Wir werden Sie jetzt mitnehmen und auf dem Revier weiterbefragen«, entscheidet Lohen. Nachdem sein bisheriger Tatverdächtiger sich durch den neuesten Fund in Luft auflöste, bleibt Sonja Salamon als einzige Mitarbeiterin übrig, die in seinen Augen als Täterin infrage kam. Jedes der Opfer stand in der Hierarchie über ihr. Vielleicht fühlt sie sich ungerecht behandelt, nicht ausreichend wertgeschätzt. Gemordet wird schon aus viel niedrigerem Anlass.

Ruckartig reißt Sonja Salamon den Kopf hoch und starrt den Kommissar feindselig an. »Auf gar keinen Fall!« Sie springt von dem Stuhl auf, sodass er mit lautem Scheppern umfällt und sprintet los zur Küchentür, doch Thomas erreicht sie, bevor sie den Raum verlassen kann und legt ihr unter heftiger Gegenwehr Handschellen um.

»Sie können mich nicht dazu zwingen, mitzukommen«, kreischt die junge Angestellte schluchzend. Sie schlägt und tritt um sich, doch die beiden Kommissare lassen sich nicht abschütteln.

»Ich möchte Ihnen nicht wehtun, Frau Salamon«, erklärt Lohen mit fester Stimme. »Wenn Sie nicht freiwillig mitkommen, werde ich mich jedoch dazu gezwungen sehen.«

Heftig schluchzend lässt Sonja Salamon die hinter dem Rücken fixierten Hände sinken und ergibt sich in das Unausweichliche. »Ich war es nicht«, stößt sie kaum verständlich hervor, doch Thomas öffnet bereits die Tür und Lohen führt sie an den weit aufgerissenen Augen der Kollegen vorbei, die auf dem Flur stehen und ihrerseits auf die Befragung zum Tod Oliver Pfaffs warten.

Mit gesenktem Kopf und noch immer von den Schluchzern geschüttelt schlurft die Verdächtige dem Ausgang entgegen. Lohen spürt die Blicke der Angestellten, als gelten sie ihm, doch sie sind noch nicht einmal außer Hörweite, als das Tuscheln einsetzt. Ihm ist völlig klar, dass sich Sonja Salamon nie wieder in dieser Firma blicken lassen kann, unabhängig davon, ob sie die Täterin ist oder nicht. Sie ist gebrandmarkt für alle Zeiten. Selbst wenn ihre Unschuld bewiesen werden sollte, wird ein Hauch des Zweifels sie stets begleiten.

Das Schluchzen legt sich, bis sie das Auto erreicht haben und sie schaut stur aus dem Fenster, ohne auch nur ein einziges Wort zu sagen. Sie ignoriert ihren Escortservice, als säße sie allein in dem Wagen.

Kapitel 37

Der Kleine schläft.

Dank des Chemiecocktails, den sie ihm verabreichte, wird dieser Zustand für ein paar Stunden anhalten. Mindestens so lange, bis sie zurück ist von ihrer nächsten Mission. Eine der letzten. Nicht mehr lang und das Spiel ist vorbei.

Es wird einiges geben, worüber sie sich Gedanken machen muss, zum Beispiel, was mit dem Kind geschehen soll. Sie kann es nicht für immer bei sich halten, wie kam Manuel nur auf diese hirnrissige Idee? Warum hatte sie sich überhaupt darauf eingelassen?

Weil er sie – wie so oft – wieder einmal manipulierte. ›Er kommt ins Kinderheim, wenn er nicht von der Kita abgeholt wird‹, waren seine Worte. ›Kannst du das mit deinem Gewissen vereinbaren? Bloß eine halbe Stunde, dann mache ich Feierabend.‹

Hätte sie ihn bloß nicht tags zuvor beim Einkaufen mit dem Kleinen getroffen. Den kleinen Mann mit den großen Kulleraugen einsam in einem Kinderheim zurücklassen? Das konnte sie nicht verantworten. War Manuel doch nicht der gefühlskalte Arsch, als den sie ihn kennenlernte? Wenn ihm das Wohlergehen des Kleinen so sehr am Herzen lag.

Mit der Vollmacht, die Manuel ihr per E-Mail schickte, hatte sie ihn abgeholt und dann gewartet. Eine halbe Stunde, eine Stunde, zwei Stunden. Von Manuel keine Nachricht. Auch nicht am nächsten Tag oder am übernächsten.

Ihr blieb keine Wahl. Sie musste den kleinen Mann allein zu Hause lassen. Da sie spät abends die Firma reinigte – die optimale Zeit, bei der einem niemand auf die Finger schaut – legte sie den Kleinen zuvor schlafen. Die ersten Tage ging es gut, doch jeden Tag verschlechterte sich seine Laune. Er schrie, brüllte, wollte nicht schlafen.

Sie wusste sich nicht anders zu helfen. Eine kleine Menge Schlafmittel und er schlief wie ein Baby.

Schnell schlüpft sie in Mantel und Schuhe. Wenn sie Glück hat, muss sie heute zum letzten Mal in die verhasste Firma. Die Zeit ist knapp, aber sie ist guter Dinge.

Kapitel 38

»Jetzt rücken Sie endlich mit der Sprache heraus!« Aufgebracht läuft Lohen in dem Verhörraum auf und ab. Sonja Salamon schweigt, seit sie das Firmengebäude verließen.

Stattdessen starrt sie vor sich hin, als sei sie nur körperlich anwesend. Zwei Stunden Befragung brachten nicht ein einziges Wort aus ihr heraus. Mit gekräuselten Lippen fixiert sie die Tischkante vor sich, während sich der Schweiß bei Lohen auf der Stirn bildet.

Die Tür öffnet sich und Nicole schlüpft zur Tür hinein. Sie legt Lohen beruhigend die Hand auf die Schulter und raunt ihm etwas zu, das auch Thomas nicht verstehen kann, obwohl er direkt danebensteht. Lohen nickt, wendet sich ab und verlässt den Raum.

Nicole lässt sich auf dem Stuhl Sonja Salamon gegenüber nieder, lehnt sich lässiger, als sie sich vermutlich fühlt, zurück und verschränkt die Arme vor der Brust. Sie nimmt dieselbe Tischkante in Augenschein, die auch Sonja Salamons komplette Aufmerksamkeit in Anspruch nimmt und wartet. Auch Thomas wartet.

Sein Blick wandert irritiert zwischen den beiden schmollenden Frauen hin und her, doch er ahnt, was Nicole plant. Dass er die Stille selbst kaum aushält, ist sein eigenes Problem, deshalb lässt er sich auf dem Stuhl neben Nicole nieder, allerdings mit straff durchgestrecktem Rücken und in

Habachtstellung. Ihr Aufstand in dem Pausenraum der Firma war genug. Er brauchte keine Wiederholung dessen.

Thomas zwingt sich, nicht auf dem Knie zu trommeln. Nicole führt die schweigsamste Befragung, derer er jemals Zeuge werden durfte.

Wie viel Zeit mag inzwischen vergangen sein? Zehn Minuten? Eine halbe Stunde?

»Ich war es nicht«, flüstert die Verdächtige und sinkt noch weiter in sich zusammen, ohne den Blick von der Tischkante zu nehmen.

Nicole schweigt sich weiterhin aus, bis Thomas es nicht mehr aushält.

»Was denken Sie, wer es war?« fragt Nicole, als er gerade von selbst nachfragen möchte.

Die Verdächtige hebt den Kopf, streicht sich eine blonde, verrotzte Strähne aus dem Gesicht und blickt Nicole mit rotfleckigen Augen an, aber dennoch bleibt sie stumm, obwohl ihr Blick vor Verzweiflung schreit.

»Sie wissen, wer Ihre Kollegen ermordet hat.« Nicoles Stimme ist leise und fest, keine Frage.

Das Zusammenpressen der Lippen der Verdächtigen ist Nicole Antwort genug. »Haben Sie den Täter beobachtet?«

Zögerliches Kopfschütteln. »Ich habe niemanden gesehen und ich weiß auch nicht, wer es war.«

Nicole legt den Kopf schief und verengt die Augen. Sie braucht keine Frage zu stellen, damit Sonja Salamon weiß, was sie wissen möchte.

»Es wird viel geredet und es gibt einige, die in der Firma unzufrieden sind«, erklärt Salamon schnell. »Es ist einfacher, aufzuzählen, wer nicht infrage kommt.«

»Weshalb sind die Angestellten unzufrieden?« Nicole erinnert sich an das Gespräch, das sie mit dem Vorstand, Herrn Peters, führte. Ein unsympathischer Herr, durch und durch. Angefangen von dem schlechtsitzenden Anzug, der sich über seinen Wanst spannt, über die schmierig gegelten Haare, die ihm strähnig in die Stirn fallen, bis hin zu dem geheuchelten Interesse an jedem einzelnen Angestellten der Firma. Hätte es ihn getroffen, Nicole hätte dafür vollstes Verständnis gehabt. Doch stattdessen starben die Mitglieder der unteren Führungsetage hintereinander weg wie die Fliegen. Zu allem Übel auch noch Oliver Pfaff, den sie bislang als Hauptverdächtigen sahen.

Sonja Salamon rutscht unwohl auf dem Stuhl hin und her. »So richtig unzufrieden war eigentlich niemand. Es gibt ja immer etwas zu meckern, aber es war niemals so …«

»Frau Salamon«, unterbricht Nicole die Verdächtige scharf, die daraufhin abrupt den Kopf senkt und schweigt. »Weshalb sind die Angestellten unzufrieden?«

»In den letzten zwei Jahren hatten wir einiges Hin und Her mit den Abteilungsleitern«, berichtet Sonja Salamon zögerlich und Nicole weiß, dass sie jetzt endlich die Antworten erhält, die sie seit zwei Wochen zu erhalten versucht. »Sieben Wechsel in der Herstellungsleitung innerhalb von drei Jahren, ein Leiter schlimmer als der andere.« Wieder streicht sie die störrische Haarsträhne zurück, wohl eher, um Zeit zu schinden, als dass sie sich wirklich davon gestört fühlt.

Nicole nickt verständnisvoll. »Und weiter?«

Sonja Salamon holt tief Luft und blickt durch die wieder in das Gesicht gefallene Strähne Nicole gequält an. »Eine Kollegin von uns, Nadja Silberstein, wurde befördert und auf den Posten gesetzt, bis jemand Qualifiziertes gefunden wurde. Sie behandelte die Abteilung nicht wie Abschaum, der ihr dankbar sein sollte, einen Job zu haben. Sie setzte sich für höhere Gehälter ein, verteilte die Aufgaben innerhalb der Abteilung um und blieb anderthalb Jahre unsere Abteilungsleiterin. Dann wurde sie von einem Tag auf den anderen in eine andere Abteilung versetzt und wir haben nichts mehr von ihr gehört.«

Nicole durchblätterte ihre Aufzeichnungen. Der Name war ihr bereits über den Weg gelaufen und sie fand ihn auch schnell. Nadja Silberstein war eine der Personen, die vor kurzem die Firma verlassen hatten, die sie jedoch bisher nicht für eine Befragung angetroffen hatten. Die ehemalige Vorstehende.

»Sie kann es nicht gewesen sein.« Nicole runzelt die Stirn. »Sie hat gar keinen Schlüssel zu den Räumlichkeiten.«

Salamon zuckt mit den Schultern. »Nachdem sie weg war, ging es bergab. Dämel kam auf ihren Platz und suchte nach Fehlern bei der Belegschaft. Niemand kam gut weg bei ihr. Pfaff, der sich die Stelle mit ihr teilte, schaute zu und tat, als bemerke er nicht, was vor sich ging. Viele trauten sich nicht mehr zur Arbeit, meldeten sich krank. Die Angst vor Simone Dämel bestimmte den Tagesablauf.«

»Für mich klingt das, als wäre der Täter sehr wohl unter der derzeitigen Belegschaft zu finden«, mischt sich Thomas ein. »Wie kann das denn sein, dass in einer Firma jeder jeden mobbt?«

Schuldbewusst senkt Salamon den Kopf. »Mehr kann ich Ihnen auch nicht sagen.«

Nicole nickt. »Vielleicht fällt Ihnen in der Untersuchungshaft noch etwas ein, das für uns wichtig sein könnte.«

Kapitel 39

Als sie von der Arbeit heimkehrt, führt ihr Weg als erstes in das Schlafzimmer, wo der kleine Mann liegt und selig schläft. Sanft wie ein Engel, wie eine Porzellanpuppe. Als wäre er entschlafen. Kein Seufzen, keine Bewegung der Lippen.

Sie wartet. Nur eine einzige Regung reicht, damit sie beruhigt in die Küche gehen kann, um sich einen Tee zu kochen. Doch umso länger sie wartet, desto hektischer nagt sie an ihrer Unterlippe.

Warum regt er sich nicht?

Warum hebt und senkt sich die Brust nicht?

Weshalb sind seine Lippen so bläulich?

Es war zu viel. Sie gab ihm zu viel. Sie erhöhte die Menge nur geringfügig, nachdem er sie tags zuvor quengelnd empfing, doch jetzt schläft er nicht länger, sondern für immer.

Sie schmeckt die Galle, die sich ihren Weg hinaufkämpft. Sie hat ein Baby getötet. Das schlimmste aller Verbrechen. Ein harmloses, unschuldiges Baby.

Sie muss es verschwinden lassen. Es war keine Absicht, aber wenn jemand das Baby bei ihr findet, wird sie gelyncht. Es kann nicht anders sein. Sie würde es genauso tun mit jemandem, der ein Baby getötet hat.

Sie reißt die Schranktür so hektisch auf, dass die Kleiderbügel auf der Stange klirren und ihr aus dem oberen Fach eine Sporttasche entgegenfällt. Genau die Tasche, die sie braucht.

Der Reißverschluss klemmt, als sie an ihm zerrt und sie zwingt sich, langsamer zu atmen und den Verschluss ruhig zu öffnen. Doch ihre Hände zittern so sehr.

Wie soll man ruhig bleiben, wenn ein totes Baby in seiner Wohnung liegt?

Statt sich zu beruhigen, schluchzt sie laut auf. Der Tränenschleier nimmt ihr die Sicht, doch endlich ist die Tasche offen und sie schmeißt ihre Sportklamotten achtlos auf den Fußboden.

Wie entsorgt man ein totes Baby respektvoll? Muss sie die Tasche auspolstern? Es in eine Decke wickeln?

Sie weiß noch nicht einmal, wie der kleine Mann hieß, so dass sie sich verabschieden kann.

Was hat Manuel ihr da nur angetan? Er muss doch gewusst haben, dass sie sich nicht um ein Kind kümmern kann. Sie ist mit sich selbst überfordert genug, wie soll sie die Verantwortung für einen anderen Menschen übernehmen?

Der saure Geschmack wird immer stärker, doch noch kämpft sie erfolgreich gegen die Übelkeit an. Sie schluckt und hält sich die Hand vor den Mund. Sie ist eine Mörderin. Das schlimmste aller nur möglichen Verbrechen hat sie begangen. Und schuld ist nur dieser niederträchtige, egoistische, völlig von sich eingenommene …

Mit einer leichten Fleecedecke, die sie mehrmals überschlägt, legt sie den Boden der Sporttasche aus. Der schwerste Akt folgt jetzt: Sie muss das tote Baby in die Tasche legen, es anfassen. Noch nie hat sie einen Toten berührt. Verzweifelt wendet sie sich hin und her, doch es gibt keine andere Möglichkeit. Wenn sie nicht möchte, dass es in ihrer Wohnung verwest und ihr noch schlimmere Albträume beschert, muss sie es jetzt anfassen.

Wieder schluckt sie, kann dem Schwall, der nach oben drängt, nicht standhalten und sprintet mit zusammengepressten Lippen in das Badezimmer. Tränen vermischen sich in der Toilettenschüssel mit Erbrochenem.

Die Tränen fließen noch lange, nachdem sich ihr Magen wieder beruhigt hat. Reglos bleibt sie vor der Toilettenschüssel sitzen, zögert das Unvermeidbare hinaus.

Als die Tränen schließlich versiegen, erhebt sie sich, spült den unansehnlichen Schleim hinunter und begibt sich mit der Sporttasche zu dem provisorischen Lager des kleinen Mannes. Fast ließe sie sich täuschen, glaubte, dass er nur schliefe, doch sie weiß, dass ihr dieses Glück nicht vergönnt ist. Nie wieder wird er seine dunklen Augen öffnen und ihr die Patschehändchen freudig entgegenstrecken.

Entschlossen lässt sie die Sporttasche neben dem Kleinen auf den Boden fallen und öffnet die Klappe soweit es geht. Zitternd nähert sie sich ihm und greift, als wäre er ein lebloser Gegenstand unter ihn. Lange kann er noch nicht tot sein, denn sein Körper ist noch warm. Auch ist er nicht so starr, wie sie ihn sich vorstellte: Ein eiskaltes, hartes Brett. Am liebsten drückte sie ihm einen sanften Abschiedskuss auf die rundlichen Wangen, doch dazu kann sie sich nicht überwinden. Sie ist froh, als er schließlich neben seinem Teddybären in der Tasche liegt und sie nach einem letzten Blick den Reißverschluss über ihm schließt.

Das hat er nicht verdient und sie weiß, dass sie dafür in der Hölle schmoren wird.

Kapitel 40

Mit der Sporttasche über dem Arm kämpft sie sich den Weg vom Bahnhof Zoo durch den Berliner Tiergarten. Regen peitscht ihr ins Gesicht und verwandelt den Weg in eine einzige Schlammpfütze, doch zumindest hält das Wetter ungebetene Zuschauer fern.

Sie schätzt den Kleinen auf ein, höchstens eineinhalb Jahre, doch das Gewicht der Tasche lässt auf Wackersteine statt auf einen kleinen Knaben schließen.

In dem Regionalexpress, der sie bis zum Bahnhof Zoo brachte, wollte ihr sogar ein Mann helfen, die Tasche auf die über den Köpfen angebrachte Gepäckablage zu hieven. Schnell hatte sie ihn davon abgebracht und die Tasche auf den freien Platz neben sich gestellt.

Nicht auszudenken, die Tasche fiele mit dem Kleinen darin zu Boden.

Ihr ursprünglicher Plan hatte darin bestanden, die Tasche über das Geländer des Landwehrkanals zu werfen.

Direkt neben dem Gasthaus »Zum Schleusenkrug« stehen bei schönem Wetter unzählige Kinder, die dem Treiben der Boote und dem Straucheln des Mülls in der Schleuse zusehen, doch heute ist der Tiergarten weit und breit menschenleer.

Das Gewicht auf ihrer Seele wiegt so viel schwerer als jenes, das ihre rechte Schulter hinab zieht, dennoch bezweifelt sie, dass sie die Tasche über das Geländer gewuchtet bekäme. Weiterhin plagt es sie, dass der kleine Mann als Wasserleiche enden soll.

Doch sie will auch nicht die Gefahr eingehen, dass jemand ihn findet und sie als seine Mörderin entlarvt. Irgendein sicheres Versteck braucht sie für die Tasche.

Sie niest und strauchelt, während das Wasser ihr unaufhörlich in den Nacken rinnt. Zu ihrer Linken grenzen dichte Büsche den Weg von den Bahngleisen ab, während sich rechts der hohe Zaun erhebt, hinter dem bei besserem Wetter bereits einige Zootiere sichtbar sind.

Der Regen täuscht gut darüber hinweg, dass die Büsche von Obdachlosen und anderen Betrunkenen gern als Pissoir genutzt werden und der Gestank den vom Zoo herüberwehenden zu übertreffen versucht.

Ein würdiger Platz für seine letzte Ruhestätte ist es nicht, aber es ist der beste Ort, den sie finden kann, ohne sich selbst ins Verderben zu stürzen. Niemand wühlt in dem Gebüsch herum.

Niemals wird jemand dort irgendetwas suchen.

Sogar sie selbst muss sich dazu überwinden, mit einem schweifenden Blick den Schlammweg zu verlassen und über die aufgeweichte, abgetretene Wiese zu den Gleisen zu schleichen.

Angewidert zieht sie zwei Büsche auseinander, verfängt sich in den Zweigen und schrammt sich die Haut auf. In der Hoffnung, dass der Regen Urin, Kot und Erbrochenes von den Blättern hinuntergewaschen hat, stemmt sie sich mit dem ganzen Körper gegen den einen Busch und zieht die Sporttasche hinter sich her, bis sie hinter dem Gebüsch liegt.

Sie hat kein Auge für den Unrat, die Spritzen, den Dreck, der hinter dem Grün weilt.

Hastig tritt sie aus der entstandenen Nische heraus, wischt sich die nass klebenden Haare aus der Stirn und die verbliebenen Blätter von den Händen und eilt, ohne einen Blick zurückzuwerfen, zu dem heruntergekommenen Bahnhof, der einst den zentralen Bahnhof der westlichen Hauptstadt bildete.

Kapitel 41

Endlich lässt der Regen nach und tiefste Dunkelheit legt sich über den Tiergarten. Sie wird lediglich dann und wann von dem schwachen Schein der Ausstellungsstücke des Gaslaternenmuseums unterbrochen – jede Laterne stammt aus einer anderen Zeit und von einem anderen Ort, doch man muss schon genau hinschauen, um die Unterschiede zwischen den einzelnen Laternen zu erkennen.

Ein Pärchen, das kaum das Erwachsenenalter erreicht hat, joggt in dem sanften Licht, stets bemüht, die Pfützen zu umrunden. Durch die Bäume dringen die Geräusche der Straße des 17. Juni an ihre Ohren, doch je weiter sie in den Park hineinlaufen, desto leiser werden die Geräusche, ohne ganz zu verstummen. Der Mann klatscht der Frau mit der flachen Hand auf den Po und grinst anzüglich, als sie sich empört zu ihm dreht und dabei mit dem Fuß in einer Pfütze versinkt.

Sie flucht. »Lass das!«, zischt sie, doch sie kann sich das Grinsen ebenso wenig verkneifen. Frisch verliebt genießt sie seine Aufmerksamkeit. Sie hebt die Knie beim Laufen weiter an und steigert dadurch die Geschwindigkeit, sodass ihr dunkler Pferdeschwanz neckisch auf und ab wippt.

Vor ihr erscheint die Treppe, die auf die Brücke hinaufführt, von der aus man die Kanalschleuse und die durchquerenden Boote gut beobachten kann, doch er läuft ebenfalls schneller. Sie schlägt einen Haken nach links, um statt der Treppe die weit ausladende Fahrradrampe hinaufzulaufen. Dieser Weg ist anstrengender als die Treppe, doch es ist ein gutes Bergtraining, wenn auch nur für ein kurzes Stück.

Er läuft die Treppe hinauf und wartet oben angekommen auf sie, wobei er amüsiert von einem Bein auf das andere springt.

Als sie mit hochrotem Kopf das Ende der Rampe erreicht, laufen sie Seite an Seite lachend über die Brücke und am »Schleusenkrug« vorbei. Die Gaslaternen haben sie hinter sich gelassen und nun können sie nur durch die schwache Reflektion des sichelförmigen Mondes erahnen, an welchen Stellen sie um die Pfützen herumlaufen müssen.

Sie wissen, dass das Ende des Weges nicht mehr weit ist. Sie sind bereits neben dem Berliner Zoo, der dem Bezirk, dem Park und dem Bahnhof bereits vor so vielen Jahren seinen Namen gab.

Ein klagendes Babyweinen dringt an ihr Ohr, doch weit und breit ist niemand zu sehen. Während er geradezu weiterläuft, blickt sie sich suchend um, wird langsamer und erkennt, dass ein Baby direkt hinter den Büschen liegen muss.

Er dreht sich fragend nach ihr um, als er mitbekommt, dass sie ihm nicht mehr folgt, doch längst ist sie zwischen den Büschen und sieht in dem fahlen Mondlicht eine Sporttasche mit den unverkennbaren drei Streifen, die in dem Licht schwach schimmern. Das zaghafte, unschuldige Weinen kommt direkt aus der Tasche und sie wartet keinen Moment. Sie packt den Zipper von dem Reißverschluss, zieht ihn mit einem Ruck auf und blickt in die blutig verweste

Fratze eines Kleinkindes, das seinen Mund aufreißt, ihr entgegenspringt …

… und keuchend setzt sie sich auf und blinzelt in die Dunkelheit. Das Herz rast, ihr Shirt ist klatschnass geschwitzt. Nur ein Traum! Es war nur ein Traum! Auch wenn das Bild sie weiter verfolgt …

Sie muss eingeschlafen sein. Das Baby lebt nicht mehr. Sie hat es mit eigenen Augen gesehen. Es ist tot. Es ist kein Monster. Und wenn, dann würde es bloß zurückkommen, um sie zu holen. Niemanden sonst. Sie selbst ist das Monster, denn sie hat das kleine Wesen durch ihre eigene verdammte Unachtsamkeit getötet.

Kapitel 42

Ungehört durchbricht eine leise Stimme die Dunkelheit, die den Tag bereits erahnen lässt. Ein einsamer Radfahrer zwingt sein Trekking-Bike durch die Pfützen, sodass das Schmutzwasser hoch aufspritzt. Zwei Knöpfe stecken in seinen Ohren. Das dünne Stimmchen kommt nicht gegen die Hardrock-Musik an und ein paar Herzschläge später liegt die Dunkelheit wieder einsam und verlassen über dem Tiergarten.

Verloren hallt die Stimme zitternd über den Weg. Vom Bahnhof Zoo nähert sich eine Gruppe junger Menschen, die sich um diese Zeit weit schönere Dinge vorstellen kann, als den dunklen, matschigen Park zu durchqueren.

Verschlafen trotten die Anfang Zwanzigjährigen durch den Tiergarten, einigermaßen bemüht, den Pfützen auszuweichen. Ihr Ziel ist die Universität, die sich knapp zwei Kilometer entfernt befindet. »Wer weint denn hier?«, fragt Jana, die einzige Frau unter ihnen, irritiert.

Trotz der aufgehenden Sonne, die langsam ihr goldenes Licht über Berlin wirft, erblickt sie nirgends einen Kinderwagen oder eine Mutter, die mit ihrem Kind unterwegs ist.

»Wer soll das schon sein«, murrt ihr Studienkollege entnervt. »Irgendein Balg.« Die Männer lachen über sie und gehen unbeirrt weiter. Erst als sie feststellen, dass Jana ihnen nicht folgt, bleiben sie stehen und drehen sich zu ihr um.

»Jetzt komm schon, Jana! Wir wollten die Hausaufgaben in Mathe noch durchgehen.«

Doch Jana ignoriert ihn und läuft zögerlich über die Wiese. Die Stimme kommt direkt aus dem Gebüsch. Vielleicht ist es nur eine Obdachlose mit ihrem Kind, die sich dort zur Ruhe gelegt haben.

»Pass auf, gleich kommt ein Mörder aus den Büschen gesprungen.«

Gehässiges Lachen.

»Die locken Frauen doch öfter mal mit Babygeschrei in ihre Fänge.«

Jana beißt sich auf die Lippen und ignoriert ihn, während sie seine Worte insgeheim hinterfragt. Ist sie zu naiv? Sollte sie das Geschrei einfach ignorieren?

Das Rufen und Lachen bricht nicht ab, doch genauso wenig das Gebrüll, das mittlerweile lautstark aus den Büschen tönt. Mit spitzen Fingern und gerümpfter Nase fasst sie einen Zweig und schiebt ihn zur Seite. Sie weiß, welchem Zweck die Büsche für gewöhnlich dienen, doch sie kann jetzt keinen Rückzieher machen, ohne den Spott der anderen zu provozieren.

Ihre vorsichtigen Versuche bleiben erfolglos. Sie muss sich durch die Büsche zwängen, wenn sie den Ursprung des Geschreis ausfindig machen möchte. Sie greift mit beiden Händen die Zweige und bereut, nicht zumindest die Handtasche bei den Kollegen gelassen zu haben.

Wer weiß, ob sie den übermächtigen Gestank, der sie einhüllt, jemals wieder los wird. Der Gestank eines Pumakäfigs ist nichts dagegen.

Doch kaum hat sie sich durch die Büsche hindurchgezwängt, fällt ihr die schwarze Sporttasche auf, die unruhig auf dem Boden steht, als bewege sich darin jemand.

In dem schwachen Licht der Sonne erkennt Jana den Abdruck einer Hand, die sich von innen gegen die Tasche drückt.

Ohne eine Sekunde zu zögern, stürzt Jana auf die Tasche zu, zerrt an dem Reißverschluss und blickt schließlich in das Gesicht eines vor Kälte und Verzweiflung zitternden und brüllenden Kleinkinds.

Kapitel 43

»Taio«, quietscht die Ghanesin außer sich.

Sie schnieft laut und wischt sich mit dem Handrücken über das Gesicht. Lohen befürchtet, dass sie jeden Moment durch die große Plexiglasscheibe springt, die das Krankenzimmer vom Flur trennt.

Sie haben das unterkühlte Kleinkind stabilisieren können, doch noch immer ist es sehr schwach. Lohen wirft einen fragenden Blick zu dem behandelnden Arzt, der lächelnd nickt und die Tür zu dem Raum mit einer einladenden Handbewegung öffnet. Shairi lässt sich nicht zweimal bitten und stürzt zu ihrem Sohn hinein.

Kapitel 44

Apathisch sitzt sie seit zwei Tagen auf der Couch und schaut aus dem Fenster, ohne das Geringste wahrzunehmen. Sie bekommt nicht mit, was um sie herum passiert. Ob die Sonne auf- oder untergeht, das Telefon klingelt oder es an der Tür schellt. Sie isst nicht, schläft nicht bewusst, doch immer wieder nickt sie weg und wacht mit tränennassem Gesicht wieder auf.

Was hat das Leben noch für einen Sinn?

Natürlich werden sie den kleinen Mann finden und ganz sicher werden sie wissen, dass sie die Schuldige ist. Sie finden immer den Täter. Doch auch, wenn sie nicht herausfinden, dass sie die Schuldige ist, wird ihr Gewissen ihr keine Ruhe lassen.

Sie quält sich ja jetzt schon, sieht den Kleinen immer wieder mit bläulichen Lippen vor ihr liegen, sein lachendes Gesicht, als sie ihm zum ersten Mal begegnete. Lächelnd, die dunklen Patschehändchen nach ihr ausgestreckt, Manuels erschrockenes Gesicht, als er sie neben dem Kleinen entdeckte.

So süß und doch so falsch.

Der richtige Moment und doch so fatal.

So kurz vor dem Ziel, doch durch eine falsche Tat ist ihr Vorhaben in den Hintergrund gerückt.

Immer wieder schiebt sich das düstere, monsterhafte Gesicht aus ihrem Traum vor die Erinnerung. Zwingt sie, sich anzusehen, was sie getan hat, hält ihr den Spiegel vor und zeigt ihr, wer in der Geschichte das eigentliche Monster ist.

Dabei hat sie niemals jemandem schaden wollen. Niemals. Alles ist aus dem Ruder gelaufen.

Dabei hatte es doch so gut begonnen.

Kapitel 45

Verärgert steigt Udo Schwartz in die hautengen Radlerhosen, während der Dienstlaptop in unglaublicher Langsamkeit ein Update installiert, bevor er hinunterfährt. Seit zwei Tagen ist die Reinigungskraft nicht erschienen und ein Anruf bei der Reinigungsgesellschaft hat auch keinen Aufschluss gebracht.

»Sie hat sich nicht krankgemeldet«, äfft er die gefrustete Leiterin der Gesellschaft nach und zieht das Funktionsshirt über. Als ob das sein Problem wäre. Der Ersatz, den sie vorbeischickte, reinigte nicht einmal die Wände des Reinraumes ordnungsgemäß, sodass sich auf den Lichtschaltern die ersten Anzeichen von Staubflocken bildeten.

Für den nächsten Tag versprach sie eine neue Reinigungskraft, doch auch sie schien verunsichert, da sie die reguläre Reinigungskraft weiterhin nicht erreichen konnte. Bei den Vorfällen der letzten Zeit wäre es nicht weiter verwunderlich, wenn sie unentdeckt in irgendeiner Ecke läge, aber den Gedanken schüttelt er schnell ab. Sie passt nicht in das Beuteschema.

Er zieht die Riemen der Fahrradschuhe, die an die Pedale geklickt werden, fest, lässt den Laptop in der Diensttasche verschwinden und wirft sich die neongelbe Fahrradjacke über. Die letzten Tage begutachtete er auf einem Kongress neue Laborgeräte, neue Produkte, potentielle Mitarbeiter, sodass er mit dem Dienstauto reiste. Heute darf er endlich wieder auf das Fahrrad steigen und die sieben Kilometer bis nach Hause radeln. Kein nervtötender Stau, kein durchgesessenes Sitzfleisch. Einfach abschalten und den Gedanken freien Lauf lassen.

Mit dem Fahrstuhl fährt er in die Tiefgarage. Direkt neben dem Parkplatz für seinen Dienstwagen steht das Trekkingrad, das ihn seit Jahren beinahe jeden Morgen und Nachmittag sicher ans Ziel bringt. Er schiebt es aus dem Ständer, nimmt Platz und klickt die Schuhe an die Pedale, während er langsam losfährt.

Um die Ecke, bis die nach oben führende Rampe in sein Sichtfeld gerät. All den angesammelten Frust der letzten Tage vereint er in seinen stahlhart trainierten Beinen, tritt in die Pedale, was das Zeug hält und erreicht schließlich die rotweiß gestreifte Schranke, die er geschickt umrundet.

Unbeirrt tritt er weiter in die Pedale, spürt den Wind und den leichten Nieselregen, die ihm gemeinschaftlich in das Gesicht peitschen. Wie hat er dieses Gefühl vermisst.

Er fährt die ruhige Einbahnstraße entlang, die kurze Zeit später auf die Hauptstraße mündet, wo er sich gekonnt in den fließenden Verkehr einfädelt. Bloß ein kurzes Stück, bis er den Landwehrkanal erreicht, der ihn fast bis vor seine Haustür führt.

Er beschleunigt. Mit dem Trekkingrad ist er zwar nicht so schnell wie mit dem Rennrad, mit dem er die Geschwindigkeit der Autos mithält, doch die fünfunddreißig Stundenkilometer, die seine Sportuhr ihm anzeigt, muss ihm erst einmal jemand nachmachen.

Er teilt sich die rechte Spur mit den Autos, da es an dieser Stelle keinen Fahrradweg gibt. Er fährt ausreichend schnell, sicher und die meisten Fahrradwege sind ohnehin so verfallen, dass sie für Radfahrer eine größere Gefahr darstellen als Autos.

Ein Schlagloch zwingt ihn zum Ausweichen und als er wieder hochschaut, schaltet die Ampel auf Rot. Die Bremslichter der Autos vor ihm leuchten auf. Er betätigt die Bremsen und dreht seine rechte Ferse nach außen, um den Schuh auszuklicken, doch weder Bremse noch Schuh reagieren, wie sie sollen.

Kapitel 46

»Schuhe und Bremsen waren manipuliert.« Der korpulente Kollege von der Spurensicherung blickt von seinen Notizen auf und in Lohens verständnisloses Gesicht. »Die Bremsen verstehe ich ja, aber warum manipuliert jemand Schuhe?«

Der Kollege öffnet eine Datei an seinem Bildschirm, woraufhin zwei dreidimensionale flache Schuhe sichtbar werden. Der Linke ziemlich ramponiert, der Rechte wie aus dem Katalog.

Als der Kollege mit dem Mauszeiger über den Bildschirm fährt, drehen sich die gezeigten Bilder, sodass er die Schuhe von allen Seiten betrachten kann.

»Das sind sogenannte Fahrradschuhe.« Er macht eine Kunstpause und zieht die Augenbrauen hoch, als könne er ebenso wenig wie Lohen glauben, wozu jemand Fahrradschuhe benötige. »Links das Exemplar unseres Toten, rechts das gleiche Modell in neu. An der Unterseite«, er dreht das Bild, sodass Lohen eben jene mit den diversen Vertiefungen sehen kann, »ist eine Vorrichtung angebracht, mit der man den Schuh direkt mit dem Pedal verbindet. Beim Verbinden klickt es, deshalb werden die Schuhe auch oft Klickerschuhe oder Klickschuhe genannt.«

»Und was bringt einem das?«

Der Kollege lacht. »Man ist wohl schneller, weil man mit den Füßen nicht nur treten, sondern auch ziehen kann.«

»Aha.« So ganz ist Lohen nicht davon überzeugt. »Das müssen ja Supersportler sein, bei denen es auf jede Hundertstelsekunde ankommt.« Er ruft sich das Bild des verstorbenen Abteilungsleiters ins Gedächtnis und bis auf die Tatsache, dass er tot ist, muss Lohen sich eingestehen, dass er tatsächlich sportlich aussieht. Vor allem stechen die muskulösen Beine hervor.

»Um zu den Schuhen zurückzukommen … Durch eine Druckbewegung werden die Schuhe mit den Pedalen verbunden, durch eine Drehbewegung des Fußes lösen sie sich wieder.«

Ein weiteres Bild erscheint auf dem Display. Es ist ein Pedal, nur halb so groß wie die Lohen bekannten, passgenau zu den Vertiefungen an dem Schuh. Der Kollege betätigt eine Taste und der Computer simuliert das Verbinden und Lösen.

Kathrin platzt in den Raum und sieht die Simulation laufen. »Die sind cool, die Dinger«, ruft sie erfreut aus. »Wofür schaut ihr euch das an?«

»Das sind die Schuhe, die Udo Schwartz zum Verhängnis wurden.« Kathrin reißt die Augen auf. »Sie waren manipuliert und er konnte sich an der roten Ampel nicht ausklicken.«

Betroffen senkt Kathrin den Kopf. »Das passiert leider manchmal. Ich habe es einmal bei einer Fahrt auf dem Tempelhofer Feld erlebt. Eine Radfahrerin konnte sich nicht ausklicken, geriet in Panik und ist dann gestürzt. Seither fährt sie kein Rennrad mehr. Seid ihr sicher, dass die Schuhe manipuliert waren?«

»Das passiert manchmal?« Nun ist es an Lohen, entsetzt zu sein. Dabei überhört er Kathrins Frage völlig. »Weshalb werden diese Dinger dann genutzt?«

»Wenn man sie nutzen kann, bringen Sie eindeutige Vorteile, vor allem in Wettkämpfen. Aber bei Anfängern passiert es gelegentlich, deshalb wird stark davon abgeraten, im Straßenverkehr zu üben.«

Lohen schüttelt entschieden den Kopf. »Der Tote war definitiv kein Anfänger.«

»Außerdem waren die Bremsen ebenfalls manipuliert«, wirft der Kollege der Spurensicherung ein. Er vergrößert das Bild der Schuhunterseite an dem Bildschirm. Klar erkennbar ist ein keilförmiger Stift, der zwar zum Einklicken zurückschnappt, aber sich von der anderen Seite nicht bewegen lässt. Es erinnert Lohen an eine Tür, die zwar unter leichtem Druck in das Schloss fällt, aber die sich durch Ziehen nicht wieder öffnet, sofern nicht die Klinke betätigt wird.

Vermutlich wäre ihnen dieser feine Unterschied nicht aufgefallen, wenn nicht die jüngste Historie der Firma von mehreren unnatürlichen Todesfällen betroffen wäre. Auf dem Bildschirm erscheinen die vordere und hintere Bremse des Fahrrads.

Kathrin nickt sofort wissend. »Oh ja, das ist eindeutig. Alle Schrauben sind gelockert und die Bremszüge aus den Verankerungen gelöst. Das passiert nicht eben mal so.«

»Laut Aussage mehrerer Kollegen in der Firma standen seine Radschuhe für gewöhnlich im Büro, wenn er sie nicht gerade nutzte. Und das Fahrrad in der Tiefgarage. Das heißt, es konnten alle Mitarbeiter zu jeder Zeit daran, um sie zu manipulieren.«

»Habt ihr denn noch keine heiße Spur?« Der Kollege der Spurensicherung streicht die Falten an seinem Hemd glatt und hebt die Tasse mit dem Kaffee an den Mund. Er kippt die kaltgewordene Brühe in einem Zug hinab und verzieht angewidert das Gesicht. Das, was sich Kaffee schimpft, schmeckt beim besten Willen bereits frisch aus der Maschine nicht, doch kalt noch viel weniger.

»Wir haben eine und doch auch wieder nicht. Es ist etwas kompliziert.« Kathrin verzieht das Gesicht.

»Irgendwas stimmt mit der Putzfrau nicht«, klärt Lohen den Kollegen auf. »Dabei kann sie es nicht gewesen sein. Derjenige muss sich irgendwie schon mit dem Zeug auskennen, was die in der Firma herstellen. Das kann eine einfache Putze nicht.«

»Und wenn sie gar nicht die ist, für die sie sich ausgibt?«

»Genau das ist ja unser Problem«, übernimmt Kathrin wieder das Wort. »Bei der Befragung in der Wohnung der Dame wurde eine Frau angetroffen, die mit den angegebenen Personalien übereinstimmt, doch eine Gegenüberstellung mit Angestellten der Firma klärte schnell, dass sie nicht die Reinigungskraft der Firma ist.«

»Wenn sie jeden Tag dort putzen kommt … warum fangt ihr sie nicht einfach bei der Arbeit ab?«

Kathrin bleibt hinter dem Stuhl, der neben Lohens steht, stehen und stützt sich mit den Händen auf der Lehne ab. »Sie ist seit drei Tagen krankgeschrieben. Zeitgleich mit dem letzten Vorfall, bei dem ein Mitarbeiter getötet wurde.«

»Dann ist es ja klar, oder?« Der Kollege der Spurensicherung schließt das Fenster mit den Simulationen. »Gebt mir eine Stunde, dann findet ihr den vollständigen Bericht in der Ermittlungsakte.«

Kapitel 47

»Wir müssen unbedingt die weiteren ausgeschiedenen Mitarbeiter befragen.«

Die tägliche Vormittagsbesprechung zieht sich in die Länge, weil der Mordkommission langsam die Möglichkeiten ausgehen. Nicoles Vorschlag wird mit einem unmotivierten Brummen der Kollegen quittiert.

»Wir müssen Frau Ucker befragen, wer in den Besitz ihrer Bewerbungsunterlagen gelangt sein könnte«, wirft Kathrin ein. Das gleiche Gemurmel erhebt sich über den Raum.

»Es gibt doch bestimmt Fotos von Firmenfeiern, aus dem Arbeitsalltag – irgendetwas. Wenn die Putze da mit drauf ist …« Ein schiefer Seitenblick von Nicole bringt Lohen zum Schweigen.

»Auf wie vielen Feiern waren unsere Reinigungskräfte?«

»Irgendein Foto wird es schon geben, auf dem sie zu sehen ist«, verteidigt sich Lohen.

»Frau Dämel möchte mit uns sprechen«, ruft Thomas plötzlich aufgeregt in den Raum. Alle Köpfe drehen sich zu ihm und er schwenkt sein Smartphone in der Luft. »Ich habe gerade die Nachricht erhalten, dass sie sich daran erinnert, was ihr zugestoßen ist.«

»Dann wirst du sie heute aufsuchen und befragen. Sie muss uns einen Hinweis geben können, an welcher Stelle wir suchen müssen. Der Täter sollte längst gefasst sein.« Lohen schaut ihn ernst an. »Such dir deine Begleitung aus.«

Thomas nickt zu Kathrin hinüber, doch sie schüttelt bedauernd den Kopf und deutet auf Nicole.

»Matthäus, du gehst mit Thomas zu Frau Dämel«, legt Lohen fest, woraufhin beide benannten Männer nicken. »Nicole, Kathrin, ihr schaut, ob ihr die ausgeschiedenen Mitarbeiter ausfindig machen könnt, die bislang noch nicht befragt wurden, falls ihr da nicht weiterkommt, sucht ihr bitte noch einmal Frau Ucker auf. Alle anderen: Befragt die übrigen Mitarbeiter von PetersPharma, besonders den Vorstand und die Labormitarbeiter. Sind noch Fragen?«

Er blickt in die Runde. Allgemeines Kopfschütteln und Scharren mit den Stühlen zeigt, dass die Besprechung beendet ist. Langsam brauchen sie Ergebnisse.

Kapitel 48

Völlig eingesunken und vergraben unter unzähligen Schläuchen und Kabeln liegt Frau Dämel mit aschfahlem Gesicht. Ihre schlammbraunen Augen starren an die Decke, als bemerke sie nicht, dass Thomas und Matthäus den Raum betreten. Wahrscheinlicher ist jedoch, dass es sie gar nicht interessiert, da Ärzte und Schwestern wie in einem Taubenschlag ihr Zimmer passieren.

»Guten Tag, Frau Dämel«, begrüßt Thomas sie zurückhaltend und ihr Kopf dreht sich leicht zur Seite, sodass sie ihn aus müden Augen anstarrt. Die freundliche, blonde Schwester, die er bereits bei früheren Besuchen traf, hatte ihn darüber aufgeklärt, dass Frau Dämel mittlerweile ansprechbar sei, aber noch immer sehr schwach wirke.

Er stellt sich und den Kollegen vor. »Wir sind von der Mordkommission und untersuchen den Vorfall, bei dem Sie beinahe gestorben wären. Wir gehen davon aus, dass es sich nicht um einen Unfall handelte und würden Sie gerne dazu befragen.«

Das Gesicht von Frau Dämel bleibt so ausdruckslos wie bei seinem letzten Besuch. Doch sie nickt knapp und zeigt ihnen, dass sie die Worte hört.

»Erinnern Sie sich an den Vorfall?«

Thomas wartet ein paar Minuten und gibt die Hoffnung schon auf, dass er überhaupt eine Antwort von Frau Dämel erhalten wird, als sie den Mund öffnet und »Ja« krächzt.

Schwester Stefanie ist sofort an ihrer Seite und hält ihr ein Glas Wasser mit einem Strohhalm unter die Nase. Sie flüstert mit der Patientin und lässt sie von dem Wasser trinken, dann fährt sie die Rückenlehne des Bettes hoch, sodass Frau Dämel die Kommissare besser sehen kann.

»Ja, ich erinnere mich«, wiederholt sie noch immer heiser und zieht die Stirn in tiefe Falten, als durchlebe sie den Moment noch einmal.

»Können Sie uns erzählen, was genau passiert ist?« Thomas versucht, sich die Aufregung nicht anmerken zu lassen. Dass Frau Dämel sich an den Vorfall erinnert und ihnen erzählen kann, wer der Mörder ihrer Kollegen ist, ist mehr, als er erhofft hatte.

Frau Dämel deutet mit dem Kopf auf das Wasserglas, das Schwester Stefanie noch immer in ihre Sichtweite hält. Sie trinkt einen Schluck und dreht den Kopf danach von dem Glas weg.

»Ich war beim Minigolf mit meinem Bruder und seiner Frau«, berichtet sie tonlos. »Wir hatten die Hälfte der Löcher bereits hinter uns, als ein Mann mit seinem Hund den Platz betrat. Als er sein Ticket löste, riss sich der Hund los und fiel mich an. Das nächste, an dass ich mich erinnere, ist, dass ich hier aufgewacht bin.«

Obwohl Thomas geglaubt hatte, dass es nicht möglich sei, sinkt sie noch tiefer in ihre Kissen, als sei sie sehr erschöpft von der kurzen Erzählung.

Thomas und Matthäus wechseln einen schnellen Blick. Sie lassen sich keine Reaktion anmerken, doch wissen beide, dass der jeweils andere genauso erschüttert ist, wie sie selbst.

Ihre letzte Hoffnung löst sich in Rauch auf, denn es ist zu unwahrscheinlich, dass Frau Dämel nach dem Angriff durch einen Hund in den Kühlraum verschleppt wurde. Fehlende Biss- und Schleifspuren weisen ganz eindeutig darauf hin, dass diese Geschichte ihrer Fantasie entspringt oder ein verdrängtes Trauma ist, das sich nun wieder an die Oberfläche drängt.

»Können Sie mir sagen, wie Sie heißen und wann Sie geboren wurden?« Thomas hat die Hoffnung, dass die Erinnerung kommt, wenn sie sich an andere Begebenheiten erinnert.

»Simone Dämel, siebter August neunundsiebzig.« Das Sprechen strengt sie sichtlich an, doch die Information stimmt mit dem überein, was Thomas von der Frau weiß.

»Können Sie mir sagen, was Sie beruflich machen?«

»Leitende Angestellte, Bereich Pharma.« Ihre Antworten werden immer knapper. Schwester Stefanie tippt für die Patientin unsichtbar mit dem Zeigefinger auf die imaginäre Uhr an ihrem Handgelenk, um den Kommissaren anzuzeigen, dass die Besuchszeit sich dem Ende nähert.

»Vielen Dank, Frau Dämel«, sagt Thomas schnell und auch Matthäus bedankt sich. »Wenn Ihnen noch etwas einfällt, das Sie uns mitteilen möchten, wenden Sie sich bitte an Schwester Stefanie. Sie wird sich dann mit uns in Verbindung setzen.«

Mit einem knappen Nicken verabschieden sich die Kommissare von den beiden Frauen und verlassen das Zimmer.

»Eine furchtbare Sache mit dem Hund«, sagt Schwester Stefanie kopfschüttelnd und füllt das Glas der Patientin wieder auf. »Manche Menschen sollten einfach keine Tiere halten dürfen.«

Sie schüttelt die Bettdecke noch einmal auf und streicht alle Falten aus den Kissen. Ihr Blick fährt einmal von oben nach unten über die Anzeigen der Monitore und den Füllstand der Flasche mit der Kochsalzlösung, die unaufhörlich in Frau Dämels Arm geleitet wird.

Sie dreht sich um, bereit, den nächsten Raum mit dem nächsten Patienten aufzusuchen, als eine kratzige Stimme hinter ihr kaum hörbar »Dann haben Sie die Geschichte also geglaubt?« flüstert. Stefanie wendet auf der Stelle. Die Patientin starrt auf ihre Bettdecke, doch der verschwommene Blick in ihren Augen deutet darauf hin, dass sie in Gedanken nicht in dem Krankenhaus ist.

Zögerlich nähert sich Stefanie der Patientin wieder. »Dann ist es nicht wahr?« Sie kennt die Angaben der Kommissare, doch sie ging davon aus, dass die Patientin tatsächlich nicht weiß, was dazu geführt hatte, dass sie in dem Krankenhaus liegt.

»Ich denke nicht.«

»Aber Sie wissen, was passiert ist?« Stefanie wagt kaum zu atmen. Vielleicht kann sie den Kommissaren doch weiterhelfen.

»Vielleicht«, antwortet die Patientin und dreht sich von Stefanie weg. »Ich bin jetzt müde.«

Kapitel 49

Wie eine Todespriesterin stand sie vor ihnen, die an dem Besprechungstisch saßen, fuchtelte aufgebracht mit den Armen und niemanden hätte es gewundert, wenn sie in ihrer Verbissenheit den gesamten Raum auseinandergenommen hätte.

»Eure Meinung zählt doch überhaupt nicht. Die kommen in unsere Firma, haben keine Ahnung und krempeln alles um, was wir in Jahren aufgebaut haben.«

Sie redete sich so in Rage, dass Spucketröpfchen in Richtung ihrer treudoof lauschenden Schäfchen flogen. Fasziniert und zugleich angeekelt wichen sie zurück, wägten das Für und Wider der soeben gehörten Worte ab. So sehr sie sich auch dagegen sträuben wollten, sie hatte recht. Mit jedem einzelnen Wort. Sosehr sie sie sonst auch verteufelten mit ihrer pedantischen, rechthaberischen und viel zu oft aufbrausenden Art.

Dennoch senkten sie die Köpfe, blickten zur Seite oder aus dem Fenster.

Sie fasste den ersten an der Schulter, rüttelte ihn, bis er sie anblickte. »Was ist dein Plan?«, fauchte sie in das verängstigte Gesicht.

»Ich weiß es nicht, aber …« Mühsam rang er nach Worten, erleichtert, dass seine Meinung sie nicht weiter interessierte. Sie wendete sich bereits der Nächsten zu.

»Wie willst du dich wehren?«, keifte sie hasserfüllt, drehte sich dann weiter. »Und du?«

Eine schweigende Menge, die im Grunde den Worten Glauben schenken wollte, sich doch nicht abschließend dazu überwinden konnte.

»Ihr müsst euch wehren!« Die Stimme überschlug sich fast, während ihre Besitzerin mit der flachen Hand auf den Tisch hieb.

»Vergiss es!« Fest und stark klangen die Worte und eine zierliche dunkelhaarige Frau mit ernstem Gesicht erhob sich. »Ich bin 'raus.«

Mit wenigen langen Schritten war die Todespriesterin bei ihr, versperrte ihr den Weg. »Ausgerechnet du?« Sie kniff die Augen verärgert zu schmalen Schlitzen zusammen. »Solltest du nicht an vorderster Front stehen? Gerade du!«

Die Dunkelhaarige schob sich an ihr vorbei. »Du spinnst! Keiner wird dich dabei unterstützen.« Sie riss die Glastür auf, bevor jemand sie daran hinderte und schmiss sie geräuschvoll hinter sich in das Schloss.

»Das wirst du bereuen!«, waren die letzten Worte, die sie hörte, bevor sie sich schleunigst von dem Konferenzraum entfernte.

Kapitel 50

Der ausgeschiedene Mitarbeiter ließ kein gutes Haar an PetersPharma. Ausbeutung der Mitarbeiter, Beförderungen nach Freundschaftsverhältnissen, gemeinschaftliches Mobbing von Vorgesetzten und Mitarbeitern zulasten einzelner Personen.

»Ich verstehe langsam, warum keiner aus der Firma wirklich mit uns reden möchte.« Nicole nippt vorsichtig an dem Latte Macchiato, den sie in einem Café am Straßenrand erstanden hat, und wirft einen Blick zu Kathrin, die es ihr auf dem Beifahrersitz gleichtut.

»Ja, irgendwie scheinen alle unzufrieden zu sein«, gibt Kathrin zurück und betrachtet nachdenklich den Thermobecher, den die Frau in dem Café ihr auffüllte. »Warum sie nicht einfach gehen und sich etwas anderes suchen.«

»Die Frage ist ja immer, ob man so leicht etwas anderes findet und ob es woanders nicht schlimmer ist.«

»Das findet man aber nicht heraus, wenn man es nicht versucht«, wirft Kathrin ein. »Ich verstehe nicht, weshalb so viele Menschen Angst vor Veränderungen haben.«

Nicole nippt erneut an ihrem Becher und stellt ihn dann in die vorgesehene Halterung. »Dann bleibt uns jetzt nur noch der Weg zu Nadja Silberstein«, stellt sie fest und startet den Wagen. »Meinst du, dass sie etwas damit zu tun hat?«

»Sie wird bestimmt einfach genauso gefrustet sein, wie die anderen Mitarbeiter.« Kathrin zuckt mit den Schultern.

»Möglich.« Nicole flucht verhalten, weil sich die dritte Ampel in Folge direkt vor ihnen auf Rot schaltet. Der Verkehr in Berlin ist ohnehin eine Sache für sich. Tagsüber Stau ohne Ende und nachts ist die erlaubte Höchstgeschwindigkeit an vielen Stellen reduziert. »Bist du zufrieden bei uns?«

Kathrin lacht und versteckt sich hinter ihrem Kaffeebecher, indem sie ihn ansetzt und sich einen langen Schluck gönnt. »Ich bin wohl noch nicht lange genug dabei, um mich schon beschweren zu können. Das einzige, was mich wurmt, ist, dass der Täter immer noch nicht gefasst ist.«

Nicole grinst und hält an der nächsten Ampel. »Das wird wohl leider noch öfter passieren. Die meisten Ermittlungen zeigen ziemlich schnell, wer der Täter ist, aber manchmal ist einfach der Wurm drin. Es heißt außerdem, dass auf jeden gefundenen Täter ein Mord kommt, der nicht einmal als Mord erkannt wird.«

Kathrin schüttelt sich. »Huh, da mag ich gar nicht dran denken. Aber vielleicht hätten wir bei Udo Schwartz auch bloß an einen Unfall gedacht, wenn nicht bei PetersPharma schon so viel passiert wäre.« Nachdenklich streicht sie über den Rand des Thermobechers. »Meinst du, es wird noch weitere Morde geben?«

»Wenn wir den Täter rechtzeitig finden, eher nicht. Aber aus welchem Grund sollte er jetzt aufhören? Ich habe eher das Gefühl, die Morde passieren mit immer kürzeren Abständen.«

»Auf der anderen Seite hat es bislang nur die Laborleitung getroffen und von denen ist niemand mehr übrig.«

Kathrin zählt an den Fingern ab: »Erst Doktor Manuel Quittek, Sachkundige Person, dann Simone Dämel, Herstellungsleitung, Paulina Nowak, Herstellungsleitung, Oliver Pfaff, Herstellungsleitung, Udo Schwartz, Herstellung-, Abteilungs- und Standortleitung.«

»Simone Dämel ist nicht tot.« Nicole parkt vor dem pastellrosa Reihenhaus der ehemaligen Vorstehenden Peters-Pharmas. »Aber vielleicht ist Nadja Silberstein ja auch auf der Ziellinie unseres Mörders. Wir wissen ja nicht, was der Auslöser für die Morde war und in welchem Zeitraum dieser Auslöser liegt.«

Sie steigen aus dem Wagen und gehen durch den verwilderten Vorgarten, der vor nicht allzu langer Zeit einmal recht hübsch gewesen sein muss. Die verblühten Pflanzen des Sommers stehen als stumme Wächter links und rechts des Weges und zeugen von zu viel Regen in den letzten Wochen.

Zwei Treppenstufen führen zu der leicht erhöhten Eingangstür.

Nicole betätigt die Klingel und tritt – den Glaseinsatz der Tür fest im Blick – einen Schritt zurück, doch nichts rührt sich in dem Inneren.

»Sie wird tagsüber bestimmt arbeiten«, mutmaßt Kathrin. »Was macht sie eigentlich? Sie wird doch längst einen neuen Job haben.«

Nicole zuckt mit den Schultern. »Davon weiß ich nichts, aber ich habe mir auch nicht die Mühe gemacht, das herauszufinden. Irgendwas wird sie schon tun. Als ehemalige Herstellungsleitung kann sie ja nicht so unqualifiziert sein.«

»Vielleicht sollten wir doch lieber Frau Ucker aufsuchen und heute Abend wiederkommen?«, schlägt Kathrin vor.

»Ja, das wird das Sinnvollste sein.«

Unverrichteter Dinge gehen sie zurück zu dem Wagen und Kathrin tippt die Adresse der jungen Frau in das eingebaute Navigationsgerät ein, während Nicole den Motor startet.

»Frau Ucker ist sehr schüchtern und zerbrechlich«, berichtet Nicole auf der Fahrt in den Tiergarten. Traut sich selbst nicht viel zu und scheint enttäuscht davon, wie ihr Leben läuft.«

Kathrin nickt nachdenklich. »Sie ist die angebliche Reinigungskraft, die jedoch niemand kennt, und auch sie kennt die Firma nicht, richtig?«

»Genau. Allerdings weiß sie selbst nicht, wie ihre Unterlagen an die Reinigungsfirma gelangt sind.« Nicole fährt auf die Stadtautobahn, doch auch hier fließt der Verkehr nur zäh und sie bereut sogleich, nicht doch den Weg durch die Stadt genommen zu haben. »Ich frage mich jedes Mal wieder, wo diese Menschenmassen herkommen.«

»Kommst du nicht aus Berlin?«, fragt Kathrin interessiert. Obwohl sie nun seit einigen Wochen in demselben Ermittlungsteam arbeiten, haben sie bislang kaum Zeit für private Plaudereien gefunden.

»Doch.« Nicole lacht. »Aber ich habe das Gefühl, dass die Stadt immer voller wird. Entweder habe ich es früher nicht so mitbekommen oder es werden einfach immer mehr Menschen und Autos.« Eine Abfahrt kommt in Sichtweite und sie setzt den Blinker, um von der ganz linken Spur um drei Spuren nach rechts auf die Abfahrt zu gelangen, schneidet ein Auto, dessen Fahrer empört von seinem Smartphone aufblickt und reiht sich schließlich in die Warteschlange der abfahrenden Autos ein.

»Mit dem Fahrrad ist man in Berlin eh viel schneller, wenn man nicht gerade nachts über die Autobahn fährt«, stimmt Kathrin ihr zu. »Obwohl es natürlich ein bisschen erschreckend ist, wenn man unseren letzten Toten bedenkt.«

»Du darfst aber nicht vergessen, dass sein Rad manipuliert wurde«, wischt Nicole ihre Bedenken beiseite. »Das lag nicht daran, dass Radfahren insgesamt so gefährlich ist.«

»Es gibt schon einige Geisterfahrräder in Berlin«, widerspricht Kathrin. Als aktive Fahrradfahrerin kennt sie die Initiative, die komplett weißgestrichene Fahrräder an Orten aufstellt, an denen Fahrradfahrer in dem Straßenverkehr gestorben sind. Einerseits als Mahnung an die Autofahrer zur besonderen Rücksichtnahme auf andere Verkehrsteilnehmer, aber auch für Fahrradfahrer selbst, damit ihnen bewusst wird, wie schnell ein Menschenleben vorbei sein kann.

»Und in der Regel sind die Verunglückten über sechzig Jahre alt.« Nicole biegt mit dem Wagen in die Seitenstraße ein, in der das Wohnhaus steht, in dem Frau Ucker wohnt. »Ich will aber gar nicht abstreiten, dass ein bisschen mehr Rücksichtnahme auf allen Seiten ganz gut wäre.«

Direkt nach dem Klingeln ertönt auch schon der Türsummer und sie steigen die Treppe hinauf, begleitet von dem Geruch nach kaltem Zigarettenrauch.

Mit noch tieferen Ringen unter den Augen als bei Nicoles letztem Besuch öffnet Julia Ucker die Tür und bittet die beiden Kommissarinnen hinein.

Ihre Bettwäsche liegt ordentlich zusammengelegt in der schmalen Lücke zwischen Couch und Wand, ansonsten ist der Raum unverändert. Wieder bittet sie ihren Besuch, auf der Couch Platz zu nehmen und setzt sich gegenüber auf die Umzugskiste.

Sie reicht Nicole ein paar Zettel. »Ich habe Ihnen meine aktuellen Bewerbungsunterlagen ausgedruckt, damit Sie sie mit den Unterlagen der Reinigungsfirma vergleichen können.«

»Vielen Dank!« Nicole überfliegt die Bewerbung der Betriebswirtin, kann jedoch auf den ersten Blick keinen Unterschied zu dem Lebenslauf feststellen, den ihr die Inhaberin der Reinigungsfirma zukommen ließ. Das Anschreiben ist ganz klar ein anderes, handelt es sich doch einmal um eine Bewerbung auf eine Stelle als Reinigungskraft und einmal auf eine Stelle als Produktmanager.

»Was bedeutet aktuell?«, fragt Nicole nach.

Julia Ucker blickt an die nackte Glühlampe, die von der Decke herabhängt, und zieht die Stirn kraus. »Vor ungefähr zwei Monaten habe ich diese Version geschrieben.«

Nicole nickt und legt die Blätter neben sich auf die Couch.

»Können Sie uns eine Aufstellung aller Personen machen, denen Sie diesen Lebenslauf geschickt haben?« Obwohl Kathrin kaum älter als die Befragte ist, schreit alles in ihr danach, die Frau in den Arm zu nehmen und ihr eine heiße Schokolade zu kochen.

»Das ist relativ einfach«, antwortet Frau Ucker. »Warten Sie bitte einen Moment.« Sie erhebt sich und holt einen Laptop von der Küchenarbeitstheke, den sie beim erneuten

Setzen auf ihren Knien aufstellt. »Ich habe alle Anschreiben abgespeichert. Wenn Sie möchten, kann ich Ihnen eine vollständige Liste per E-Mail zukommen lassen.« Sie hebt entschuldigend die Schultern, während ihr die Röte in das Gesicht schießt. »Oder wenn Sie einen USB-Stick dabeihaben, kann ich Ihnen die Liste auch darauf kopieren. Einen Drucker habe ich leider nicht.«

»Per E-Mail ist völlig ausreichend«, versichert Nicole schnell.

»Haben Sie den Lebenslauf anderen Personen zur Verfügung gestellt?«, fragte Kathrin nach. »Vielleicht offen auf ein Job-Portal oder eine Job-App hochgeladen?«

Julia Ucker schüttelt den Kopf.

»Freunde darüberschauen lassen?«

Mitten in der Bewegung hält Julia Ucker inne.

»Ja?« Erwartungsvoll reißen Kathrin und Nicole die Augen auf, während die junge Frau so unglücklich aussieht, als wolle sie augenblicklich in der Umzugskiste verschwinden, auf der sie sitzt.

»Mein Bruder und eine Freundin haben mir bei der Erstellung geholfen.« Ihre Stimme wird kaum hörbar. »Aber ich lege meine Hand für beide ins Feuer, dass sie niemals jemandem etwas antun würden. Erst recht keinen Mord.«

»Können Sie uns die Namen der beiden dennoch mit in der E-Mail senden?« Nicole schüttelt den Kopf und zieht einen Notizblock aus der Tasche heraus. »Sie können mir die Namen auch einfach mitteilen, dann überprüfen wir das sofort, dann müssen die beiden sich keine Sorgen machen.«

Wie eine Maus vor der Schlange rückt Julia Ucker unwillig die Namen heraus. »Florian Ucker und Nadja Silberstein.«

Nicole, die den ersten Namen zu zwei Dritteln notiert hat, lässt vor Schreck den Stift fallen. Den zweiten Namen muss sie sich nicht notieren, da ein Besuch bei Julia Uckers Freundin ohnehin für den heutigen Tag auf ihrer Agenda steht. Schnell bückt sie sich nach dem Stift und hofft, das Julia Ucker ihr nichts anmerkt. Es muss sich bei der ehemaligen Herstellungsleiterin um die Täterin handeln. Es kann nicht anders sein. Doch es wäre fatal, wenn die Betriebswirtin ihre Freundin warnte. Sie müssen zusehen, dass sie das Gespräch schnellstmöglich beenden, Lohen informieren und Nadja Silberstein befragen.

»Gibt es sonst noch etwas, das Ihnen einfällt?« Kathrin lächelt freundlich und zieht eine Karte aus ihrer Tasche, als die Dame verneinend den Kopf schüttelt. »Sie dürfen mich jederzeit gerne anrufen.«

Julia Ucker nimmt die Karte achtlos entgegen und blickt der Kommissarin zum ersten Mal während des Gespräches direkt in das Gesicht. »Können Sie mir mitteilen, wie meine Unterlagen an die Reinigungsfirma gelangt sind, wenn Sie es herausgefunden haben?« Die dünne Stimme verliert sich beinahe in der kahlen Wohnung.

»Natürlich.« Kathrin beugt sich verschwörerisch nach vorn. »Und wenn ich Ihnen einen Tipp geben darf: Mit Initiativbewerbungen kommt man oft weiter, weil man sich konkurrenzlos bewirbt.«

Kapitel 51

Zehn Minuten später befinden sich Kathrin und Nicole auf dem Rückweg zu dem Reihenhaus, in dem die ehemalige Herstellungsleiterin wohnt. Ihre größte Sorge ist, dass Julia Ucker ihre Freundin warnt, deshalb schaltet Nicole das Blaulicht an und fährt auf der Autobahn an den rollenden und stehenden Autos auf dem Standstreifen vorbei, während Kathrin mit ruhiger Stimme Lohen informiert. Ohne ihn werden sie das Haus nicht betreten, doch Nicole möchte zumindest sicher sein, dass Nadja Silberstein nicht das Haus verlässt, bevor der Hauptkommissar eintrifft.

Sie drückt wie mit dem Bleifuß das Gaspedal hinunter und kann gerade noch rechtzeitig bremsen, als der Standstreifen sich verengt und endet. Einige Autos bilden eine vorschriftsmäßige Rettungsgasse, sodass sie sich zwischen den Autos hindurchschlängeln kann, um auf die linke Seite der Autobahn zu gelangen. Doch immer wieder meinen einige Autofahrer, die Rettungsgasse sei gebildet worden, damit sie nicht mehr im Stau stehen müssten. Schließlich stehen vier Autoreihen nebeneinander auf der dreispurigen Autobahn und der Verkehr kommt vollends zum Erliegen.

»Das darf doch nicht wahr sein!« Nicole schlägt auf das Lenkrad und in demselben Moment wird ihr bewusst, dass sie Lohens schlechte Eigenschaften annimmt. »Entschuldige bitte«, sagt sie zu Kathrin und verdreht genervt die Augen.

Die Autos vor ihr setzen sich in Bewegung und besitzen sogar den Anstand, sich in die Reihen einzuordnen, die für die Bildung der Rettungsgasse vorgesehen sind.

»Mit Fahrrad wären wir jetzt locker-flockig an denen vorbeigeradelt.« Kathrin grinst. »Wir sollten dem Chef vorschlagen, dass er für uns Dienstfahrräder anschafft.«

Nicole lacht. »Wenn ich mir den einen oder anderen Kollegen anschaue, bin ich mir nicht einmal so sicher, ob das so eine gute Idee ist. Viel zu unsportlich.«

»Dann ist es gerade gut, sie zu ein bisschen Bewegung anzuhalten.« Nicole schaltet das Martinshorn aus und biegt zum zweiten Mal an diesem Tag in die Neidenburger Allee ein. Dieses Mal bleibt sie jedoch in einiger Entfernung zu dem Silbersteinschen Reihenhaus stehen, damit sie nicht entdeckt werden. »Wann ist Lohen hier?«

»In einer Viertelstunde, sagte er. Das ist aber auch schon wieder zehn Minuten her.« Kathrin blickt auf die Uhr.

»Da sind sie.« Nicole zeigt auf den Rückspiegel und dreht sich dann zu den drei Streifenwagen um, die sich ihrem Auto nähern.

Sie steigen aus und begrüßen die Kollegen, die ebenfalls aus den Autos steigen.

»Wir werden zunächst klingeln«, erläutert Lohen das Vorgehen. »Wenn sie nicht öffnet, wird unser Techniker die Tür öffnen.« Er nickt dem dunkel gekleideten Herrn mit der Igelfrisur zu und bedeutet der Gruppe, sich dem Haus zu nähern.

Wie bereits früher am Tag reagiert niemand auf ihr Klingeln, sodass Lohen dem Techniker den Vortritt lässt. Der Dunkelhaarige macht sich sofort mit seinem Werkzeug am

Schloss zu schaffen, während zwei der Kollegen die Rückseite der Reihenhäuser bewachen.

»Frau Silberstein?« Lohen betritt mit gezückter Waffe als Erster das Haus, dicht gefolgt von Kathrin und Nicole.

Der Flur ist akkurat aufgeräumt, doch es liegt eine leichte Staubschicht über allem, als wäre lange niemand in dem Haus gewesen.

»Wir kommen zu spät«, wispert Kathrin.

Nicole zieht die Augenbrauen hoch und richtet den Blick wieder nach vorn. Sie hat bereits die Erfahrung gemacht, dass ein unbewohnt wirkendes Haus nicht unbedingt auch ein unbewohntes Haus sein muss. Überraschungen an dieser Stelle sind jedoch in den seltensten Fällen positiv.

Ein Kinderwagen, der zum Sportbuggy umfunktioniert wurde, steht mit schlammverkrusteten Rädern in einer Nische. Auf Kathrins fragenden Blick zieht Nicole die Schultern hoch, doch Lohen ist bereits am Ende des Flurs angekommen und späht in das Wohnzimmer.

Mit einem Mal stürzt er vorwärts, ohne weiterhin darauf zu achten, sich langsam und möglichst geräuscharm vorwärts zu bewegen, während er die zuvor gezückte Waffe zurück in das Halfter steckt.

»Sie ist hier!«, ruft er aufgeregt und die übrigen Kommissare stürzen gemeinsam hinter ihm her.

Als Kathrin und Nicole das Wohnzimmer betreten, beugt sich Lohen über eine Person, die reglos am Ende des edel eingerichteten Wohnzimmers auf der Couch liegt.

»Ruft den Notarzt!«, blafft Lohen und überprüft den Puls der schmächtigen Frau.

Kathrin zieht augenblicklich das Smartphone aus der Tasche und wählt die wohlbekannte Nummer, während Lohen: »Schwacher Puls, aber vorhanden!«, ruft.

Er schlägt ihr leicht auf die Wange, doch die in Schwarz gekleidete und dadurch noch zierlicher wirkende Frau reagiert nicht.

Nicole blickt sich suchend um und eilt in die Küche, die durch einen offenen Türbogen sichtbar ist. Sie öffnet nacheinander die cremefarbenen Oberschränke, bis sie fündig wird und ein Glas herausnimmt. Sie schlägt die Schranktür zu und befüllt das Glas zu Dreivierteln mit Wasser.

Noch während sie zügig zurück in das Wohnzimmer geht, ertönen bereits die Sirenen des Notarztes.

Lohen befeuchtet seine Hände mit dem Wasser und streicht es über die Stirn Nadja Silbersteins.

Katja stürmt mit zwei Sanitätern, die eine Trage in den Händen halten, in den Raum.

»Können Sie nähere Angaben zu der Patientin geben?«, fragt der Sanitäter, während er Nadja Silberstein mit seinem Kollegen auf die Trage hievt.

Lohen schüttelt den Kopf. »Wir haben sie so vorgefunden. Keine Anzeichen für Verletzung oder Vergiftung.« Er blickt sich erneut suchend um, doch nichts, was die Verdächtige in diesen Zustand versetzt haben könnte, ist offen sichtbar.

Auch der Sanitäter schaut sich um, doch offensichtlich kommt er zu dem gleichen Ergebnis.

»Wir bringen sie ins DRK Klinikum Westend.« Er wendet sich wieder der Trage zu. »Das ist das nächste Krankenhaus von hier aus gesehen.«

Lohen nickt und begleitet die Sanitäter zur Haustür. Er weist Thomas und Matthäus an, dem Krankenwagen hinterherzufahren und die Patientin nicht aus den Augen zu lassen. Auch wenn sie bewusstlos ist, ist es nicht notwendig, ein unnötiges Risiko einzugehen.

»Achtet darauf, nichts anzufassen, aber schaut euch schon einmal unauffällig um«, weist Lohen die beiden Frauen an, die sich bereits neugierig umblicken. »Wir werden mit einem Durchsuchungsbefehl wiederkommen, damit es hinterher keine Probleme mit der Beweislage gibt, aber es ist immer gut, im Vorfeld zu wissen, wonach man suchen soll.«

»Du meinst solche Sachen, wie das Babyreisebett?« Kathrin deutet auf das Bett, das nicht so recht zu der übrigen Wohnzimmereinrichtung passen möchte.

Lohen nickt. »Es passt natürlich zu dem Kinderwagen, der im Flur steht, aber hier ist offensichtlich kein Baby.«

»In der Küche steht auch irgendwelcher Babykram. Milchbrei, Babykekse, so Zeug halt«, ruft Kathrin aus dem angrenzenden Raum hinüber.

»Hat sie ein Baby?« Nicole kratzt sich grübelnd an der Stirn. »Ich kann mich nicht daran erinnern, aber ich weiß, dass ich das auch nicht hinterfragt habe. Selbst wenn sie bei ihrem Ausscheiden aus PetersPharma noch kein Kind hatte, kann sie jetzt eins haben.«

»Vielleicht hatte sie jemanden zu Besuch mit einem Kind«, mutmaßt Kathrin.

»Oder es ist das Kind von Shairi Quittek«, fällt Lohen ihr ins Wort. »Überlegt doch mal. Sie arbeitet für B5 als Reinigungskraft für ihren ehemaligen Arbeitgeber. So erhält sie Zugang zu den Räumen, ohne dass jemand weiß, wer sie wirklich ist. An dem Tag, als Quittek ermordet wird, verschwindet sein Neffe, der zufällig in einer Sporttasche im Tiergarten wiedergefunden wird. Und jetzt finden wir hier eine provisorische Kindereinrichtung, aber kein Kind. Das kann doch kein Zufall sein.«

Kathrin und Nicole schauen sich betroffen an. Sie können nicht anders, als dem Leiter der Mordermittlung zuzustimmen.

»Kommt, wir schauen uns weiter in der Wohnung um«, sagt Lohen erschöpft. »Aber achtet darauf, nichts anzufassen.«

Kapitel 52

Unschlüssig sitzen Thomas und Matthäus auf zwei Plastikstühlen, die den Wartebereich vor dem verglasten Schwesternzimmer säumen und gleichzeitig Ausblick auf die Schleusentür zu dem Intensivbereich bieten. Sie sind keine Angehörige der Patientin, deshalb dürfen sie weder Auskunft erhalten, noch die Patientin in den Intensivbereich begleiten.

»Wir sagen Ihnen Bescheid, wenn sich etwas ergeben sollte und die Patientin ansprechbar ist«, hatte die in grün gekleidete Krankenpflegerin gesagt und ihnen die Tür vor der Nase verschlossen. Ihre Anweisung lautet jedoch, die Patientin nicht aus den Augen zu lassen, also sitzen sie dort, damit Nadja Silberstein das Krankenhaus nicht unbemerkt verlässt.

Jedes Mal, wenn die Krankenpflegerin an der Glasscheibe vorbeiläuft, wirft sie ihnen einen vernichtenden Blick zu, als ob sie persönlich schuld daran seien, dass Nadja Silberstein nun dort liegt.

Genaugenommen sind sie das auch, denn Nadja Silberstein läge nicht dort, wenn sie nicht auf der Verdächtigenliste ganz oben stünde. Dann läge sie weiterhin bewusstlos in ihrem Wohnzimmer. Wer weiß, wie lange schon? Ob jemand sie vermisst?

Am Ende des Krankenhausflures ist ein Fenster. Das Einzige, das einen Blick hinaus gewährt. Längst ist es dunkel, doch der herannahende Winter täuscht sie über die Uhrzeit hinweg. Die runde Plastik-IKEA-Uhr, die in jedem zweiten Wohnzimmer, auf der Polizeistation und eben auch in diesem Krankenhausflur hängt, zeigt gerade einmal den frühen Nachmittag an. Fünfzehn Uhr.

»Möchtest du auch einen Kaffee?« Thomas erhebt sich und schüttelt die Beine, die von dem langen Sitzen steif geworden sind. »Ich gehe mir einen holen.« Er deutet auf den Fahrstuhl, mit dem er hinab in das Erdgeschoss fahren wird, da dort der Getränkeautomat steht.

Matthäus erhebt sich ebenfalls, schüttelt aber ablehnend den Kopf. »Geh du mal. Ich werde nachher ein paar Schritte gehen.«

Als Thomas zurückkehrt, sitzt Matthäus wieder auf dem Plastikstuhl und starrt gedankenversunken auf die Tür der Intensivstation. Patienten der umliegenden Stationen schlurfen mit schwerfälligen Schritten an ihm vorbei, Besucher mustern ihn kritisch.

Seufzend nimmt Thomas neben ihm Platz und schaut auf die weiße IKEA-Uhr. Fünfzehn Uhr zwanzig. Er richtet sich auf eine lange Nacht ein. Wenn er Glück hat, wird einer der Kollegen abends vorbeikommen, um sie abzulösen. Doch in laufenden Ermittlungen sind Arbeitszeiten von sechszehn Stunden am Tag nicht unüblich, gerade, wenn es um die Ergreifung des Täters geht.

Er leert den typischen braunen Automatenkaffeebecher und überlegt, sich einen weiteren Kaffee zu besorgen, doch da er lediglich zur Überbrückung diente, verzichtet er darauf.

Die Tür der Intensivstation öffnet sich und ein wohlbekanntes Gesicht bringt Thomas dazu, sich gerade aufzusetzen und zu lächeln.

»So schnell sieht man sich wieder.« Schwester Stefanie tritt in Straßenkleidung auf den Flur und steckt im Gehen den Arm in den Trageriemen eines Rucksacks. Sie lacht und wirft einen Blick zu der Glasscheibe, an der das mürrische Gesicht der Krankenpflegerin zu sehen ist, die ihnen den Weg zu der Verdächtigen versperrt. Stefanie winkt ihr lächelnd zu und sofort verschwindet die Pflegerin mit hochrotem Kopf in dem hinteren Teil des Schwesternzimmers. »Wollte Schwester Ursula euch nicht hineinlassen?«

»Tja, schaut so aus.« Thomas erhebt sich von dem Stuhl und schüttelt die Beine aus.

»Frau Dämel …« Schwester Stefanie knetet ihre Finger und sucht nach Worten.

Sofort ist Thomas hellhörig. »Ja?«

»Ich denke, sie kann sich an mehr erinnern, als sie zugeben möchte.« Eine Sorgenfalte ziert die Stirn der hübschen Krankenpflegerin. »Sie hat ein paar komische Bemerkungen gemacht, die darauf schließen lassen.«

Irritiert schüttelt Thomas den Kopf. »Aber warum sollte sie das tun?«, fragt er verwundert. Matthäus erhebt sich von dem Stuhl und stellt sich zu ihnen.

»Es sollte doch in ihrem Interesse sein, dass wir die Täterin schnellstmöglich überführen.«

»Davon sollte man ausgehen«, stimmt Stefanie ihm zu. »Vielleicht hat sie moralische Bedenken.«

»Moralische Bedenken, einen Mörder zu verraten?« Matthäus zieht eine Augenbraue sarkastisch hoch. »Sie muss davon ausgehen, dass der Täter nicht nur sie, sondern auch ihre Kollegen auf dem Gewissen hat.«

»Weiß sie denn schon von den anderen Todesfällen?« Doch dann zuckt Thomas mit den Schultern. »Bei dem Getratsche, das in der Firma herrscht, würde es mich nicht wundern.«

Stefanies Blick fällt auf die Wanduhr und sie steckt ihren Arm durch den zweiten Trageriemen des Rucksacks. »Ich muss jetzt los«, erklärt sie hastig. »Beim Yoga warten sie nicht auf mich.«

Sie winkt zum Abschied und steigt dann in den Fahrstuhl.

»Warum sollte Frau Dämel etwas verheimlichen?« Nachdenklich geht Thomas vor der Glasscheibe des Schwesternzimmers auf und ab.

»Vielleicht versteht sie, weshalb Nadja Silberstein sie und die anderen umbringen wollte?«, mutmaßt Matthäus. »Vielleicht bereut sie, dass die Herstellungsleitung Frau Silberstein aus der Firma gemobbt hat. Vielleicht ist das ihre Art, sich zu entschuldigen.«

»Würdest du den Mund halten, wenn du wüsstest, wer dich umbringen wollte?« Thomas zweifelt. »Egal, aus welchem Grund?«

Matthäus schüttelt den Kopf. »Niemals. Vielleicht hat sich die Schwester einfach getäuscht. Wahrscheinlich ist da gar nichts.«

Grübelnd geht Thomas weiter auf und ab. Frau Dämel ist einfach nur verwirrt und meint, sich an etwas zu erinnern, das so nicht stattgefunden hat. Zumindest nicht unmittelbar vor ihrem Auffinden in der Kühlkammer.

Die als Schwester Ursula bezeichnete verlässt das Schwesternzimmer und wirft den beiden Kommissaren böse Blicke zu. »Sie werden wohl keine Ruhe geben, bevor ich Ihnen nicht Auskunft über die Patientin gebe, richtig?« Ihr abfälliger Ton verheimlicht nicht im Geringsten, dass sie sich lieber die Zunge abbisse, als mit den Kommissaren zu reden.

»Die Patientin ist theoretisch kerngesund, lediglich dehydriert und auf Nahrungsentzug, so wie es scheint. Sie wird wieder auf die Beine kommen, aber sie braucht Zeit und Ruhe. Wir haben sie an einen Tropf angeschlossen, der sie mit Flüssigkeit und Nährstoffen versorgt, den Rest muss sie allein schaffen.« Die Schwester behält den bösen Blick bei. »Sie ist noch immer bewusstlos, aber es spricht nichts dagegen, dass sie in Kürze aufwachen wird.« Die Pflegerin dreht sich grußlos um.

»Können wir zu ihr?«, fragt Thomas schnell, bevor sie wieder im Schwesternzimmer verschwindet.

Sie blickt abfällig über die Schulter, ohne sich die Mühe zu machen, sich noch einmal vollständig zu ihm zu drehen. »Sie können hier warten«, fährt sie ihn an. »Wenn sie wach ist, frage ich sie, ob sie überhaupt mit Ihnen reden möchte. Sie sehen ja, was Sie ihr angetan haben. Und wenn die Besuchszeit vorbei ist, verschwinden Sie von meinem Flur!«

Ohne jedes weitere Wort lässt sie die Kommissare stehen.

Verblüfft blicken sie sich an.

»Welche Laus ist der denn über die Leber gelaufen?« Kopfschüttelnd sinkt Thomas auf dem Stuhl wieder in sich zusammen.

Matthäus zuckt mit den Schultern. »Hoffen wir mal, dass Frau Silberstein aufwacht, bevor die Besuchszeit 'rum ist.«

Kapitel 53

Schwach und bewusstlos liegt sie da. Die dunklen Haare bedecken ihr blasses, hübsches Gesicht schneewittchenähnlich. Nach außen hin die Sanftmut in Person, innerlich durchtrieben und manipulativ. Schleicht sich in das Vertrauen anderer und nutzt es zu ihrem Vorteil.

Es ist längst an der Zeit, dass jemand ihr Einhalt gebietet. Dafür hat Simone ihre Finger gern geopfert, auch wenn sie den Verlust bitter bereut. Die Genugtuung lässt es sie jedoch verschmerzen.

Simone ist schwach auf den Beinen, was nicht weiter verwunderlich ist, da sie in dem Kühlraum beinahe gestorben wäre. Gerade noch rechtzeitig kam Sonja. Einen Moment später … sie möchte nicht weiter darüber nachdenken. Es ist ja alles gutgegangen.

»Und nun liegst du ganz hilflos vor mir.« Sie grinst auf Nadja Silberstein hinab, die in dem riesigen Bett zu versinken droht. »Machst wieder einmal allen vor, dass du das arme Opfer bist, doch ich habe dafür gesorgt, dass dir dieses Mal niemand glauben wird.«

Sie löst den Schlauch von dem Tropf, hält ihn jedoch weiter nach oben, sodass die Flüssigkeit aus dem Reservoir ablaufen kann. Langsam – zu langsam – fließt die Flüssigkeit heraus. Ungeduldig tritt Simone von einem Fuß auf den anderen.

»Ich hatte ja gar nicht damit gerechnet, dich hier anzutreffen«, fährt sie fort. »Ich dachte, dass die Kommissare etwas schlauer sind und sich schneller zusammenreimen können, dass du hinter allem steckst. Es wäre deine gerechte Strafe, die nächsten zwanzig Jahre im Gefängnis zu sitzen, und ich wäre dich wirklich gern besuchen gekommen. Aber – wie es der Zufall möchte – bist du bei mir gelandet und ich glaube nicht an Zufälle.« Sie lacht boshaft und wirft wieder einen Blick auf den Schlauch. Umso weniger Flüssigkeit in dem Schlauch ist, desto langsamer fließt die Flüssigkeit ab. Die letzten Tropfen scheinen in dem Reservoir zu stehen.

»Niemand wird mich hinter den Anschlägen vermuten.« Sie lächelt unschuldig auf die Bewusstlose hinab. »Schließlich war ich selbst eines der Opfer und lag bei den weiteren Morden im Krankenhaus. Ich kann es gar nicht gewesen sein. Das hast du dir alles selbst zuzuschreiben.«

Sie zieht die Augen zu schmalen Schlitzen zusammen. »Du warst schon so überheblich, als du bei uns angefangen hast, dabei kamst du frisch von der Uni. Keine Erfahrung, keine Ahnung. Und dennoch hast du dich aufgespielt, als ob du die Weisheit mit Löffeln gefressen hast. Du hast alles hinterfragt.«

Sie verstellt ihre Stimme und äfft die vor ihr Liegende nach. »Warum muss ich hier eine Unterschrift setzen? Musst du im Labor nicht die Haube aufsetzen? Nach dem Rauchen darfst du für zwanzig Minuten nicht den Reinraum betreten. Die Laserdrucker haben eine viel zu hohe Feinstaubbelastung für das Labor.« Sie schnaubt verächtlich. »Mir haben schon immer alle nachgesagt, dass ich spitzfindig bin, aber du warst die Krönung.«

Sie spielt gedankenverloren mit dem Schlauch in ihren Fingern, während sie sich an längst vergangene Zeiten zurückerinnert. »Wie du dich dann in den Vordergrund gedrängt hast.« Die Brüste wackeln unter dem zu weiten Krankenhaushemd, als sie Nadja wieder nachmacht. »Ich bin die Allertollste! Gebt mir die Stelle! Die anderen haben doch keine Ahnung und schon immer alles falsch gemacht. Ich zeige euch, wie das viel besser wird. Ich bin eure Lösung für alle Probleme!«

»So denkst du also, dass es war.«

Simone erschrickt, als eine schwache Stimme ertönt und Nadja die Augen langsam öffnet.

»Wie war es denn sonst?«, herrscht sie Nadja an. »Du hast doch alle, die schon ewig in der Firma waren, bei dem neuen Vorstand schlechtgemacht.«

»Ich habe mich ordnungsgemäß auf die freie Stelle beworben«, erwidert Nadja ruhig. »Das hättest du ganz genauso tun können. Da du schon länger in der Firma warst, hättest du vermutlich die besseren Chancen gehabt.«

»Du hast dem Vorstand doch erzählt, was wir alles nicht können. Dass wir alle auf dem Holzweg waren.« Je ruhiger Nadja ist, desto aufgebrachter wird Simone. »Dabei war das einzig Logische, dass ich die Herstellungsleiterin werde.«

»Ich habe bloß Lösungsvorschläge für bestehende Probleme vorgebracht …«

»… die wir schon längst ausprobiert hatten«, fällt Simone ihr ins Wort, wobei feine Speicheltröpfchen auf das Fußende von Nadjas Bett hinabregnen.

»Das ist doch krank!« Nadjas Stimme ist noch immer so schwach wie zu Beginn des Gespräches. Kaum mehr als ein Wispern. »Ich habe gar keinen Grund, jemanden zu töten. Das einzige, was ich möchte, sind Beweise dafür, dass PetersPharma sich nicht an behördliche Vorgaben hält. Unterschriften werden gefälscht, Mitarbeiter werden an Positionen eingesetzt, für die sie nicht geeignet sind, nicht zugelassene Verfahren werden in der Herstellung verwendet. Eine Sachkundige Person, die nicht im Interesse der Patienten handelt.«

Wie wahnsinnig starrt Simone mit stecknadelgroßen Pupillen auf sie herab. »Natürlich hast du einen Grund.« Sie lacht gehässig und senkt die Stimme ebenfalls zu einem Wispern, das nichts Gutes verhieß. »Sie haben dir gekündigt und dich so vor allen vorgeführt. Allen, denen du vorher weismachen wolltest, dass du die Allertollste bist, blicken jetzt verächtlich auf dich hinab.« Simones Blick ist der lebende Beweis, doch neben der Verachtung schwingen Rache und Überlegenheit mit.

»Es interessiert mich nicht, was andere über mich denken.« Durch nichts lässt sich Nadja aus der Ruhe bringen.

»Niemanden«, faucht Simone leise, »interessiert es nicht, was andere denken.«

Nadja hat keine Ahnung, was Simone von ihr möchte. Sie wagt kaum, daran zu denken, dass sie vermutlich mehrere Menschen getötet hat. Nicht aus Versehen wie bei ihr selbst mit dem kleinen Mann, sondern vorsätzlich. Weshalb sollte sie davor zurückschrecken, ihr, Nadja, etwas anzutun?

»Doch!«, beharrt Nadja. »Mich interessiert es nicht.« Sie hätte die Unterlippe störrisch vorgeschoben, doch sie fühlte sich zu jeglicher Gefühlsregung zu schwach. Sie hat Simone nichts entgegenzusetzen. Nichts, außer der Hoffnung, dass jemand sie rettet, wenn Nadja sie nur lange genug am Reden hält.

Eine sehr schwache Hoffnung, wenn sie bedenkt, dass ihr als Kind schon die Disneyfilme zuwider waren, in denen eine hilflose Prinzessin drauf wartet, von einem charakterfreien und daher beliebig austauschbaren, lediglich ab und an als hübsch bezeichneten Prinzen gerettet zu werden.

Doch in diesem Szenario gibt es keinen Prinzen – weder hübsch noch hässlich.

»Pah, von wegen!« Wieder schnaubt Simone verächtlich. »Während alle Welt sich über Diätprogramme austauscht, stöckelst du mit deinen dünnen Beinen an uns vorbei und belächelst uns. Du bist dünner, klüger, hochnäsiger als alle anderen Menschen und willst von allen angehimmelt werden. Niemandem kannst du etwas vormachen.«

Nadja schließt die Augen. Es wird kein bescheuerter Prinz auf einem noch bescheuerteren Gaul vorbeikommen. Nichts bleibt ihr übrig, als zu akzeptieren, dass sie den anderen Opfern in Kürze folgen wird. Das ist ihre Strafe, weil sie nicht besser auf den kleinen Mann geachtet hat.

»Warum?«, flüstert Nadja resigniert und öffnet die tränennassen Augen.

Simone hat sich von ihrem Bett abgewandt und kramt in einer Halterung aus Plexiglas, die an der Wand hängt. Nadja kann nicht erkennen, wonach sie sucht, aber sie weiß, dass sie es früher erfahren wird, als ihr lieb ist, und dass es nichts Gutes sein wird. »Ich habe es satt, immer nur die zweite Wahl zu sein. Die zweite Wahl, weil ich kein Mann bin, die zweite Wahl, weil ich nicht superschlank bin, die zweite Wahl, weil… «

Sie bricht ab und dreht sich mit einer grün-weißen Plastikspritze in der Hand und einem fiesen Grinsen auf dem Gesicht zu Nadja um. Langsam nähert sie sich dem Bett und fischt dort angekommen nach dem Plastikschlauch, der von der Kanüle in Nadjas Arm bis auf den Boden herabhängt. Triumphierend hält sie das freie Ende hoch und zieht absichtlich langsam den Kolben aus der Spritze. »Wie viele Milliliter Luft in den Venen benötigt man eigentlich, um einen Menschen zu töten?«, fragt sie wie beiläufig und steckt die weit aufgezogene Spritze auf den Schlauch.

»Halt!« Nadjas Stimme gewinnt an Festigkeit. »Sag mir wenigstens, warum du das alles tust.«

Simone schnaubt wieder verächtlich. Jedes Schnauben, das in den vergangenen, frustrierenden Jahren nicht geschnaubt worden war, muss anscheinend jetzt hinaus, bevor es Simone innerlich zerfrisst. Trotz des Grinsens wirkt sie mürrisch wie eh und je.

»Als ob das jetzt noch von Belang wäre.« Das nächste verächtliche Schnauben. »Außerdem liegt es doch auf der Hand. Dass du so schwer von Begriff bist …« Sie schüttelt verständnislos den Kopf. »Manuel, dieser aufgeblasene Fatzke. Hielt sich für den unangefochtenen Gott in dieser Firma. Jeden Tag änderte er seine Meinung, schikanierte Kollegen, gab ihnen Mehrarbeit, zog sie vor anderen in den Dreck. Einfach, weil er es konnte und jedem zeigen musste, dass er es konnte.«

»Ich dachte, dass ihr euch so gut verstanden habt und er mich deshalb von meiner Position warf.«

Wieder schnaubt Simone freudlos. »Für Manuel zählte immer nur eine Person und das war er selbst. Als er dich als Herstellungsleiter absetzte, da wusste er schon längst, wie er mir das Leben zur Hölle machen konnte.«

»Und die anderen?« Nadjas Hände werden feucht. Sobald Simone den Kolben hinunterdrückt, war sie einmal. Auch wenn sie nicht daran glaubt, Simone lange davon abhalten zu können, hängt sie an jeder Sekunde ihres Lebens.

»Du meinst Paulina, die immer zugesehen hat, wie andere fertiggemacht wurden? Die es tolerierte, mit den Schultern zuckte und sagte: ‚Du weißt doch, wie er ist!' Oder Oliver, der Arschkriecher, der sich förmlich überschlug, um es Manuel und allen anderen recht zu machen, sodass man in seiner Schleimspur regelrecht ausrutschen konnte?« Ihr irrsinniger Blick fällt auf die Spritze in ihrer Hand und der Daumen legt sich auf das Ende des Kolbens.

Panik ergreift Nadja. Ihr Herz rast und die Geräte neben ihrem Bett schlagen Alarm.

Simone hebt den Blick und Nadja hat das Gefühl, von den schlammfarbenen Augen durchbohrt zu werden.

»Und erst recht Udo, der neu in die Firma kommt, von nichts eine Ahnung hat und sich von genau denen, denen es nur um ihren eigenen Vorteil auf Kosten anderer geht, die Meinung eintrichtern lässt.« Sie schüttelt den Kopf. »Und jetzt ist es halt an deiner Zeit. Mit dir hat dieses ganze Theater erst angefangen. Du hast dafür gesorgt, dass ich mich lächerlich mache.«

Wieder senkt sie den Blick auf die Spritze.

Resignierend schließt Nadja die Augen. Sie möchte diesen Moment nicht miterleben, in dem sie aufhört, zu existieren.

Sie wartet einen Herzschlag, zwei Herzschläge, drei Herzschläge lang, doch nichts passiert. Der Alarm neben ihrem Bett schlägt weiter aus und in das nervige Piepsen mischt sich das aufgeregte Quietschen mit Gummisohlen bedeckter Füße zusammen mit hektischem Gemurmel.

Vorsichtig öffnet Nadja das rechte Auge um einen winzigen Spalt. Vor ihr steht Simone, die mit stark zitternden Händen die Spritze regelrecht umklammert, während ihr leise Tränen über das aschgraue Gesicht laufen.

Kapitel 54

»Was sitzt ihr hier vor der Tür?« Verärgert bleibt Lohen vor den beiden Männern stehen, die er sich bereits in der Befragung der Verdächtigen vorgestellt hatte. Bevor einer der beiden sich auch nur äußern kann, stürmt eine aufgebrachte, ältere Pflegerin aus dem Schwesternzimmer.

»Die Besuchszeit ist gleich vorbei. Sie sollten langsam abziehen, doch stattdessen tauchen immer mehr von Ihnen auf!«, poltert sie sogleich los. »Das geht so nicht. Wir sind ein Krankenhaus, kein Hochsicherheitsgefängnis.« Bevor sie weitere Vergleiche anbringen kann, schiebt sich Nicole zwischen die sich anfeindenden Parteien.

»Frau Steinwender«, sagt sie schnell mit einem Blick auf das Plastikkärtchen, das die Brust der verärgerten Pflegerin ziert. »Wir sind nicht auf Ärger aus und auch nicht hier, um jemanden einzuschüchtern.« Sie stellt sich der Pflegerin vor und zeigt ihren Ausweis. »Eine wichtige Zeugin in dem Fall, den wir derzeit untersuchen, wurde heute bewusstlos hier eingeliefert. Wir haben die Befürchtung, dass sie in Gefahr ist, deshalb würden wir sie gerne schnellstmöglich befragen und unter Polizeischutz stellen. Dafür benötigen wir aber ihr Einverständnis.«

Die Kinnlade der verärgerten Krankenpflegerin klappt herunter und mit einem Mal sieht sie gar nicht mehr verärgert, sondern viel mehr verunsichert aus. Nicole führt die

Pflegerin am Arm von den Kommissaren weg. »Können Sie mir denn bestätigen, dass es ihr schon besser geht? Sie sah vorhin gar nicht gut aus.«

»Aber warum haben die Herren das denn nicht früher gesagt?« Es ist mehr als offensichtlich, wie peinlich ihr die ganze Situation ist. »Hätte ich das gewusst …«

»Wir sind jetzt ja da«, unterbricht Nicole die kleinlaute Dame freundlich. »Können Sie mir sagen, ob Frau Silberstein bereits erwacht ist?«

»Kommen Sie doch bitte mit!« Hektisch bewegt sich die ältere Dame zurück in das Schwesternzimmer. Eine solche Schnelligkeit hätte Nicole ihr nicht zugetraut, doch es ist eher die Art von Hektik, die dem Ziel entgegenwirkt und bewirkt, dass alles schief geht.

Und so stößt sich die Pflegerin die Schulter an der Tür zu dem Schwesternzimmer und reibt sie sich schmerzerfüllt, während sie sich über den Schreibtisch beugt, um die Überwachungsmonitore in Augenschein zu nehmen.

»Oh«, sagt sie erfreut. »Frau Silberstein ist erwacht. Dann kann ich Sie gleich zu ihr bringen.« Sie wirft einen zögerlichen Blick zu Nicoles Kollegen. »Aber ich denke, es ist besser, wenn nicht die ganze Mannschaft auf einmal …«

»Alles gut!«, fällt Nicole ihr in das Wort. Ein Hochgefühl verrät ihr, dass sich in Kürze alles aufklären wird. Nadja Silberstein wird erkennen, dass es zwecklos ist, die Taten zu leugnen, und alles gestehen. »Ich würde nur gerne Herrn Lohen mit hineinnehmen. Er ist der Leiter unseres Ermittlungsteams.«

Die Pflegerin stimmt nickend zu und Nicole winkt Lohen zu, ihnen zu folgen, als plötzlich ein Alarm über den

Flur schrillt. Während Nicole erschrocken zusammenzuckt, beugt sich die Pflegerin seelenruhig über den Monitor und begutachtet, was zu dem Alarm führt. Für sie ist dieses Geräusch an der Tagesordnung.

»Oh, das ist die Frau Silberstein«, sagt sie dann dennoch mit einem denkwürdigen Unterton, der nichts Gutes verheißt. Sie bedeutet Nicole und Lohen, ihr in den Schleusenraum zu folgen, damit sie die grünen Kittel der Intensivstation überziehen können.

Als sie den Flur auf der anderen Seite betreten, dringt das unterdrückte Piepsen mehrerer Überwachungsgeräte von den angrenzenden Zimmern zu ihnen. Ansonsten herrscht Ruhe, die einem Friedhof gleichkommt. Die anwesenden Pfleger schleichen lautlos durch die Gänge, hektische Worte werden höchstens im Flüsterton gewechselt.

Die Pflegerin, wendet sich auf dem Flur nach links und strebt ein Zimmer an, aus dem der Alarm dröhnt, und dem bereits mehrere Pflegekräfte zueilen.

»Bitte warten Sie vor dem Raum«, weist die Pflegerin sie mit unterdrückter Stimme an. »Wir werden Sie hereinholen, wenn wir sicher sind, dass es Frau Silberstein gut geht.«

Das große verglaste Fenster in der Tür bietet ihnen Einblick und verrät auf den ersten Blick, dass sie unter gar keinen Umständen vor der Tür warten sollten.

Mit weit aufgerissenen Augen liegt die schmächtige Frau in dem übergroß wirkenden Bett und starrt auf die ehemalige Kollegin, die unheilvoll vor ihrem Bett steht.

Nicole kann nicht genau erkennen, was in dem Zimmer vor sich geht, doch Lohen stürmt los, als ginge es darum einen Sprint zu gewinnen. Er wirft sich gegen Simone Dämel, die daraufhin wie ein Stein umkippt.

Kapitel 55

Wie in Zeitlupe beobachtet sie, wie Simone den Kolben der Spritze hinunterdrückt, während sich ein Schatten von rechts auf Simone wirft und sie zu Boden reißt.

Mit einem dumpfen Laut knallt Simone im Fallen gegen ihr Krankenhausbett. Ein Ruck fährt durch sie. Sie hustet Schwindel ergreift von ihr Besitz. Alles um sie herum dreht sich. Ihre Brust zieht sich zusammen. Sie hustet. Sofort ist eine weißgekleidete Frau an ihrer Seite, doch sie kämpft zu sehr damit, ihr Bewusstsein zu behalten, als dass sie die Pflegerin wahrnimmt. Sie hustet. Der Kopf dröhnt. Die Lunge fühlt sich an, als falle sie jeden Moment in sich zusammen.

Sie hustet und dann verliert sie das Bewusstsein.

Kapitel 56

Nadja Silberstein hustet. Nicht einmal, immer und immer wieder. Ihre Augen weiten sich, als wollten die Augäpfel herausspringen. Dann fallen sie zu, während alle Pfleger gleichzeitig auf Nadja Silberstein einstürmen. Ein Pfleger fordert Lohen auf, augenblicklich das Krankenzimmer zu verlassen, und zerrt ihn von Simone Dämel hinunter.

»Stopp!«, hört Nicole ihn durch das aufgeregte Stimmengewirr. »Frau Dämel kommt mit mir mit!« Seine Autorität schüchtert den noch jungen Pfleger ein, so dass er einen Schritt zurückweicht.

»Aber Sie können die Patientin doch nicht mitnehmen! Ich habe gesehen, was Sie gerade mit ihr angestellt haben! Ich rufe den Sicherheitsdienst.«

Lohen greift in die Hintertasche seiner Diensthose, da geht die ehemals mürrische Pflegerin energisch dazwischen. »Verschwinden Sie beide sofort aus dem Zimmer«, herrscht sie Lohen und den Pfleger an. »Wir haben hier einen Notfall. Raus!«

Sie deutet auf die Tür, an der Nicole steht und die ganze Situation wie in Trance beobachtet und die einzelnen Wortfetzen aufsaugt.

Lohen greift nach dem Oberarm Simone Dämels, zerrt sie auf die Beine, während er sich selbst erhebt. »Kommen Sie mit«, herrscht er die Frau an, die Nicole vor kurzem noch bedauerte. Was muss es für ein Leben sein, zu wissen, dass jemand einen umbringen wollte, und dadurch stark körperlich beeinträchtigt zurückzubleiben?

»… Spritze ist trocken … Lungenembolie … aus dem rechten Vorhof absaugen …«

Nicole bemüht sich, so viele Informationen wie möglich aus dem Stimmengewirr herauszuhören, um sie anschließend in dem Verhör Dämels verwenden zu können.

Der Pfleger deutet auf die Sitzgelegenheiten, die neben der Schleusentür stehen. »Setzen Sie sich! Sie können die Patientin nicht einfach von der Intensivstation verlafortbringenssen.«

Die Patientin setzt sich stumm und senkt beschämt den Kopf. Lohen und Nicole setzen sich links und rechts von ihr auf die Plastikstühle. Jede Absprache zwischen ihnen ist überflüssig. Sie sind ein Team, wie Nicole erfreut feststellt. Der Pfleger lehnt sich derweil an die Wand ihnen gegenüber und verschränkt die Arme vor der Brust. Sein skeptischer Blick lässt keinen Zweifel offen, dass er den Sicherheitsdienst ruft, sollte auch nur einer der Anwesenden sich falsch bewegen.

»Was hatten Sie bei Frau Silberstein zu suchen?« Lohen passt seine Stimme den gedämpften Krankenhausgeräuschen an, die jedoch von der Hektik in Nadja Silbersteins Zimmer weit überlagert werden.

Frau Dämel tut, als hätte sie die Fragestellung gar nicht gehört, doch Nicole ist sich sicher, dass die Frau sie klar und deutlich verstanden hat. Sie beugt sich vorsichtig zu ihr hinüber, um sie nicht zu verschrecken und senkt die Stimme leiser, als Lohen zuvor.

»Sie kennen Nadja Silberstein, richtig?«

Ein kaum merkliches Nicken geht durch die wie versteinert auf ihrem Stuhl sitzende Frau. Ihre Schultern sind zusammengesunken, als wolle sie sich trotz ihrer korpulenten Gestalt so klein machen, dass sie unsichtbar wird.

»Erzählen Sie mir, woher Sie Frau Silberstein kennen?« Langsam und ruhig befragt Nicole die Patientin, deren Position sie in dem Fall überhaupt nicht mehr einschätzen kann. Ist sie Opfer? Täter? Zwingt jemand sie zu etwas? Sagt sie die Wahrheit?

»Von der Arbeit«, murmelt Simone Dämel, ohne von dem grauen Krankenhausflur aufzuschauen, und Nicole ahnt, dass sie ihr jedes Wort aus der Nase ziehen muss.

»Erzählen Sie mir von ihr!«, fordert sie die Patientin auf, während sich die Geräusche, die aus Nadja Silbersteins Zimmer dringen, langsam beruhigen.

Keine Antwort.

»Weshalb waren Sie in Frau Silbersteins Zimmer?«, wagt Nicole einen neuen Versuch.

»Weil ich in dem zweiten Bett dort liege«, murmelt Simone Dämel.

Nicole und Lohen blicken sich irritiert an. Natürlich hatten sie gewusst, dass Frau Dämel in diesem Krankenhaus liegt, seit sie in dem Kühlraum gefunden wurde, doch dass Frau Silberstein ausgerechnet in ihrem Zimmer untergebracht wurde, musste ein unglaublicher Zufall sein. Wären sie nur einen Moment später gekommen … doch noch wissen sie gar nicht, ob Frau Silberstein wohlauf ist.

»Was haben Sie an Frau Silbersteins Bett gemacht?« Obwohl sie meint, die Frage mit den Wortfetzen beantworten zu können, die sie zuvor aufschnappen konnte, möchte sie die Frage von Simone Dämel beantwortet haben. Vielleicht irren sich die Pfleger. Vielleicht kann eine Aussage Simone Dämels helfen, das Leben der jungen Frau zu retten.

Doch Simone Dämel schweigt und starrt weiterhin den Fußboden an.

Lohen zieht bereits verärgert seine Augen zu schmalen Schlitzen zusammen, während sich seine Stirn tief furcht. Diesen Gesichtsausdruck kennt Nicole zur Genüge und sie weiß, dass der kleinste Auslöser nun ausreicht, dass Lohen explodiert – an dem denkbar ungünstigsten Ort für einen Wutausbruch.

»Ich wollte sie töten.« Völlig unerwartet flüstert Simone Dämel diese Wörter und sie scheint selbst darüber erstaunt. Der Pfleger, der ihnen noch immer gegenübersteht, blickt erschrocken auf.

»Aber warum?«, fragt sie vorsichtig nach.

»Weil sie an allem schuld ist.« Völlig unbeteiligt kommen die Worte aus Simone Dämel hervor, als sei sie bloß das Sprachrohr für die Emotionen eines anderen.

»Aber sie hatten doch schon längst nichts mehr mit ihr zu tun. Sie war doch gar nicht mehr bei PetersPharma.«

Schwerfällig hebt Simone Dämel den Kopf und schaut Nicole aus müden Augen an. »Aber mit ihr hat alles angefangen.«

»Was hat mit ihr angefangen?« Nicoles Stimme wird schärfer, obwohl sie sich bemüht, einen ruhigen Ton beizubehalten.

»Alles.«

Aus den Augenwinkeln beobachtet Nicole, wie Lohen vor Wut zu zittern beginnt. Sie rechnet ihm hoch an, dass er sich zusammenreißt. Bei früheren Befragungen wäre er längst explodiert, doch die letzten Wochen zeigten ihm, dass er sich auf Nicole und ihre Befragungsmethoden – besonders in Bezug auf Frauen – verlassen kann. Ihr Herz macht einen kleinen Hüpfer und erschrocken konzentriert sie sich wieder auf Frau Dämel. Niemandem ist geholfen, wenn sie sich jetzt ablenken lässt.

»Was meinen Sie damit? Alles?« Ihr Herz pocht laut vor Anspannung. Sie muss ein Geständnis aus Frau Dämel hervorlocken.

Simone Dämel seufzt, sinkt noch weiter in sich zusammen und starrt auf den Boden, als könne sie darin verschwinden. »Ich war seit sieben Jahren bei PetersPharma und es war abzusehen, dass die nächste Beförderung meine sein sollte. Zusatzaufgaben, Einarbeitung in die Herstellungsleitung – es war schon greifbar. Frau Silberstein kam direkt nach dem Studium zu uns. Wie so viele Leute vor ihr wollte sie die Firma umkrempeln. Spaß bei der Arbeit, kollegiales Verhalten … sogar eine abteilungsübergreifende Laufgruppe rief sie ins Leben, um den Austausch der Kollegen zu fördern. Ein kleiner Umschwung war spürbar, immer mehr Kollegen schlossen sich ihr begeistert an – nicht unbedingt bei der Laufgruppe, aber es war keine Seltenheit, dass einige der Kollegen gemeinsam einen Kaffee trinken gingen oder sich zu Spieleabenden trafen.«

Sie schnaubt verächtlich. »Sogar ich bin auf sie hereingefallen und habe mich von dem Ehrgeiz packen lassen, fünf Kilometer am Stück zu joggen.« Sie schüttelt den Kopf, als wolle sie die Erinnerung daran abschütteln. »Als dann die Stelle der Herstellungsleitung frei wurde, rechnete ich fest damit, dass jetzt meine langersehnte Beförderung käme. Doch stattdessen verkündete der Vorstand, dass Frau Silberstein den Posten ab sofort übernehmen würde. Sie war noch kein Jahr in der Firma und war mit einem Mal meine Chefin, während der Rest der Firma mich auslachte.«

Sie verstummt und scharrt mit dem bestrumpften Fuß über den Boden. Die unterdrückte Wut ist deutlich spürbar, obwohl dieser Vorfall schon um einige Jahre zurückliegen muss.

»Haben Sie Frau Silberstein darauf angesprochen? Oder Ihre Vorgesetzten?«

Simone Dämel schnaubt erneut. »Was hätte das gebracht? Sie lief doch schon längst 'rum, als sei sie die Königin der Welt. Die Nase schön nach oben gereckt und in ihren kurzen Kleidchen, damit auch niemand übersah, dass sie keine Probleme mit Übergewicht hat.«

Nicoles Blick fällt auf Simone Dämels Oberarme, die sich deutlich unter dem Krankenhausnachthemd abzeichnen. »Nur Pudding«, hätte Nicoles ältere Schwester die Arme verächtlich kommentiert. Insgeheim muss Nicole ihr zustimmen. Sie nickt wissend, denn sie weiß, wie sie sich jedes Mal fühlt, wenn sie Melanie Bender, der Rechtsmedizinerin, gegenübersteht. Jedes Mal, wenn sie mit Lohen die Rechtsmedizinerin aufsucht und er vergisst, dass Nicole überhaupt neben ihnen steht.

»Aber das ist doch kein Grund, jemanden töten zu wollen.«

»Wissen Sie, wie es ist, jahrelang auf etwas hinzuarbeiten, und dann schnappt jemand einem die Stelle im letzten Moment weg? Und reitet immer wieder darauf herum, reibt es einem unter die Nase, spielt sich auf und kommandiert einen herum, obwohl man selbst viel mehr Ahnung von dem allen hat?«

Ärzte und Pfleger verlassen das Zimmer, das sich Nadja Silberstein mit Simone Dämel teilt. Die Pflegerin, die sie zuvor hereingeführt hatte, bleibt vor Nicole stehen. »Wir konnten sie stabilisieren. Sie schläft jetzt, aber Sie dürfen gern bleiben und warten, bis sie aufwacht. Es tut mir sehr leid, dass ich Ihre Kollegen nicht schon früher zu ihr hineingelassen habe.«

Sie wirft Simone Dämel den gleichen vernichtenden Blick zu, den sie zuvor für die Kommissare übrig hatte. Nicole nickt und lächelt sie freundlich an. Dann senkt die Pflegerin schuldbewusst den Kopf und verzieht sich wieder in das Schwesternzimmer.

»Was ist dann passiert?«, kommt Nicole auf die Befragung zurück.

»Manuel war natürlich nicht begeistert davon, dass sie sich so aufspielte.« Ein kleines Lächeln bahnt sich auf Simone Dämels Lippen an, doch sofort wird sie wieder ernst. »Sie stellte sich mit ihm auf Augenhöhe, zweifelte Entscheidungen von ihm an, hinterfragte seine Aussagen und beging dann den großen Fehler, als er von einer Entscheidung nicht abweichen wollte, andere Abteilungen und schließlich den Vorstand mit einzubeziehen. Der Vorstand hörte sich ihre Argumentation an, während Manuel keine Begründungen lieferte und nur den Kopf schüttelte.«

Sie fährt sich mit den Händen fahrig über das Gesicht. »So war er immer. Er wusste, was er wollte, auch wenn andere seine Entscheidungen nicht nachvollziehen konnten. Erklären konnte er sie auch nicht.« Die Furchen auf ihrer Stirn sind beinahe so tief wie die Lohens, der eifrig jedes ihrer Worte mitschreibt.

»Natürlich entschied der Vorstand nach Frau Silbersteins Wunsch.« Sie zuckt mit den Achseln und rutscht auf dem Stuhl zurecht. »Die Folge war, dass er keine Gelegenheit ausließ, sie bei anderen schlecht zu machen und sich hinter ihrem Rücken zu beschweren. Der Vorstand zweifelte immer stärker an seiner Entscheidung, Nadja Silberstein zur Herstellungsleiterin zu machen und stellte Udo Schwartz ein, der ihr übergeordnet wurde.« Sie hält inne.

»Demnach müssen Sie gut mit Herrn Quittek und Herrn Schwartz ausgekommen sein?«, fragt Nicole nach.

Simone Dämel hebt den Kopf und schaut Nicole mit hochgezogenen Augenbrauen an. »Niemand kam gut mit Herrn Quittek klar. Der einzige Mensch, der für Herrn Quittek zählte, war er selbst. Alle Entscheidungen, die er traf, kamen nur ihm selbst zugute. Und wenn es bloß zeigte, dass er Entscheidungen über aller Köpfe hinweg treffen konnte.«

Nicole nickt. Diese Aussage ist ihr bezüglich des Toten bereits mehrmals über den Weg gelaufen. Gerade auch seine Schwester bestätigte diesen Charakterzug. Ihrer Meinung nach war Manuel Quittek vor seinem Tod ein egozentrisches, eingebildetes Arschloch.

»Udo Schwartz hatte keine Ahnung von den Prozessen im Labor und auch wenig Lust, sich hineinzuarbeiten.

Arbeiten im Allgemeinen war nichts, worauf er Lust hatte. So stellte es sich zumindest mir und den anderen Kollegen im Labor dar. Worauf er Lust hatte, war, sich Meinungen anderer anzuhören, diese als gegeben zu akzeptieren und seine Entscheidungen danach zu fällen.«

Sie hebt den Kopf und blickt Nicole gequält an. »Manuel berichtete ihm, dass Nadja Silberstein auf ihrem Posten völlig fehl am Platz sei. Von mir hörte er ähnliches. Er fand einige, die mit Nadja Silberstein auf dem Posten nicht zufrieden waren, weil es natürlich anstrengend war, eine Vorgesetzte mit hohen Ansprüchen zu haben. Er entschied für sich, dass Nadja Silberstein als Herstellungsleiterin ungeeignet sei, setzte mich als weitere Herstellungsleiterin ein und erfand eine fadenscheinige Geschichte, dass in einer anderen Abteilung zu viele Aufgaben für zu wenig Personal anfielen und die Abteilung dringend Hilfe benötigte.« Ein verächtliches Schnauben.

»Mit ihren hohen Ansprüchen an sich selbst, erklärte sie sich selbstverständlich bereit, für ein halbes Jahr in der anderen Abteilung auszuhelfen. Allerdings vergaß Udo Schwartz, ihr zu erzählen, dass Oliver Pfaff ihren Platz in der Zwischenzeit einnähme und für sie gar kein Platz mehr sei, wenn sie zurückkäme. Sie wurde schließlich von einer Stelle in die nächste geschoben, landete schließlich im Archiv, wo sie die Akten sortieren und einscannen sollte, weil das in den vergangenen zwanzig Jahren nicht gemacht wurde, und schließlich wurde sie vor die Tür gesetzt.«

»Aber dann hatten Sie doch alles erreicht, was Sie erreichen wollten«, wirft Nicole ein. »Sie hatten Ihren Posten und Nadja Silberstein flog aus der Firma.«

Mit müd dreinblickenden Augen schüttelt Simone Dämel den Kopf. »Es gibt Dinge, die vergisst man nicht. Jedes Mal, wenn ich auf die Waage steige, frage ich mich, warum sie nicht einfach im Labor bleiben und die Laufgruppe fortführen konnte. Ständig höre ich Geschichten hinter vorgehaltener Hand, dass sie ja vor mir die Position der Herstellungsleiterin bekommen hat. Und oft genug höre ich auch, dass sie für diesen Posten viel besser geeignet sei als ich.«

»Aber Sie hatten den Platz doch jetzt. Also hätten Sie einfach warten können, dass das Gerede eines Tages aufhört.«

Simone Dämel schüttelt heftig den Kopf. »Das Getratsche hätte bestimmt eines Tages aufgehört, aber zu dem Zeitpunkt durfte ich selbst erfahren, welches Spiel Manuel trieb. Er setzte mir Entscheidungen vor, die mit aller Logik nicht zu begründen waren, beschwerte sich bei meinem Vorgesetzten und sorgte dafür, dass ich regelmäßig dort antanzen und mich rechtfertigen musste. Alles, worüber ich mich zuvor bei Frau Silberstein gefreut hatte, bekam ich nun am eigenen Leib zu spüren.«

»Und deshalb haben Sie schließlich Herrn Quittek in den Autoklav gesperrt und umgebracht?« Mit einem Mal lag alles auf der Hand, obwohl Nicole mittlerweile jedem der Mitarbeiter den Mord an Manuel Quittek zugetraut hätte. »Egozentrisches Arschloch« schien durchaus treffend.

Simone Dämel hält Nicoles Blick stand und äußert sich nicht zu der gestellten Frage. Ist sie die Täterin? Oder ist sie bloß diejenige, die Nadja Silberstein aus dem Weg räumen wollte?

Sechs Augenpaare richten sich wie gebannt auf sie und warten auf die Antwort – Nicoles, Lohens und die des

Pflegers, der noch immer abwartend danebensteht, mittlerweile mehr aus Neugierde, als dass er darauf wartet, eingreifen zu müssen.

»Haben Sie Manuel Quittek in den Autoklav gesperrt?«, fragt Nicole noch einmal nach, als die Antwort der mittlerweile Verdächtigen ausbleibt.

Simone Dämel antwortet weiterhin nicht. Nicole beobachtet jedoch, dass sich das Schimmern unter Dämels Augen wieder einstellt. Es fehlt nicht viel, bis Simone Dämel alles gesteht, dessen ist sich Nicole sicher, doch noch immer zweifelt auch sie, ob Simone Dämel die Täterin ist.

Wie sollte sie sich selbst in die Kühlkammer sperren oder eher: Warum? Bloß, um von sich selbst abzulenken? Um ein Alibi für die weiteren Morde zu haben? Wenn sie jedoch ein Alibi hat, weil sie während der Morde im Krankenhaus lag, kann sie dann die Täterin sein?

»Haben Sie mit jemandem zusammengearbeitet?« Nicole wartet geduldig, doch es folgt wieder das altbewährte Schweigen. »Haben Sie jemanden bei dem Mord an Manuel Quittek beobachtet? Haben Sie Angst vor demjenigen?«

Langsam verzweifelt sie. Die Klärung des Falles steht kurz bevor und sie ist sich sicher, dass Simone Dämel mehr weiß, als sie bereit ist, zuzugeben. Als Täter oder Zeuge.

»Mir reicht, was ich gehört habe.« Lohen schlägt den Notizblock zu, auf dem er während der Befragung fleißig mitschrieb. »Frau Dämel, wir werden Sie mitnehmen, sobald wir von der Klinik die Bestätigung haben, dass sie nicht mehr auf der Intensivstation bleiben müssen.«

Er wendet sich dem Pfleger zu. »Können Sie mir bitte sagen, wie lange Frau Dämel voraussichtlich noch auf der Intensivstation bleiben muss?«

»Natürlich. Warten Sie bitte einen Moment.« Er eilt dem Schwesternzimmer entgegen, während sich die ältere Pflegerin den Kommissaren wieder nähert. Sie läuft an ihnen vorbei und verschwindet in Nadja Silbersteins Zimmer.

Nach fünf Minuten streckt sie den Kopf aus dem Zimmer und winkt Nicole zu sich.

»Frau Silberstein ist erwacht und bereit, mit Ihnen zu reden«, informiert die Schwester sie, während Nicole durch einen kurzen Blickkontakt mit Lohen klärt, dass er bei Simone Dämel verbleibt. Wieder dieser verräterische Hüpfer ihres Herzens. Sie verstehen sich so gut, dass sie nicht einmal Worte für ihre Verständigung benötigen.

Sich selbst scheltend betritt Nicole das Krankenzimmer. Nadja Silberstein wirkt schwach und eingefallen, doch sie sitzt aufrecht in ihrem Bett und blickt Nicole aus traurigen Augen an.

Nicole begrüßt sie und stellt sich vor.

»Sie sind gerade im letzten Moment gekommen«, sagt Nadja Silberstein mit dem Anflug eines Lächelns. »Ich habe nicht erwartet, dass ich da lebend herauskomme. Es war wohl mein Glück, dass es im Fernsehen als relativ sichere Tötungsmethode gesehen wird, jemandem Luft in die Blutgefäße zu spritzen. Das und, dass Sie rechtzeitig hier eingetroffen sind.« Dieses Mal lächelt sie tatsächlich, auch wenn es ein schwaches Lächeln ist.

»Die Menge hat schon zur Beeinträchtigung geführt«, erklärt die ältere Pflegerin und hält eine Zehn-Milliliter-Spritze hoch, »allerdings hat der Schlauch ein gewisses Volumen bereits abgepuffert und dadurch, dass wir sofort zur Stelle waren, konnten wir die Luft aus dem Vorhof abpumpen, bevor sie zu einer Lungenembolie führte.«

Nadja Silberstein wirft der Pflegerin einen dankbaren Blick zu. Nichts an ihr lässt sich in Übereinstimmung bringen mit der hochnäsigen, eitlen Herstellungsleiterin, von der Simone Dämel zuvor berichtete.

»Das heißt, Sie erinnern sich an alles?«, fragt Nicole vorsichtig nach. Sie möchte kein Trauma bei der Patientin auslösen, falls sie den Tathergang verdrängt haben sollte.

Das Lächeln auf dem Gesicht der jungen Frau verschwindet. »An alles definitiv nicht«, antwortet sie leise, »aber an mehr, als mir lieb ist.«

Nicole nickt verständnisvoll und zieht einen Notizblock samt Kugelschreiber aus ihrer Jackentasche.

»Ich würde Sie gerne dazu befragen, soweit es möglich ist.« Sie blickt Nadja Silberstein fragend an. »Sie können jederzeit Bescheid geben, wenn es zu anstrengend sein sollte, dann machen wir morgen weiter.«

Nadja Silberstein nickt ergeben. »Da komme ich wohl nicht drumherum.«

Nicole hält inne. »Wir haben Sie heute Vormittag aufgesucht, weil Sie in dem dringenden Tatverdacht stehen, drei Personen ermordet und eine schwer verletzt zu haben.« Sie ignoriert den triumphierenden Blick der Krankenpflegerin, der ihr vorwirft, sie hinters Licht geführt zu haben. »Wir haben Sie bewusstlos in Ihrem Haus vorgefunden. Können Sie mir erzählen, wie es dazu kam?«

Hilflos zuckt Nadja Silberstein mit den Schultern.

»Sie ist völlig unterernährt«, kommt ihr die Pflegerin unerwartet zu Hilfe. »Sie muss über einen längeren Zeitraum die Nahrungsaufnahme verweigert haben, was schließlich zu einem Kreislaufzusammenbruch geführt hat. Frau Silberstein hat Glück gehabt, dass Sie sie rechtzeitig gefunden haben.«

Nicole blickt die junge Frau fragend an. Sie fühlt sich unwohl dabei, dass sie von oben herabschaut, doch Sitzgelegenheiten für Besucher gibt es in dem spärlich eingerichteten Zimmer nicht. »Kann das sein?«, fragt sie.

Betreten nickt die Befragte. »Mir ging es in der letzten Zeit nicht so gut. Ich neige dann dazu, keinen Hunger zu haben«, antwortet sie leise und Nicole glaubt ihr aufs Wort. Nadja Silberstein wirkt, als könne sie keinem Lufthauch etwas entgegensetzen.

»Möchten Sie mir erzählen, weshalb es Ihnen nicht gut ging?«

Wieder nickt sie, dieses Mal jedoch kaum merklich. »Mir wurde ein kleines Kind anvertraut, ein kleiner Junge. Ich sollte auf ihn aufpassen, doch ich habe es vermasselt und er starb.«

Nicole wird hellhörig. »Von wem wurde Ihnen das Kind anvertraut?«

»Manuel Quittek.« Mehr als ein Flüstern ist es nicht, das unter dem ständigen Piepsen der Geräte an Nicoles Ohr dringt. »Ich war beim REWE einkaufen und sah diesen Kinderwagen mit dem kleinen Jungen darin ganz allein zwischen den Regalen stehen. Der kleine Mann hampelte darin herum und ich befürchtete, dass der Wagen umkippt und der kleine

Mann sich verletzt.« Eine Träne läuft ihr über die Wange, während sie berichtet.

»Ich habe mich neben den Wagen gestellt und gewartet, ob jemand kommt, jederzeit bereit, zu reagieren, falls der Wagen fällt, oder der Kleine einfach hinauspurzelt. Doch es kam niemand. Niemand, der bloß einen Gang weiter etwas suchte und gedankenverloren das Kind stehengelassen hatte. Der Kleine blickte zu mir hoch«, sie wischt sich mit dem Ärmel die Tränen von der Wange, »und strahlte so herzzerreißend. Er streckte mir die winzigen Fingerchen entgegen. Schließlich kam Manuel ganz aufgeregt in den Gang gestürmt. Ich habe mich erschrocken, weil ich ihn nicht mit dem Kind in Verbindung gebracht habe. Er redete hektisch auf mich ein, doch ich verstand kein Wort von dem, was er redete. Ich hörte ihm nicht zu, weil ich mich so maßlos darüber ärgerte, dass er den Kleinen da so unbedacht stehen ließ. Er packte mich am Oberarm und unterbrach mich einfach. Ich solle mich um meinen eigenen Kram kümmern. Am nächsten Tag rief er mich an, weil er länger arbeiten müsste. Er bestand darauf, dass ich den Kleinen von der Kita abhole. Er habe niemanden sonst, dem er ihn anvertrauen könnte.« Sie schnieft und wischt sich wieder mit dem Ärmel über die geröteten Augen. »Ich war völlig perplex. Erst, als er mir die Vollmacht per E-Mail zuschickte, realisierte ich, dass er es ernst meinte. Den Kleinen holte ich ab, aber Manuel meldete sich danach nicht mehr bei mir. Ich wusste überhaupt nicht, was ich tun sollte.«

»Gibt es jemanden, der diese Geschichte bezeugen kann?« Nicole ist schockiert. Sie weiß nicht, wie sie reagiert hätte, wenn ihr jemand ein fremdes Kind anvertraute, doch wie erwartet schüttelte Nadja Silberstein den Kopf.

»Ich war mehrmals bei ihm, habe bei ihm geklingelt, aber er öffnete die Tür nicht. Ein paar Tage später hörte ich, dass er tot ist.« Sie starrt völlig abwesend, auf die Bettdecke, so wie Simone Dämel zuvor den Fußboden mit ihren Blicken malträtierte.

»Weshalb sind sie nicht zur Polizei gegangen?«

Nadja Silberstein blickt mit rotgeflecktem Gesicht auf. »Ich wusste überhaupt nicht, was ich tun sollte«, erklärt sie. »Er hat mir gesagt, ich solle auf das Kind aufpassen. Zunächst dachte ich noch, dass er eines Tages bei mir vor der Tür steht und das Kind wieder abholt. Was hätte ich ihm sagen sollen, wenn das Kind dann nicht mehr bei mir ist?«

»Und wo ist das Kind jetzt?«

Nadja Silberstein schluchzt erneut auf. »Es ist tot.«

Nicole reißt die Augen auf. »Wie, tot?«

Unwohl windet sich Nadja Silberstein in dem Krankenbett. »Ich musste trotzdem zur Arbeit gehen und musste ihn allein zu Hause lassen. Ich konnte ihn ja schlecht mitnehmen, aber ich wollte auch nicht, dass jemand erfährt, dass er bei mir ist, also konnte ich auch keinen Babysitter beauftragen.«

»Deshalb haben sie das Kind umgebracht?« Das Bild, das Nicole von der jungen Frau hat, gerät heftig ins Wanken. Eine Frau, die beim Einkaufen ein Kind beaufsichtigt, das aus einem Kinderwagen zu fallen droht, macht nicht den Eindruck, dass sie dieses Kind hinterher tötet.

Nadja Silberstein schüttelt heftig den Kopf. »Nein, so war es nicht!«, widerspricht sie schniefend.

»Ich habe ihn schlafen gelegt, bevor ich zur Arbeit gegangen bin. Ich war ja nie lange weg. Höchstens vier Stunden. Anfangs funktionierte das wunderbar, dann kam ich nach Hause und er lag weinend in seinem Bettchen. Ich wusste mir nicht anders zu helfen, als ihm vorher Schlafmittel zu geben. Die folgenden Abende schlief er durch, während ich arbeitete, doch dann kam ich wieder nach Hause und er lag weinend in seinem Bett. Also habe ich am nächsten Tag die Menge erhöht, aber als ich nach Hause kam, lag er leblos in seinem Bett.«

»Haben Sie seine Vitalfunktionen überprüft?«

Nadja Silberstein blickt verzweifelt auf. »Ich weiß, dass er tot war.«

»Also haben Sie nicht überprüft, ob er noch lebt?« Unter Nicoles strengem Blick fließen erneut die Tränen.

»Er war tot«, bringt Nadja Silberstein verzweifelt hervor und Nicole macht sich eine Notiz.

»Was haben Sie mit ihm gemacht, als er tot war?«, fragt sie weiter. »Wir haben in Ihrem Haus keine Kinderleiche gefunden.«

Nadja Silberstein bohrt die zu lange nicht gekürzten Fingernägel in die Innenseite ihres linken Unterarms und kratzt hektisch daran herum. Irgendwo hat Nicole genau das gleiche Verhalten in der letzten Zeit gesehen und dann fällt es ihr auch wieder ein: Bei Julia Ucker, die Nadja Silberstein als ihre Freundin bezeichnete. Es ist nicht ungewöhnlich, dass Freundinnen sich unbewusst in ihrem Verhalten aneinander anpassen.

»Ich habe ihn in einer Sporttasche ausgesetzt.« Das Piepsen übertönt ihre Stimme, doch Nicole liest an ihren Lippen ab, dass sie genau das äußert, was Nicole vermutete.

»In der Nähe vom Zoo?«

Mit schreckhaft geweiteten Augen blickt Nadja Silberstein auf. Die deutlich sichtbare Angst ist Nicole Antwort genug. »Und dann?«, fragt sie weiter.

»Dann bin ich nach Hause gegangen und habe überlegt, mir die Pulsadern aufzuschneiden, weil es nicht gerecht ist, dass ich weiterleben darf, während der kleine Mann tot ist.« Das Kratzen an ihrem Unterarm wird heftiger, doch Nicole sieht, dass der Arm bis auf die Kratzspuren unversehrt ist. »Aber ich konnte es nicht. Stattdessen habe ich mich auf die Couch gelegt und gewartet, bis es hoffentlich irgendwann vorbei ist.«

»Was vorbei ist?«

»Das Leben. Ich kann nicht glauben, dass ich einen kleinen Jungen getötet habe.«

Nicole blickt von ihrem Block auf. »Ich kann Ihnen mitteilen, dass wir Taio gefunden haben und er wieder wohlbehalten bei seiner Mutter angekommen ist.«

Ruckartig reißt Nadja Silberstein ihren Kopf hoch und starrt Nicole hoffnungsvoll an. »Sind Sie sicher?«

Nicole nickt. »Anscheinend hat er so tief geschlafen, dass Sie ihn für tot hielten. Hätten Sie die Vitalfunktionen überprüft, wäre es Ihnen bestimmt aufgefallen.« Sie macht eine kurze Pause. Ihr Gesicht ist ernst. »Allerdings hätten Sie ihn durch das Aussetzen beinahe getötet. Wir können von Glück reden, dass er rechtzeitig gefunden wurde. Er war stark unterkühlt.«

Die Fassungslosigkeit ist Nadja Silberstein mehr als deutlich ins Gesicht geschrieben. Bis vor wenigen Augenblicken hielt sie sich für eine Kindsmörderin und erfährt jetzt, dass sie sich völlig zu Unrecht Vorwürfe machte.

»Sie werden jedoch noch mit ernsten Konsequenzen rechnen müssen«, kündigte Nicole vorwurfsvoll an. »Ein kleines Kind mit Betäubungsmitteln ruhigzustellen und es hinterher mitten in der Nacht auszusetzen ... das sind schwere Vergehen.«

Nadja Silberstein nickt reumütig, doch die Freude über die unverhoffte Nachricht überwiegt.

Nicole seufzt. Zu viele Menschen hat sie in den vergangenen Wochen ohne befriedigende Ergebnisse befragt. Sie wünscht sich, dass der Fall nun endlich abgeschlossen werden kann. Zwei stark verdächtige Personen haben sie ausfindig gemacht. Alles deutet darauf hin, dass sich ihre Hoffnung bald erfüllen möge.

»Erinnern Sie sich, was hier passiert ist, bevor wir Frau Dämel in Gewahrsam nahmen?«

Zögerlich nickt Nadja Silberstein, dann schüttelt sie den Kopf. »Ich kann nur sagen, dass sie dort stand und dann wurde alles dunkel.« Sie blickt an Nicole vorbei und hält ihren Blick fest auf die Wand hinter Nicole gerichtet.

»Sie wissen, dass Sie damit nicht weiterhelfen, wenn Sie Frau Dämel decken?«, sagt Nicole scharf. »Wir haben gerade gesehen, wie Frau Dämel Sie töten wollte. Sie können froh sein, dass Sie noch am Leben sind!«

Nadja Silberstein nickt. »Ja, ich weiß, aber es tut mir leid. Mehr kann ich Ihnen dazu nicht sagen. Wenn es in Ordnung ist, würde ich die Befragung jetzt gern beenden. Ich bin sehr müde.«

Nicole nickt frustriert, doch sie weiß, dass der heutige Tag mehr Fortschritte brachte, als die Wochen zuvor. »Erlauben Sie, dass ich morgen noch einmal wiederkomme? Wir haben noch einige weitere Fragen.«

Nadja Silberstein nickt ergeben und Nicole verabschiedet sich von ihr.

Kapitel 57

»Das kommt überhaupt nicht in Frage!« Laut dröhnt die Stimme Nicole über den Krankenhausflur entgegen. »Sie haben gar kein Recht, mich mitzunehmen! Bloß, weil Sie hier irgendwelche Situationen völlig falsch einschätzen.«

Wutentbrannt schlägt Simone Dämel die Hand weg, die der Kommissar ihr beruhigend auf den Oberarm legen möchte. »Zeigen Sie mir irgendetwas Schriftliches, ansonsten bleibe ich hier. Ich bin knapp einem Mordanschlag entkommen. Es ist Ihre Aufgabe, den Fall aufzuklären, nicht, mich auf Ihre Station mitzunehmen.«

»Aber Frau Dämel …«

»Vergessen Sie es!« Mit jedem einzelnen Wort dröhnt die Stimme lauter, entrüsteter, zorniger. »Ich bleibe hier! Solange Sie mir nicht zeigen können, wo das steht, bleibe ich hier!«

»Frau Dämel!« Nicole geht scharf dazwischen. »Sie stehen unter Mordverdacht. Wir haben jede rechtliche Grundlage, Sie in Untersuchungshaft zu nehmen.«

»Was hat Ihnen die Schlampe erzählt?«, keift Simone Dämel. »Hat Sie Ihnen erzählt, dass ich Sie umbringen wollte? Dass ich das ganze Labor umbringen wollte? Überlegen Sie doch einmal, wem Sie glauben können!«

»Sie können auf eine normale Station entlassen werden, das heißt, dass wir Sie mitnehmen.«

»Das können Sie nicht machen!«, ereifert sich Simone Dämel.

Sie schüttelt die Hand des Kommissars weg.

»Sie stehen unter dem dringenden Tatverdacht, dass Sie Frau Nadja Silberstein ermorden wollten. Wir werden Sie jetzt mitnehmen.« Lohen zeigt sich unbeeindruckt. »Entweder kommen Sie freiwillig mit uns mit, oder Sie kommen mittels eines Haftbefehls mit.«

»Ich habe nichts getan!«, beharrt Simone Dämel. »Nirgendwo werden Sie mich hinbringen!« Sie springt von ihrem Stuhl auf, der dabei mit lautem Gepolter umfällt, und rennt auf die Schleusentür zu. Sofort stürmen Lohen und Nicole hinterher. Noch bevor Simone Dämel die Tür passiert, stehen sie links und rechts neben ihr und halten sie an den Oberarmen fest. Wild schlägt die Verdächtige um sich und schreit aus Leibeskräften.

Einhändig zieht Lohen unter dem grünen Kittel die Handschellen hervor, dreht eine Hand Dämels auf den Rücken und schließt das kalte Eisen um das Gelenk. Nicole dreht den zweiten Arm auf den Rücken und tut es ihm gleich.

»Frau Dämel«, sagt Nicole sanft in dem Versuch, zu der rasenden Frau durchzudringen.

»Sie haben absolut nichts gegen mich in der Hand! Ich bin unschuldig! Sie dürfen das gar nicht! Ich will einen Anwalt sprechen«, keift Simone Dämel, ohne auf die Beruhigungsversuche Nicoles einzugehen. »Ich zeige Sie alle an! Ich bin selbst Opfer einer Straftat geworden und Sie beschuldigen mich! Das ist unerhört!«

»Frau Dämel!«, wiederholt Nicole mit Nachdruck. »Wir haben soeben gesehen, wie Sie Frau Silberstein umbringen wollten! Verkaufen Sie uns doch nicht für dumm. Sie werden jetzt mitkommen und dann können Sie sich auf dem Weg zum Revier überlegen, ob Sie uns die Wahrheit sagen oder nicht.«

»Jetzt gehen Sie schon«, knurrt Lohen beherrscht und deutet auf den Ausgang auf der gegenüberliegenden Seite, durch den sie die Schleuse auf den Krankenhausflur verlassen.

Trotz der Handschellen weigert sich die Verdächtige, zu tun, was ihr aufgetragen wird. Sie windet sich, wirft sich nach hinten gegen Nicole, die sie vorsichtig vorwärts schiebt. Von der Wucht überrascht taumelt sie nach hinten und schlägt mit dem Kopf gegen den Türrahmen.

Für einen Moment bleibt Nicole benommen stehen. Ihr Kopf dreht sich. Sie muss wieder Herr über ihre Sinne werden, doch wie durch einen Schleier nimmt sie wahr, dass Lohen die Verdächtige nun grob an dem Oberarm packt und sie aus der Schleuse zerrt. Noch immer leicht benommen folgt Nicole den beiden auf den Krankenhausflur, auf dem sie von den übrigen erstaunten Kollegen in Empfang genommen werden.

Kapitel 58

»Erzählen Sie uns doch einfach, was Sie zu den Morden bewogen hat.«

Nicole ist bewusst, dass sie die vor ihr Sitzende beinahe anfleht, doch nach einem zweistündigen Verhör, in dem sie die immer gleichen Fragen stellt, auf die sie doch keine Antworten bekommt, verzweifelt sie langsam aber sicher.

Dabei sprechen mittlerweile alle Indizien dafür, dass Simone Dämel sämtliche Tote aus dem Labor PetersPharmas auf dem Gewissen hat, obwohl weiterhin die Frage offenbleibt, wie sie die weiteren Morde nach ihrer eigenen Verletzung einleitete.

Das Nervengas in dem Nasensprayfläschchen wurde aller Wahrscheinlichkeit nach bereits vorher hineingefüllt und auch das Fahrrad Schwartzs wurde höchstwahrscheinlich präpariert, als er sich auf dem Kongress befand.

Jedoch bleibt die Frage offen, wie sie sich selbst in dem Kühlraum einsperrte. Die auffindende Sonja Salamon berichtete, dass die Tür von außen verschlossen gewesen sei, und auch Oliver Pfaff wurde bewusst in dem Labor eingesperrt, als die Begasung eingeleitet wurde. Von mehreren Stellen wurde Nicole bestätigt, dass ein versehentliches Einsperren zum Zeitpunkt der Begasung unmöglich sei, da die Begasung erst nach der Kontrollrunde Pfaffs gestartet werden sollte.

Arbeitete Dämel tatsächlich allein?

»Machen Sie sich keine Mühe!«, unterbricht die Verdächtige ihre Gedanken. »Es ist noch nicht vorbei!«

Kapitel 59

Zeitgleich sitzt Richard Peters in seinem Büro und gibt vor, zu arbeiten. Schon seit einiger Zeit wächst ihm die Arbeit in der Firma über den Kopf und er fragt sich nicht zum ersten Mal, weshalb er eigentlich immer noch an deren Spitze steht.

Längst ist es an der Zeit, sich anderweitig zu orientieren. Vielleicht wieder in den Finanzsektor, aus dem er ursprünglich kommt. Chemikalien, Arzneimittel – es ist ein offenes Geheimnis, dass er von diesem Kram keine Ahnung hat.

Allerdings war ursprünglich jedes Mittel recht, um die ehemalige Vorsitzende aus der Firma zu werfen. Da kam ein neuer Finanzvorstand gerade recht. Wer hätte auch ahnen können, dass er schließlich als letzter übrigbleibt und eine Firma leiten soll, von deren Produkten er keine Ahnung hat?

Die jüngsten Ereignisse in der Firma zeigen deutlich, dass er sie nicht unter Kontrolle hat. Dachte er bis vor kurzem, jeder der Mitarbeiter wisse, welches seine Aufgaben wären, musste er dann feststellen, dass es in der Firma chaotischer zugeht als befürchtet. Da hilft auch der »Iceberg of ignorance« nichts – ein Bild, das in seinem Büro hängt und anhand des Umrisses eines Eisberges anzeigt, dass lediglich vier Prozent aller bekannten Probleme jemals an die oberste Etage einer Firma getragen werden.

In jeder Betriebsversammlung machte er sich über die Gerüchteküche, den Flurfunk lustig und forderte die

Angestellten auf, sich bei sämtlichen Problemen oder Fragen vertrauensvoll an ihn zu wenden.

Stattdessen nahmen das Getuschel, Getratsche und auch Lästern über Kollegen immer weiter zu. Regelmäßig saßen Angestellte bei ihm im Büro und beschwerten sich über die anderen. Die anderen gingen während der Arbeitszeit ständig rauchen, standen stundenlang an der Kaffeemaschine, erledigten die Arbeit nur halbherzig, brachten mit Wutausbrüchen andere Kollegen zur Verzweiflung oder hatten einfach keine Ahnung von dem, was sie tun sollten.

Die Liste ließ sich endlos fortsetzen.

Dass der Frust sich tatsächlich so weit ausbreitet, dass eine der Angestellten zur Mörderin wird – das hätte er sich niemals träumen lassen. Doch es passte zu der gefrusteten, grauen Maus aus der Produktion. Dabei hätte sie nur ein bisschen an ihrem Äußeren arbeiten müssen. Abspecken, die Haare länger, weiblicher und das Gesicht hübsch herrichten.

Obwohl – es gibt Menschen, bei denen Hopfen und Malz verloren ist.

Er streicht über seinen Bauch, der ebenfalls nicht der ansehnlichste ist und über dem das Hemd deutlich spannt. Er hat den Vorteil, dass er ein Mann ist. Da muss er sich nicht mit solchen Belanglosigkeiten aufhalten. Frauen haben eh nichts an der Spitze eines Unternehmens verloren.

Es klopft an die Bürotür und er wendet den Blick vom tristen Berliner Alltagsgrau ab. Während der Süden des Landes unter Schneemassen begraben wird, verwandelt sich jede Schneeflocke, die auf die hirnrissige Idee kommt, über Berlin zu Boden zu schweben, noch auf dem Weg in nassen

Matsch. Trüb, grau, feucht – und zwischendrin etliche Baustellen neben Betonklötzen, die sich Wohn- oder Bürogebäude nennen.

Er seufzt und bittet die Truppe herein, die sich bereits vor einigen Tagen bei ihm anmeldete. Die Laborclowns, die von ihm hören möchten, dass alles wieder gut wird und er die freigewordenen Stellen schnellstmöglich besetzen wird.

Die vier Angestellten betreten sein Büro eingeschüchtert und schließen vorsichtig die Glastür, von der aus sein Schreibtisch in dem riesigen Eckbüro nicht zu sehen ist.

»Was kann ich für euch tun?«, fragt er freundschaftlich und setzt ein Lächeln auf, das ihnen Vertrauen suggerieren soll. Er ist einer von ihnen, wird sich all ihrer Bedenken annehmen und sie bestmöglich lösen. Dabei weiß niemand besser als er, dass er ihr Anliegen wieder vergessen haben wird, sobald sie die Tür hinter sich schließen.

Er deutet auf die Stühle, die um den Konferenztisch herumstehen, und löst sich vom Fenster, um sich zu ihnen zu gesellen.

Er weiß nicht einmal ihre Namen. Irgendwann hat er sie bestimmt einmal gehört, aber auch die Gesichter kann er nicht voneinander unterscheiden. Grau neben grau neben grau. Kein Funkeln in den Augen, kein Interesse daran, mehr aus sich zu machen. Vier kleine Ameisen, die nur darauf aus sind, Befehle zu empfangen, die sie anschließend ausführen und über die sie den ganzen Tag meckern können.

Wie ihn solche Menschen anwidern. Keine Verantwortung für das eigene Leben. Immer sind die anderen Menschen an der eigenen Misere schuld. Doch das ist kein

Grund, ihn damit zu belasten und seine kostbare Zeit zu stehlen.

Er schaut von links nach rechts die Runde durch und entdeckt zunächst die straßenköterblonde Schichtleiterin, die sich immer möglichst klein macht, obwohl sie ihn von der Körpergröße her bestimmt überragt. Hängende Schultern, gesenkter Kopf, gehetzter Blick – weshalb sie zur Schichtleiterin auserkoren wurde, wird ihm auf ewig ein Rätsel bleiben. Mag sein, dass sie fast von Beginn an die Firma begleitete und von den Laborprozessen die meiste Ahnung hat, aber charismatisch steht die gute Dame auf dem Stand einer überreifen Banane.

Daneben die beiden Blondinen, die er nicht voneinander unterscheiden kann. Eine Tatsache, die nicht weiter tragisch ist, da ihr einziges Interesse darin liegt, sich aufzutakeln und andere schlechtzumachen – ersteres mit bescheidenem, letzteres mit hervorragendem Erfolg. Eine von ihnen war zwischenzeitlich in Untersuchungshaft gewesen, doch da sie jetzt vor ihm sitzt, ließ man sie wohl laufen, als die Dämel hochgenommen wurde.

Die vierte Dame kommt ihm gänzlich unbekannt vor, auch wenn er sie sich bestimmt schon mehrmals über den Weg liefen. Sollte sie bei der nächsten Betriebsversammlung vor ihm stehen, werden ihm bestimmt wieder die gleichen Gedanken durch den Kopf schießen.

»Wir … wir haben ein Anliegen …«, bringt die völlig Unbekannte hervor, während sie sich an ihrem schwarzen, nietenbesetzten Rucksack festklammert. Sie wirkt so unsicher, als wolle er sie jeden Moment mit Haut und Haaren verschlingen. Die Idee gefällt ihm.

Nervige Mitarbeiter, die ihn mit ihren Problemen belästigen? Ein Happs und er hat seine Ruhe. Verlockend!

Er muss sich zusammenreißen, um ruhig zu bleiben, und setzt ein weiteres gekünsteltes Lächeln auf. »Das dachte ich mir fast.« Er lächelt so breit, dass seine Mundwinkel schmerzen.

»… weil ja in der letzten Zeit alle unsere Chefs verstorben sind«, schaltet sich die rechts sitzende Blondine ein.

Er nickt verständnisvoll und eine Sorgenfalte erscheint auf seiner Stirn. »Ich bin natürlich ebenso erschüttert über diese grausigen Taten wie Sie!«, versichert er den kleinen Küken. »Ich bin überaus glücklich darüber, dass die Täterin endlich gefasst wurde. Ich verstehe nicht, wie ein Mensch zu solchen Taten in der Lage sein kann.«

Er schüttelt empört den Kopf. Seine schauspielerische Leistung beeindruckt ihn selbst. Er ist bloß froh darüber, dass er der Verrückten nicht ebenfalls zum Opfer fiel. Alles andere interessiert ihn nicht.

»Die Sache ist die …«, legt die links sitzende Blondine los, »dass die Gruppe noch gar nicht vollständig ist.« Sie zieht die Augenbrauen hoch, als müsse er wissen, was sie mit dieser Aussage meint. Gruppe? Vollständig? Worauf zum Teufel will sie hinaus?

Die Verwirrung muss ihm anzusehen sein. Schnell schließt er den Mund, denn es fällt ihm gerade rechtzeitig auf, dass er offensteht. Er will ja nicht als debil gelten.

Bevor ihm bewusst wird, wie ihm geschieht, reißt die Unbekannte etwas aus ihrer Tasche, richtet es auf ihn und sprüht ihm ein Teufelszeug entgegen. Er brüllt auf, als sich der Sprühregen in die Augen, Nasen und den nun wieder offenstehenden Mund frisst. Es brennt, als würde sein kompletter Kopf in Flammen stehen.

Links und rechts packen ihn Arme – schlaff genug, dass er sie im Normalfall gut abschütteln könnte, doch sie sind in der Überzahl und er nicht Herr seiner Sinne. Sein Stuhl fällt polternd um, als sie ihn herunterziehen. Er fällt mit einem lauten Klatschen hinterher. Am Boden liegend schlägt er um sich.

Eine neue Nebelwolke umhüllt zischend sein Gesicht. Zu viele Hände greifen nach ihm und schleifen ihn über den Boden. Etwas raues Kratziges legt sich um seine Handgelenke und schmerzhaft erwischen seine Fingerknöchel etwas Metallisches, als er weiterhin ausschlägt.

»Die Gruppe der Arschlöcher, die es auszuschalten gilt«, flüstert ihm eine Stimme höhnisch ins Ohr. Er kann sie nicht zuordnen, doch der Radius seiner Arme ist auch dermaßen eingeschränkt, dass er die Urheberin der Stimme nicht erreichen kann.

Trotz des vernebelten Gehirns ist ihm plötzlich ganz klar, was die vier Laborclowns von ihm wollen.

»Die Gruppe der Arschlöcher, denen andere Menschen nichts bedeuten.« Eine andere, tiefere Stimme.

Als stürmten immer mehr von ihnen sein Büro, war der Raum erfüllt von Kampfgeschrei, lauten Rufen.

Und dazwischen sein eigenes klagvoll jammerndes Geschrei, das in dem Lärm untergeht. Sie treten auf seine Extremitäten, stoßen ihre harten Winterstiefel in seine Seiten und andere Weichteile und jubeln, als stürzten sie soeben einen ungerechten König.

Ein roter Schleier tanzt vor seinem Blick. Er versteht die Welt nicht mehr. Sie sind doch viel zu nichtig, um eine Rolle in seinem bedeutenden Leben zu spielen. Erst recht ergibt es doch gar keinen Sinn, dass sie, die Ameisen, die er mit einem Schritt zertrampeln oder einem Fingerzeig aus der Firma werfen kann, ihn angreifen. Was haben sie mit ihm vor?

Der Schmerz zerreißt ihn. Sein Kopf ist zu keinem klaren Gedanken mehr in der Lage. Das Keuchen, das bei jedem neuerlichen Tritt unbewusst seine Lippen verlässt, ist die einzige Reaktion, zu der er noch fähig ist.

Der Aufstand des gemeinen Fußvolks, das er stets belächelte, muss wohl sein Schicksal sein. Dies ist der letzte Gedanke, der verwaschen durch seinen Geist schwirrt, bevor ein dumpfer Schlag sein Bewusstsein ausschaltet.

Kapitel 60

Abrupt bremst Thomas den Wagen ab, als die Autos vor ihm an der Ampel zum Stehen kommen.

Er flucht unterdrückt und schaut in den Rückspiegel. Der Bürgersteig ist frei, sein Martinshorn tönt weithin. Er setzt den Blinker und fährt über den Bürgersteig an der stehenden Automasse vorbei. Kurz vor der Ampel schert er über den glücklicherweise ebenfalls leeren Fahrradweg wieder auf die Spur ein und setzt den Wagen über die Kreuzung. Die kreuzenden Autos warten brav, obwohl Thomas genau weiß, dass ein Großteil der Fahrer genervt die Augen verdreht und ihm unterstellt, mal eben nur zur Pizzadiele zu fahren.

Doch dafür hat er keinen Nerv und es ist auch nicht sein Problem. Wenn die Informationen stimmen, die sie von Simone Dämel erhalten haben, findet soeben bei Peters-Pharma ein Massen-Lynchen statt. Eine Gemeinschaftsaktion, die den Zusammenhalt der Laborarbeiter stärken soll, gegen den Vorstand, der sich in der Vergangenheit lediglich durch unkollegiales Verhalten den Angestellten gegenüber hervortat.

So sehr Richard Peters ihn in den bisherigen Aufeinandertreffen auch anwiderte, muss Thomas verhindern, dass der Firmenchef von der Belegschaft gemeinschaftlich gefoltert und ermordet wird.

Hektisch sieht Thomas immer wieder in den Rückspiegel. Er ist mit viel zu hoher Geschwindigkeit unterwegs und er rechnet es Kathrin hoch an, dass sie seinen Fahrstil kommentarlos hinnimmt. Er benötigt jede Konzentration. Die kleinste Ablenkung kann zu einem Unfall führen.

Der Feierabendverkehr bremst sie zwischenzeitlich immer wieder aus. Nicht jeder Autofahrer hat verstanden, dass er umgehend Platz schaffen soll, wenn er das Martinshorn hört. Das Verhalten in besonderen Situationen sollte in der Fahrschule besser geübt werden. Ein gewisser Prozentsatz weiß nicht einmal, dass er bei Ankündigung des Martinhorns über eine rote Ampel fahren darf, um das Sirenenfahrzeug vorbeizulassen.

»Wir sind gleich da.« Kathrin schnallt sich bereits ab, um bei der Ankunft sogleich aus dem Fahrzeug springen zu können. Wie oft hat er ihr gesagt, dass sie das bleiben lassen soll? Wenn er mit überschreitender Geschwindigkeit unterwegs ist, ist es ihm umso wichtiger, dass seine Beifahrer ordnungsgemäß gesichert sind.

Er verzichtet auf einen erneuten Hinweis und legt eine Vollbremsung in zweiter Reihe vor dem Gebäude von PetersPharma hin.

Kathrin und Thomas springen aus dem Auto. Direkt hinter ihnen halten weitere Dienstfahrzeuge der Polizei. Gemeinschaftlich sprinten die Beamten auf das Gebäude zu und bleiben zunächst ratlos vor dem Fahrstuhl stehen.

»Erster und dritter Stock«, ruft Kathrin.

»Wir teilen uns auf!«, ergänzt Thomas. Er zeigt auf die beiden Kollegen, die direkt hinter ihm und Kathrin stehen. »Ihr kommt mit uns in die Eins. Der Rest in die Drei.«

Sofort steuert er das Treppenhaus an. Er steht unter Strom. Wenn er jetzt auf den Fahrstuhl warten muss, besteht die Gefahr, dass es ihn innerlich zerreißt. Die Kollegen folgen ihm allesamt.

Thomas vermutet, dass die vermeintlich gerechtfertigte Selbstjustiz in Etage eins stattfinden wird, da das Büro des Vorstandes sich dort befindet. Viel einfacher ist es, dem Feind aufzulauern, als den Feind zu sich zu locken und ihn dann zu überfallen. Das Problem sieht er nur darin, dass er keine Möglichkeit hat, die zugangskontrollierten Räumlichkeiten der Firma zu betreten. Weder hat er einen Schlüssel, noch möchte er klingeln und damit die aufgewiegelte Masse auf sich aufmerksam machen.

Er erreicht den ersten Treppenabsatz und sprintet dicht gefolgt von Kathrin auf die Tür zu PetersPharmas Büroräumen zu. Die Bewunderung, die er dabei für seine Kollegin empfindet, ist fehl am Platz. Er sollte sich darauf konzentrieren, eine Gruppe von Mördern zu fassen, nicht darauf, die sportlichen Leistungen Kathrins anzuhimmeln.

Zu seiner Verwunderung kommt ihm die Tür entgegen, als er an dem Knauf zieht. Vermutlich war sie nicht vollständig in das Schloss eingerastet. Keine Zeit, sich darüber den Kopf zu zerbrechen. Er zieht die schwerfällige Tür vollständig auf und dann leitet ihm das Johlen der Angestellten bereits den Weg.

»Sie sind hier«, brüllt er in Richtung der Treppe, damit die Kollegen, die er zuvor in die dritte Etage schickte, zu ihnen stoßen können. Sie brauchen jede helfende Hand, um der empörten Masse Herr zu werden.

Sie haben ihn nicht gehört, zumindest wird der Lärm nicht leiser, der vom Ende des Flures zu ihm herüberdringt. Die Angestellten müssen völlig in ihrem Blutwahn sein, dass sie nichts um sich herum mitbekommen. Welches Bild wird sie wohl in dem Büro erwarten?

Kapitel 61

»Wir schleifen ihn nach oben ins Labor und lassen ihn wie Oliver verrecken!«

»Den Fettsack bekommst du nie dorthin!«

»Wenn alle mit anpacken …«

»Ach Quatsch! Wir hacken ihm einfach hier unten die Beine ab und lassen ihn verbluten.«

»Jetzt seid doch mal alle still!«

Sonja Salamon erhebt ihre Stimme und übertönt das Geschrei und Gemurmel. Die Folge ist zwar keine komplette Ruhe, doch ihre Stimme klingt klar über die der Kollegen.

»Wir haben einen Plan und an den sollten wir uns auch halten. Das hat die letzten Male geklappt und bisher haben sie noch keinen von uns erwischt. Wenn wir jetzt anfangen zu improvisieren, hinterlassen wir bestimmt ungewollte Spuren.«

Sie blickt sich in dem sonst so penibel aufgeräumten Büro um. Vermutlich sind bereits zu viele Spuren hier. Sämtliche Dokumente liegen quer über den Boden verstreut, eine Schranktür hängt halb aus den Angeln, die gläsernen Pokale der Firma für wirtschaftliches Wachstum und innovative Forschung liegen zerbrochen auf dem Boden. Ausreichend Spuren, dass ihre eigenen selbst nicht weiter auffallen.

»Tretet doch mal alle einen Schritt zurück!«, fordert sie die Kollegen nun auf. Dann holt sie mit spitzen Fingern das

Teppichmesser aus ihrer Hosentasche und hält es nur zwischen den langen Fingernägeln hoch, sodass sie keine Fingerabdrücke darauf hinterlässt. Eine Vorsichtsmaßnahme, die sie dennoch für übertrieben hält, denn es werden etliche Fingerabdrücke darüber liegen, wenn ihr Plan aufgeht.

Schlagartig verstummt jeder Laut.

Sonja hört das Blut in ihren Ohren rauschen und den Herzschlag bis zum Hals pochen. Sämtliche Augenpaare sind auf das Messer gerichtet.

»Wer von euch möchte beginnen?«, fragt sie verschwörerisch. Der Fettsack zu ihren Füßen regt sich zwar nicht mehr, doch sie muss ganz sichergehen, dass er nicht mehr lebt, da er sie identifizieren kann, wenn er sich dieses Mal ihr Gesicht merken konnte und nicht nur ihren Ausschnitt.

Keiner traut sich, den ersten Schritt zu machen, nachdem sie vorher vor Ideen nur so überliefen.

»Na, was ist?« fragt Sonja provokativ. Schwächlinge! Erst tönen sie groß herum und jetzt, wo es ernst wird, kneifen sie.

Sie blickt in die Runde und jeder, auf den ihr Blick fällt, senkt den Kopf, wie bei einer verkehrten La-Ola-Welle.

Wie lange lagen sie ihr in den Ohren, dass sie sich schlecht behandelt fühlten? Wie oft beschwerten sie sich, dass ihre Arbeitsplätze in Gefahr seien, weil der Fettsack sie alle vor die Tür setzen wollte?

Oh nein, das wollte er doch gar nicht. Lediglich einen neuen Standort für das Labor suchen, weil ihre Räumlichkeiten mittlerweile viel zu klein geworden sind. Ein neuer Standort, weit weg von Berlin.

Jeder aus der Firma weiß, dass die einzelnen Angestellten in seinen Überlegungen keine Rolle spielen. Jeder ist ersetzbar! Das hat er oft genug herumgetönt.

Doch damit ist es jetzt vorbei. Entschlossen tritt Sonja vor, setzt das Messer an dem Schulterteil seines schlechtsitzenden Hemdes an und zieht es mit einem Ruck hinab, sodass der verfettete Arm freiliegt.

Erschrocken keuchen die Kollegen auf.

Kapitel 62

Thomas befindet sich auf der Hälfte des Flures, als der Lärm schlagartig verstummt. Er bezweifelt, dass das ein gutes Zeichen ist und legt noch einen Zahn zu, obwohl seine Lunge zu bersten droht.

Kathrins keuchender Atem dringt noch immer an sein Ohr und verrät, dass sich der Abstand zwischen ihnen nun langsam vergrößert. Das bedeutet, dass sie schon seit dem Betreten der Räumlichkeiten auf ihrem maximalen Level läuft. Ihr Keuchen wird lauter. Der Ehrgeiz ist geweckt, doch es geht hier um mehr als sportliche Leistung. Ein Menschenleben steht auf dem Spiel, auch wenn der Mensch keinem von ihnen zuvor sympathisch war.

Die letzten zehn Schritte sprintet Thomas sich immer weiter steigernd auf die Glastür zu und zieht im Laufen bereits die Pistole aus dem Halfter. Er drückt die Türklinke herunter und schmeißt sich gegen das Glas. Die Tür gibt ohne Widerstand nach und er fliegt in das Zimmer, während er einen Warnschuss in die Luft abfeuert.

Ein ohrenbetäubender Knall zerreißt die Stille und wirft ihn wieder zurück.

Bevor Thomas die Situation vollständig erfassen kann, bricht unter den Anwesenden Panik aus und sie stürmen auf die Glastür und somit auf Thomas zu. Ein zweiter Knall zerreißt die Stille.

»Bleiben Sie alle stehen!«, tönt Kathrin außer Atem, doch klar verständlich. »Keiner rührt sich! Wir zögern nicht, unsere Waffen gegen Sie einzusetzen.«

Die Autorität der zierlichen Kommissarin setzt sich sofort durch und die verstörten Angestellten bleiben, wo sie sind. Jedoch schreien sie durcheinander, beschuldigen sich gegenseitig und reden sich selbst von jeglicher Schuld frei.

»Ruhe«, brüllt Thomas in den Raum und sofort ist nur noch vereinzeltes Schluchzen zu hören. »Treten Sie alle beiseite!«, befiehlt er weiterhin und auch dieses Mal gehorchen die Lyncher sofort und geben den Blick auf einen übel zugerichteten Richard Peters frei.

Kathrin und Thomas stürzen sofort auf ihn, während die übrigen Kollegen die Tür versperren und dem Notarzt telefonisch Anweisungen zu der verletzen Person geben.

Richard Peters liegt reglos am Boden. Sein Hemd ist zerfetzt und die darunterliegende Haut ebenso. Kathrin reißt Sonja Salamon das Messer aus der Hand und legt ihr die Handschellen um, während Thomas sich über den Verwundeten beugt und seine Vitalfunktionen überprüft.

Mit Sorgenfalten auf der Stirn reißt er seine Jacke von den Schultern und zieht sein Hemd aus, bindet es um den Unterarm, der bereits in einer großen Blutlache liegt. Einer der Kollegen kniet ebenfalls neben dem mit einem Seil an die Heizung gefesselten Verletzten nieder und tut es Thomas gleich.

Sie machen sich an den Knoten zu schaffen, mit denen der Vorstand der Firma an die Heizung gefesselt ist und lösen ihn aus dem dünnen Hanfseil in genau dem Moment, als der Notarzt endlich eintrifft. Schleunigst treten die beiden

Männer beiseite und beobachten, wie die Sanitäter ohne viele Worte den Mann auf die Liege übertragen und mit ihm gemeinsam den Ausgang ansteuern.

»Sie sind alle festgenommen!« Lohen blickt sich um und sieht lauter weinende oder vor sich hinstarrende Gesichter, ungefähr acht an der Zahl. Lediglich Sonja Salamon scheint vielmehr wütend und verärgert, als voller Scham über die Entdeckung. Ihm ist somit klar, wer der Drahtzieher hinter der ganzen Aktion ist.

Es war ihm bereits bei den vorherigen Taten seltsam erschienen, dass jedes Mal sie die Opfer fand. Wie hoch ist diese Wahrscheinlichkeit schon? Doch sie täuschte die Kommissare mit ihren Tränen erfolgreich.

Welche Wut muss in den Angestellten der Firma gesteckt haben, dass sie sich gemeinschaftlich zu einer solchen Tat hinreißen ließen?

In der Zwischenzeit traf ausreichend Verstärkung ein, sodass die Täter allesamt abgeführt werden können.

So sehr Lohen auch weiß, dass die nächsten Tage noch einmal arbeitsreich werden, da Protokolle angefertigt und Beweismittel angeführt werden müssen, so ist er doch zufrieden, dass der Fall jetzt endgültig gelöst ist.

Epilog

Mit jeweils einem Kaffeebecher in der Hand treten Melanie Bender und Marcel Lohen die schimmernden Eiskristalle auf dem Boden um das Rechtsmedizinische Institut platt. Für Schnee hat es nicht gereicht, doch so langsam hält der Winter auch in Berlin Einzug.

Melanie schüttelt den Kopf über das schreckliche Ende, von dem Lohen ihr soeben erzählte.

»Furchtbar!« Doch sie lächelt, wie Lohen es nicht anders von ihr kennt. Als sei sie bloß erschüttert, weil sie wisse, dass es von ihr erwartet wird, nicht, weil sie tatsächlich so empfindet. »Habt ihr herausgefunden, weshalb diese Morde ins Rollen gerieten?«

Der Boden knirscht unter Lohens Füßen. Er nickt. »Mobbing wurde in der Firma schon immer ganz groß geschrieben. Ursprünglich startete das Unternehmen mit insgesamt fünf Mitarbeitern. Jeder, der neu in das Unternehmen kam, wurde entweder von dieser Gruppe akzeptiert, oder so lange systematisch fertig gemacht, bis er freiwillig ging. Oder gegangen wurde.« Er blickt Melanie vielsagend an.

»Aber das Unternehmen hatte doch weit mehr als nur fünf Mitarbeiter«, wirft Melanie ein.

»Ja, das schon. Von den fünf Mitarbeitern sind auch lediglich noch zwei in der Firma, aber trotzdem teilen sie sich nach wie vor in die Älteren und die Neueren ein.« Er zuckt mit den Schultern. »Wie dem auch sei, wer neu in die Firma kam, musste sich einem Spießrutenlauf aussetzen. Die Älteren hackten auf den Neueren herum, gaben ihnen die undankbarsten Aufgaben und schikanierten sie wahllos. Die Neueren wurden übermäßig oft für Wochenend- und Nachtarbeit eingeteilt, durften zusehen, wie die Älteren einen Jahresbonus ausgezahlt bekamen und wurden unter fadenscheinigen Gründen ausgetauscht, wenn sie sich nicht so in ihre Rollen fügten, wie sie sollten.«

»Das ist aber ein bisschen weit hergeholt, um die Morde zu rechtfertigen.«

»Es kommt noch besser.« Lohen lässt die Schuhspitze auf eine vereiste Pfütze schnellen. Es knackt, als die dünne Schicht bricht. »Solange die Urbesetzung machen konnte, was sie wollte, gab es keine Probleme. Die Neuen waren unerfahren und naiv. Sie ließen alles mit sich machen und keiner kam auf die Idee, sich zu wehren. Es gab keine Beschwerden bei den Vorgesetzten und keine Klagen vor dem Arbeitsgericht.«

»Was war dann der Auslöser für die Morde?« Melanie schlingt die Arme um sich und dreht den Oberkörper hin und her.

Lohen seufzt. »Die Vorstände beschlossen eines Tages, dass das Unternehmen, das bis zu dem Zeitpunkt von Fördergeldern lebte und hauptsächlich forschend tätig war, kommerzialisiert werden sollte. Dazu wurde eine zusätzliche Hierarchieebene eingeführt und Leute eingestellt, die alles änderten. ›Das haben wir schon immer so gemacht‹, wurde zum geächteten Satz und wer ihn auch nur in den Mund nahm, musste unangenehme Konsequenzen spüren. Es wurden keine Kündigungen ausgesprochen, weil das für die Firma zu teuer geworden wäre. Bei zwanzig Jahren Firmenzugehörigkeit wären die Abfindungen zu üppig ausgefallen. Stattdessen wurde massiver Druck auf die Angestellten ausgeübt, ehemals leitende Angestellte durften von einem Tag auf den anderen die Akten im Archiv sortieren, während ihre Positionen von Neueingestellten mit hochgereckten Nasen bestritten wurden.«

»Das muss hart sein.« Für einen Moment verschwindet das Lächeln aus Melanies Gesicht und Lohen stellt fest, dass Empathie ihr nicht völlig fremd ist, auch wenn sie es tunlichst vermeidet, Gefühlsregungen zu zeigen.

»Ein Angestellter setzte sich jedoch über alle hinweg.« Bedeutungsvoll zieht Lohen die Augenbrauen hoch. »Manuel Quittek, der sich von niemandem irgendetwas sagen ließ. Weder von den Alten, noch von den Neuen. Er trieb jeden in den Wahnsinn, indem er ständig seine Meinung wechselte, Entscheidungen nach dem Mond traf und jeden, dessen Nase ihm nicht in den Kram passte, bei den Vorständen anschwärzte und sich lauthals beschwerte, dass falsche Personen sämtliche Schlüsselpositionen der Firma besetzten. Die Vorstände spielten Angestellten-Roulette, nur um hinterher festzustellen, dass Manuel Quittek keineswegs mit ihrer Wahl zufrieden war. Er beschwerte sich weiterhin über sämtliche Kollegen und forderte eine erneute Umbesetzung. Er mobbte in alle Richtungen, doch niemand konnte ihm seine Position entziehen, da die Kosten für die Firma untragbar wären. Mitte des Jahres hätte er in Rente gehen sollen, doch er entschied, dass er später noch genug Zeit hätte, untätig zu Hause zu sitzen.«

»Die er dann jetzt doch nicht hat.«

»Die er anscheinend auch nie wollte.« Sie beenden die Runde um das Rechtsmedizinische Institut und bleiben vor dem Eingang stehen. Lohens Wollmantel schützt ihn vor dem Frost und er würde ihn Melanie gern anbieten, da sie das Zittern vor ihm nur schwer verbergen kann. Ihr Mantel ist nicht weniger dick, doch ihre zierliche Gestalt bietet kaum ausreichend Reserven als Schutz vor der Kälte. Lohen weiß, dass sie seinen Mantel nicht annähme und so hält er ihr die Tür auf, damit sie ins Warme treten kann.

»Er war ein Mann, der jede Minute am Tag durchtaktete. Er fuhr jeden Tag mit dem Bus zur gleichen Zeit zur Arbeit und wieder zurück. Nach seiner Mittagspause konnte man die Uhr stellen und auch seine Zahnarzttermine fanden akkurat im Halbjahrestakt statt – auf den Tag genau, sofern der Tag nicht auf ein Wochenende fiel. Und auch das Fitnessstudio besuchte er jede Woche zur gleichen Zeit, absolvierte die gleichen Übungen, schwitzte hinterher genau drei Runden in der Sauna und verließ das Studio ebenfalls zur festgelegten Stunde. Ein klassischer Kandidat für eine Rentner-Depression.«

Melanie nickt. »So klingt es. Diejenigen, die in ein tiefes Loch fallen, weil sie plötzlich nichts mehr mit ihrem Leben anzufangen wissen.

Melanies linker Ärmel fällt zurück auf den Ellenbogen, als sie den Kaffeebecher an die Lippen hebt, und offenbart eine Kaskade blauer Flecke. Hastig schießt Lohens Arm vor und packt sie an dem Handgelenk, sodass sich ein Schwall Kaffee über Melanies Kittel ergießt.

»Was ist das?«, fragt er mit zusammengekniffenen Augen.

Sie entreißt ihm den Arm und funkelt ihn böse an. »Das geht dich nichts an!«, faucht sie und reibt wie wild an dem Kaffeefleck auf ihrem Kittel, der sich dadurch vergrößert. Es ist das erste Mal, dass Lohen sie anders sieht, als mit einem Lächeln im Gesicht, und er weicht erschrocken zurück. Er hat einen wunden Punkt getroffen und eine schlimme Ahnung überfällt ihn.

Er hat zu viele Frauen gesehen, die von ihren Männern misshandelt wurden, doch aus irgendeinem idiotischen Zugehörigkeitsgefühl bei ihnen blieben und sie darüber hinaus deckten. Sie lächelten grundsätzlich, damit niemand ihnen auf die Schliche kam, denn sie fühlten sich selbst schuldig, da sie es mit sich machen ließen. Auf der anderen Seite glaubten sie, dass sie die Misshandlungen verdient hätten.

Es gab ein typisches Klischee dieser Frauen: Meist verdienten sie wenig oder gar kein eigenes Geld, hatten gemeinsame Kinder mit dem gewalttätigen Partner und ein geringes Selbstwertgefühl. Drei Punkte, von denen er nicht glaubte, dass sie auf Melanie zutrafen, obwohl er über ihr Privatleben nichts wusste. Doch bislang hatte er sie für eine starke Persönlichkeit gehalten. Jetzt ergibt vieles einen Sinn – weshalb sie lieber für sich bleibt, weshalb sie niemals Privates erzählt und weshalb ihre Arme in aller Regel bis zu den Händen bedeckt sind.

»Falls du jemanden zum Reden brauchst …«, beginnt er, doch ihm ist klar, wie lasch und abgedroschen dieser Satz klingt. Zu seinem Erstaunen legt sich das Funkeln in Melanies Augen und sie senkt stattdessen beschämt den Kopf.

Doch dann hebt sie den Kopf wieder und blickt ihm fest in die Augen. »Es ist alles gut«, beharrt sie.

Ihre gewonnene Selbstsicherheit verleiht ihm Zuversicht, ihr helfen zu können. »Melanie, niemand muss sich von einem anderen Menschen eine derartige Behandlung gefallen lassen. Es gibt Mittel und Wege …«

»Stopp!« Eine tiefe Falte bildet sich auf ihrer Stirn, als sie ihm das Wort abschneidet. »Halte dich aus meinem Privatleben heraus. Ich denke, dass du genug eigene Baustellen in deinem Leben hast.« Wie hatte er nur einen Moment an ihrer Selbstsicherheit zweifeln können? »Niemand stellt mit mir irgendetwas an, das ich nicht möchte. Du brauchst dir keine Sorgen zu machen.«

Er blickt sie so zweifelnd an, dass sie sich einen Schritt nähert und die Stimme verschwörerisch senkt. »Ich habe … gewisse Vorlieben, die ich jetzt nicht näher ausführen möchte. Aber deshalb ist es auch eine ganz schlechte Idee, dass du versuchst, mir schöne Augen zu machen. Wenn du denkst, dass mir die blauen Flecken gegen meinen Willen zugefügt wurden, sind wir in der Hinsicht nicht kompatibel. Abgesehen davon habe ich einen Partner.« Sie senkt den Blick wieder beschämt und es dauert einen Moment, bis Lohen den Inhalt ihrer Worte begreift.

»Du … du stehst auf dieses Fifty-Shades-Zeug?«, fragt er entgeistert, doch sie verzieht ihre Miene, als hätte er sie beleidigt. Er hatte einige Kolleginnen in einer hitzigen Diskussion über die Filme belauscht, doch er hätte nie gedacht, dass

Melanie zu den Frauen gehört, die Bad Boys anhimmeln und von ihnen erobert werden möchten.

»Fifty Shades hat nichts mit SM zu tun«, erwidert sie barsch, leert den Kaffeebecher und stellt ihn lauter als angemessen auf der Arbeitstheke ab. »Ist dir eigentlich nie aufgefallen, wie deine kleine Kollegin dich anhimmelt?«

»Kleine Kollegin?«, fragt Lohen verunsichert. Nicole? Als ob!

»Nicole Falke? So heißt sie doch, richtig?«, setzt Melanie nachdrücklich hinzu.

Lohen nickt irritiert und ruft sich die letzten Wochen in Erinnerung. Stets blickte sie ihn kollegial an, mehr nicht. Was bildet sich Melanie ein? Da ist nichts.

»Ach, schau mal!« Melanie setzt wieder ihr übliches Lächeln auf und deutet durch das Fenster.

Lohen dreht sich um und entdeckt Nicole, die durch die sanft umherwirbelnden Schneeflocken auf das Rechtsmedizinische Institut zukommt. Sie hat die Strickmütze tief in die Stirn gezogen und die Arme eng um den Körper geschlungen. Ihre Miene ist so ausdruckslos wie das Grau des Himmels. Sie springt die drei Treppenstufen zu dem Gebäude leichtfüßig hinauf und ein leichtes Lächeln legt sich auf ihr Gesicht. Sie stößt die Tür auf. Die Miene verhärtet sich, sobald ihr Blick auf Melanie fällt.

»Hey«, begrüßt sie Melanie und Lohen und reibt die rotleuchtenden Hände aneinander. »Entschuldigt die Verspätung. Kaum fallen drei Schneeflocken vom Himmel, können die Berliner nicht mehr Autofahren.«

Lohen nickt. Er ist ausreichend lange in Berlin, dass er diese Eigenart der Berliner kennt. Während sich die Bayern

Schneeketten um die Reifen wickeln und die Autos durch Tiefschnee zwingen, fährt der Berliner nur noch Schrittgeschwindigkeit.

Doch er hatte Nicole bewusst später in das Rechtsmedizinische Institut bestellt, obwohl er das vertraulichere Gespräch mit Melanie nun bereut. Natürlich ist sie es, die seine Aufmerksamkeit weckte, doch warum geistert Nicole plötzlich durch seine Gedanken? Warum fragt er sich jetzt, ob sie sich ihm in den letzten Wochen gegenüber anders verhielt? Warum schaut sie ihn mit so großen Augen an, während sie noch immer ihre Hände aufwärmt? Und warum zieht Melanie so spöttisch die Augenbrauen hoch?

Er schaut noch einmal hin, doch ihre Miene ist freundlich und aufgesetzt wie immer. Keine Gefühlsregung erkennbar.

»Marcel war so freundlich, mich bereits über die neuesten Erkenntnisse aufzuklären.« Melanie nickt freundlich in seine Richtung, doch aus den Augenwinkeln beobachtet er, dass Nicole zusammenzuckt, als Melanie ihn beim Vornamen nennt. »Ich möchte euch auch gar nicht lange aufhalten. Wenn ihr noch Fragen habt, dürft ihr mich gern anrufen.«

Mit einem knappen Händedruck verabschiedet sie sich von den Ermittlern und zieht noch einmal nachdrücklich eine Augenbraue hoch – so, dass Nicole es nicht sieht. Dann verschwindet sie aus dem Pausenraum und lässt die Kommissare allein zurück.

»Sie konnte ja gar nicht schnell genug wegkommen«, bemerkt Nicole bissig und schiebt die Hände in die Jackentaschen. »Fahren wir zurück ins Büro? Ich kann es kaum erwarten, die Berichte zu schreiben.«

»Lass uns doch vorher noch einen Kaffee trinken gehen«, schlägt er grinsend vor. Ihre Miesepetrigkeit kann nur daher rühren, dass sie sich hinter Melanie zurückgesetzt fühlt. Der Sache muss er genauer auf den Grund gehen. »Die Arbeit läuft bestimmt nicht weg.«

Liebe Leserinnen, liebe Leser,

als ich naives, junges Ding nach dem Studium in meine erste Anstellung startete, wurde ich schnell ernüchtert, was das zwischenmenschliche Miteinander angeht. Ein Chef, der sich prollig über alle Mitarbeiter stellte, sie willkürlich nach seiner Nase tanzen ließ und sie ohne jegliche rechtliche Grundlage wieder hinauswarf. Drei Tage hielt ich es in dieser Firma aus, dann legte ich meine Kündigung auf den Tisch. Mein Chef fiel aus allen Wolken, hatte er doch gerade erst zwei Angestellten gekündigt, da ich seine Hoffnungen weckte, besser als die beiden zusammen zu arbeiten.

Eine Woche später folgte meine nächste Anstellung. War ich am Anfang begeistert von der Tätigkeit, dem Labor, den Kollegen, so merkte ich doch schnell, dass auch hier viel davon abhing, welche Stellung man bei den Kollegen – besonders bei denjenigen, die schon lange in der Firma waren – innehatte. Dabei hat Mobbing viele Gesichter, offen, versteckt, aber immer leiden Menschen darunter. Die Gründe für Mobbing sind sehr unterschiedlich, wie ich im Laufe der Zeit beobachtete.

Es gibt Mitarbeiter, die gemobbt werden, weil sie übergewichtig sind. »Die stinkt, neben der mag ich nicht sitzen.«

Oder auch, weil sie anders sind, zum Beispiel beginnen sie ihre Tätigkeit lieber um neun Uhr, statt um sechs Uhr, wie der Rest der Kollegen. Selbst, wenn sie den Kollegen dafür die später anfallenden Aufgaben abnehmen und den übrigen Kollegen somit die gewünschte Startzeit ermöglichen, werden sie schief angeschaut und dürfen sich regelmäßige Spitzen gefallen lassen.

Weitere Gründe sind übermäßiger Ehrgeiz, wenn jemand gern Kleider trägt, wenn jemand deutlich älter oder jünger ist als der Rest der Belegschaft, wenn jemand nicht ausreichend Weitsicht hat für die anfallenden Aufgaben oder auch einfach, wenn man jemanden nicht mag.

Alles in allem habe ich das Gefühl gewonnen, dass diejenigen, die mobben, einfach nur so unsicher sind, dass sie lieber andere fertig machen, als sich selbst verteidigen zu müssen. Nach dem Motto: Angriff ist die beste Verteidigung!

Vor allem diejenigen, die selbst Opfer von Mobbingattacken wurden, beobachten genau, an welcher Stelle sie in die Täterrolle schlüpfen können, und mobben dort an vorderster Front mit. Um dazu zu gehören.

Ich habe für mich selbst einige Regeln im Umgang mit Mobbing festgehalten, die ich an dieser Stelle gern weitergeben möchte:

- Bleiben Sie immer freundlich! Wenn Sie das nicht können, suchen Sie sich eine sportliche Betätigung, bei der Sie den Frust auslassen können. Wenn Sie den Mobbern zeigen, dass Sie betroffen sind, verstärken Sie sie in ihrem Verhalten.
- Ignorieren Sie Anfeindungen! Allzu oft ist es ein Zeichen von Neid, dass jemand etwas besser kann, also dürfen Sie es auch als Lob auffassen!

- Zeigen Sie Menschen, die gemobbt werden, dass Sie an ihrer Seite sind und sie unterstützen!
- Führen Sie ein Mobbing-Tagebuch (Welcher Vorfall, wann, wer war beteiligt, wer hat zugesehen, wer hat Sie unterstützt?) und setzen Sie sich mit Ihrem Partner oder engen Freunden zusammen. Überlegen Sie gemeinsam, welche Strategie sinnvoll ist: Die Kollegen einbeziehen? Den Chef informieren? Den Betriebsrat bitten, einzuschreiten?
- Ist das Mobbing bereits so weit fortgeschritten, dass Sie bereits körperliche Beeinträchtigungen zeigen (schlaflose Nächte, häufige Krankheitstage, verminderte Arbeitsleistung), und ist es unwahrscheinlich, dass sich die Situation auf absehbare Zeit nicht ändern wird, packen Sie Ihre Sachen und gehen Sie! Sie sind wertvoll und verdienen ein kollegiales Umfeld, das zu schätzen weiß, was Sie menschlich und beruflich zu dem Arbeitsalltag beitragen. Gehen Sie offen auf die Veränderung zu! Es kann nur besser werden.

Bitte beachten Sie, dass ich keine ausgebildete Psychologin, Sozialarbeiterin oder sonstige Expertin bin, was das Thema Mobbing betrifft! Das ist mein Weg, den ich in meinem Arbeitsalltag für mich gefunden habe. Das allerwichtigste ist: Nörgeln Sie nicht! Suchen Sie aktiv einen Weg aus der Situation heraus!

Ich wünsche Ihnen, dass Sie niemals in die Situation kommen, diese Tipps ausprobieren zu müssen, und falls doch, dass Sie Ihren Weg finden, wieder auf die Sonnenseite des Lebens zu wechseln!

Herzliche Grüße

Ihre Nadine Teuber

P.S.: Erfahren Sie als Erster von Buchprojekten, Lesungen und erhalten Sie exklusive Bonusgeschichten! Besuchen Sie meine Internetseite www.nadineteuber.de und tragen Sie sich dort in den Newsletter ein.

Als Dankeschön erhalten Sie vorab die Leseprobe zu meinem Thrillerdebüt »Waldesstille«.

P.P.S.: Ich freue mich jederzeit auch auf einen Besuch auf meiner Facebook-Seite (nadineteuber) oder auf meinem Instagram-Account (nadine_teuber)

Entdecken Sie die weiteren Thriller von Nadine Teuber!

Waldesstille

EINE FRAU.
EIN MANN.
EIN WALD.

Und du weißt nicht, ob du nicht selbst die größte Gefahr für dich bist.

»Eine spannende Geschichte, unvorhersehbar und aufwühlend zugleich …« (Leserin)

»Ein Thriller, der einen so schnell nicht mehr loslässt.« (Leserin)

Als Taschenbuch und E-Book.

Lobotomie

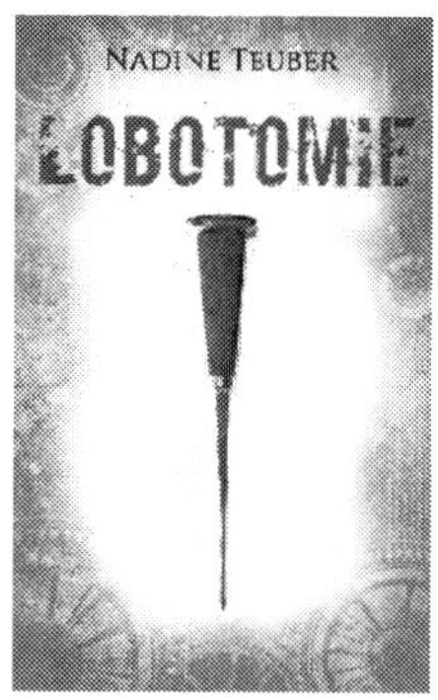

Eine Zukunft, die in der Vergangenheit liegt.

Die Vision einer Gruppe verrückter Wissenschaftler.

Und mittendrin eine junge Frau in dem Kampf, sie aufzuhalten.

Als Taschenbuch und E-Book.

Alle Titel natürlich auch als kindle unlimited!

Printed in Poland
by Amazon Fulfillment
Poland Sp. z o.o., Wrocław

49717200R00171